【結界魔術師】

路易斯・米萊

利迪爾王國七賢人之一，擅長結界術。其結界之規模、強度、精度，以及持續時間皆無人能出其右。俊美的外貌與高雅的舉止令他同時坐擁高知名度與高人氣，此外也有武鬥派的一面，隻身討伐巨龍的數量居高不下。

Silent Witch II

沉默魔女的祕密

Secrets of the Silent Witch

莫妮卡無詠唱地發動遠視魔術。
地龍、青年，以及青年施放的火球。
莫妮卡正靜靜地等待——這三者時機重合的瞬間。
（……就是這裡。）

無論絕望的青年，還是應戰的士兵，
在場沒有任何一人注意到。
在青年施放的火球底下，
還同時出現了一支火焰箭。

莫妮卡兩手抱著杯子，
眉尾垂成八字形，不爭氣地笑道：
「……我才是這裡，最不合時宜的呢。」

Silent Witch

II

沉默魔女的祕密

Secrets of the Silent Witch

依空まつり
Illustration
藤実なんな

Kadokawa Fantastic Novels

彩頁、內文插畫／藤実なんな

Contents

Secrets of the Silent Witch

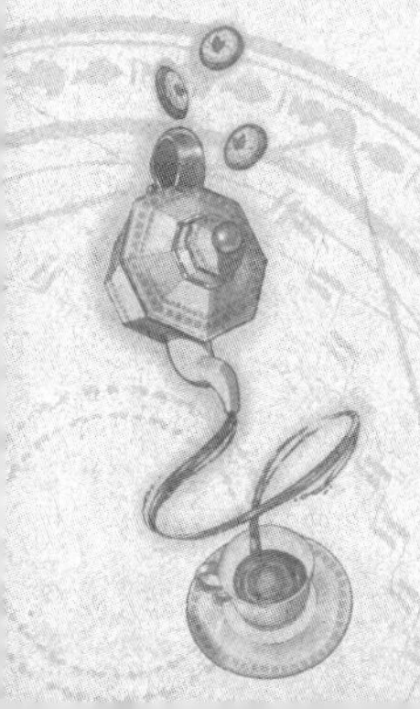

✦ 序章　假日的小小挑戰

利迪爾王國名校賽蓮蒂亞學園的宿舍裡，茶室或聊天室之類的設施相當充實，即使到了假日，鼎沸的人聲依然不絕於耳。

尤其是女生宿舍，千金大小姐們每到假日，總不忘脫下制服，換上華美禮服舉辦茶會，享受優雅的談笑時光。

茶室的氣氛明明如此熱絡，卻有位少女連腳步聲也沒發出，低調地從旁經過。

明明正值假日，這個將淺褐色長髮編成一束的嬌小少女卻仍舊穿著制服。

賽蓮蒂亞學園基本上允許學生在制服上添加蝴蝶結或花邊之類的裝飾，也不禁止學生穿戴飾品，但少女的制服卻維持著最原始的造型。

除了用來綁頭髮的緞帶之外，全身上下再也看不到任何其他飾品。

少女始終低著頭，避免和錯身而過的人對上視線，躡手躡腳地在走廊上前進。就在這時，少女面前突然出現三位身著華美禮服的大小姐擋住去路。

「妳好呀。莫妮卡．諾頓小姐。」

遭人搭話的嬌小少女——莫妮卡肩頭為之一顫，停下了腳步。

然後就這麼低著頭，從瀏海的空隙一瞥一瞥地窺向不讓自己通過的少女們。

她們三個都是莫妮卡的同班同學。帶頭的少女名叫卡羅萊．西蒙茲。

在莫妮卡剛插班入學時，就曾被這位大小姐害得一跤滾下樓梯。

莫妮卡才正輕啟嘴唇，努力想回應一句「妳好」，卡羅萊就先皺起了她的細眉。

「哎呀哎呀。我說妳，今天明明沒上課，怎麼還是穿著制服？」

「那、那是、是……因為……」

住宿的女學生放假時皆會換上自己的禮服，制服打扮的莫妮卡因而顯得十分突兀。

但莫妮卡除了最低限度的衣物之外，並沒有帶其他的服裝入住，所以穿著上就只有大到不合身的長袍與制服兩種選擇。

眼見莫妮卡低著頭支支吾吾，卡羅萊的兩個跟班都嗤嗤笑了出來。

「我猜猜，該不會是以為今天有上課？」

「哎呀，不可以作弄人家喔。反正八成是沒有其他衣服可穿嘛。」

「這樣還能被選作學生會幹部，果然是哪裡搞錯了吧～」

以扇子遮口也擋不住的譏笑聲傳進耳裡，莫妮卡無言以對，只能默默地咬住嘴唇。

就在莫妮卡如此低頭消沉時，卡羅萊等人的背後響起一陣宏亮而凜然的嗓音。

「哎呀，妳還在那種地方做什麼？」

朝著莫妮卡走來的，是有著一頭橙色長捲髮的少女。

少女名叫伊莎貝爾．諾頓。她既是柯貝可伯爵家千金，也是莫妮卡在這所校園的協助者。

伊莎貝爾似乎一眼就察覺了現場情況是怎麼回事。

「不好意思。」

向卡羅萊等人開口致意一聲，伊莎貝爾闖進了莫妮卡與三人之間。

緊接著擺出壞心眼至極的反派千金面孔，朝莫妮卡破口大罵：

「明明就吩咐妳去買東西，還在這種地方拖拖拉拉摸什麼魚！是要到什麼時候才會有點長進？驢子都比妳機靈！」

莫妮卡膽戰心驚地望向伊莎貝爾，只見背對著卡羅萊的她，正悄悄對自己眨眼示意。

「好了，還不快給我去把東西買回來。敢有任何遺漏試試看，包妳吃不完兜著走！」

「是、是！」

莫妮卡點點頭，在心中向伊莎貝爾道謝，有如逃命般地離開現場。

就這麼來到宿舍外頭的莫妮卡，在舉手擦去額頭汗水的同時，長嘆了一口大氣。從那稚氣未脫的臉蛋上，明顯流露出疲憊交加的神色。

「喂，莫妮卡。幹嘛只是跑到宿舍外頭就累成那副德性啊。」

一陣嘆息般的嗓音自腳邊傳來。

莫妮卡朝腳邊一望，便看到一隻渾身黑毛色澤豔麗又整齊的貓咪，正瞇著金色的貓眼仰望自己。

確認四下無人之後，莫妮卡蹲了下來，與黑貓四目交會。

「尼洛……總覺得，我光是在假日這樣外出，就已經竭盡全力了……應該可以回房裡去了吧。」

「不是該去買東西才對嗎！說好要去路邊攤幫本大爺買好料的約定怎麼辦！」

黑貓尼洛繞到蹲下的莫妮卡背後，好似要督促她一般，用前腳不停拍打莫妮卡的屁股。

「就是知道王子今天預計一整天都要待在宿舍裡，妳這個護衛才能放心上街買東西不是嗎！萬一錯過這個機會，就不曉得哪天才有下次了吧！」

「嗚嗚～……雖然是這麼說～……」

這位光是走出宿舍就差點斷氣的少女，正是為了執行護衛第二王子的任務而派遣至此，實力位居利迪爾王國頂點的魔術師。

也就是七賢人之一——〈沉默魔女〉莫妮卡．艾瓦雷特。

而這隻正以前腳不停拍她屁股的貓，乃是莫妮卡的使魔尼洛。

莫妮卡執行的護衛任務，是不得被第二王子本人或其他學生發現的最高機密任務。

所以，莫妮卡才會化名莫妮卡．諾頓，以普通女學生的身分在賽蓮蒂亞學園過著學生生活……然而，莫妮卡卻是個極度怕生的正宗溝通障礙者。

就是因為在外人面前就連想好好講話都成問題，她才會習得無詠唱魔術，讓自己不用開口也能發動魔術。而在當上七賢人之後，更是成天窩在山間小屋，遠離人群忘情研究。

對這樣的莫妮卡而言，要在假日外出購物的難度，遠遠超過向龍群發起突擊。

果然還是好想回房間去……尼洛望著不停這樣喃喃自語的莫妮卡，傻眼地開口：

「我說，妳平時不是都能好好離開宿舍，正常走到教室去嗎。」

「假、假日狀況不同啦！因為，宿舍走廊上的人比平常還多，又只有我一個人穿制服，每次跟人錯身而過都會被投以異樣眼光……」

尼洛原本正準備向藉口找個沒完的莫妮卡說些什麼，但又隨即好像驚覺什麼似地豎起耳朵，迅速跳進身旁的草叢。

尼洛？——莫妮卡都還沒開口，就有人先喊出莫妮卡的名字。

「哎呀，這不是莫妮卡嗎？」

回過身來，一位亞麻色頭髮的少女映入眼簾。是莫妮卡的同班同學——拉娜．可雷特。

平時都身穿制服的她，今天也換上了自己的禮服，手上還撐了把陽傘。高貴的天鵝絨禮服用色是偏深的勃艮第酒紅，與苗條又白皙的拉娜十分相襯。

「在沒上課的日子看到妳感覺好稀奇喔。莫妮卡也要外出上哪兒去嗎？」

「呃──……買東西……我想要，買把梳子。」

莫妮卡搓著手指回答，拉娜聽了，雙眼頓時變得閃閃發光。

「好巧呀！我也正打算去買些新的飾品。噯，不如我們一起上街吧。不管妳想找銀梳子還是象牙梳，我常去的店裡都有賣唷！」

把手上鑲著緞帶的陽傘轉個不停，拉娜興高采烈地開口提議。但莫妮卡卻為此傷起了腦筋。

拉娜打算光顧的，肯定是專門處理一流貴金屬的高檔店吧。

自己這種土包子，跑到那麼高檔的店裡，絕對會顯得格格不入。拉娜到時大概也會為了與自己同行感到羞恥。

「……對不起，我還是……自己一個人去，就好。」

聽到莫妮卡小聲地這麼回應，拉娜別過頭嘟起嘴唇，柳眉也向上直豎，明顯地表達不悅。

「是嗎，那就算了。」

留下這句話，拉娜便快步走過莫妮卡身旁，登上在門口待命的馬車。

尼洛再度從草叢中探頭時，馬車已經在莫妮卡茫然的眼神守候下遠去。

「這樣好嗎。不跟她一起去。」

「……拉娜常去的店，我跟去也只會尷尬吧。」

所以這樣就好了──如此說服自己之後，莫妮卡舉起笨重的腳步朝鎮上出發。

＊＊＊

距離賽蓮蒂亞學園大約徒步一小時的路程，有處名叫克萊梅的小鎮。

位於大道周邊的克萊梅鎮景氣還算活絡，城鎮中央設有一座以磚頭搭成的時鐘塔。一般而言，讓教會或圖書館在外牆裝設大鐘告時是比較普遍的做法，像這樣獨立的鐘塔並不常見。

「哇～好壯觀的時鐘塔……」

仰望著鐘塔的莫妮卡，從旁人眼裡看來或許像個為了雄偉建築物感動的小朋友，但其實她的腦裡正以目不暇給的速度在條列算式。

建築物與數學有著密不可分的關係。單是磚頭該怎麼堆疊，就必須事先經過縝密的計算，再考量耐撞與穩固等條件施予適切的調整，才能歸納出妥善的堆法。

啊啊～多美麗的數學世界呀！莫妮卡就這麼望著眼前的壯觀鐘塔逃避現實。

……鎮上的人潮，就是多到讓她忍不住想逃避現實。

將後仰的腦袋緩緩轉回正面，眼前所見盡是來來往往的人、人、人。

（穿、穿制服到這種地方來，該不會，其實很突兀吧？我看，光是能讓人認出是賽蓮蒂亞學園的學生，肯定就已經很引人注目了……啊啊啊，真該把外套帶來的……）

莫妮卡踩著顫抖的腳步，移動到附近房屋的陰影下，擦去額頭的汗水。光這麼一小段距離，就讓她感覺自己好像已經耗盡了今天一整天的體力。

待莫妮卡調勻呼吸，尼洛立刻舉起尾巴拍她的腳，催她上路。

「喂，莫妮卡。不是要去買東西嗎。」

「我、我看，今天果然，還是先回去，好了～⋯⋯」

「少胡說八道！本大爺早就決定今天非得吃到肉不可啦！」

莫妮卡哭訴的「可是～」才剛出口，尼洛就不悅地用鼻子哼一聲，轉身背向莫妮卡。

「算了，本大爺自個兒去吃吃逛逛。掰啦。」

扔下這句話之後，尼洛跳上了旁邊的屋簷。

莫妮卡慌忙追上去，但尼洛的身影轉眼間就消失得無影無蹤。

「等、等等啊～⋯⋯！討厭，不要丟下我嘛⋯⋯尼洛～⋯⋯！」

哭喪著臉從房屋陰影下飛奔而出的莫妮卡，立刻被來自周圍的目光給嚇得僵在原地。

即使明白投向自己的視線並非全都摻雜著惡意，喉嚨還是當場哽住，呼吸也紊亂了起來。

吸～呼～⋯⋯就在反覆短促吸氣吐氣的過程中，眼前逐漸變得天旋地轉。

莫妮卡趕緊蹲下縮成一團，遮住耳朵，闔上雙眼。

只要像這樣遮斷所有來自外界的訊息，專心思考數字，就能稍微轉移注意力。

（⋯⋯不可以，一直這樣子。要好好站起來，用自己的腳走出去，才行。可是⋯⋯）

好不容易動起顫抖的雙腳，試著從地面起身時，突然有人輕輕拍了拍她的肩膀。

莫妮卡嚇得屏住呼吸，緩緩睜開緊閉的雙眼。

「不要緊吧？」

抬頭一看，一位金茶色頭髮的青年正蹲在面前，露出擔心的表情與自己四目交接。年齡大概與莫妮卡相仿，身著便於活動的服裝，還掛了一只斜背包。

「是有哪裡不舒服嗎？」
「…………啊，嗚……」
對莫妮卡而言，和初次見面的人交談就是件苦差事。
即使如此，這位青年畢竟是在擔心自己。抱著「一定得努力回應人家才行」的想法，莫妮卡勉強操著顫抖的喉嚨開口：
「那個，我、我跟尼洛……跟我的貓，走散了……」
「是怎樣的貓？」
「……他是，金色眼睛的，黑貓。」
青年「嗯哼～」地點頭，然後俐落地起身，朝莫妮卡開口一笑，露出潔白的齒列。
「我跳過去那邊找一下，妳先這裡等等唄！」
語畢，青年開始小聲地喃喃自語。
傳進耳裡的微弱嗓音，讓莫妮卡頓時睜大雙眼。青年嘴裡念念有詞的，是魔術的詠唱。
（而且，這段詠唱是……！）
詠唱結束的瞬間，青年身體周圍颳起旋風。接著，青年朝地面「唷」地蹬了蹬，跳到比屋頂更高的半空中。
那是莫妮卡無法使用的飛行魔術。雖然是讓施術者能在上空自由飛翔的便利魔術，但魔力的消耗量相當劇烈，對平衡感也有一定的要求。莫妮卡用不了飛行魔術的理由，主要是來自後者。
就算是上級魔術師，能使用飛行魔術的人也寥寥無幾。往來的行人都以好奇的目光仰望飛到屋頂上方的青年。

青年以手掌充當遮陽帽，四處環望一陣子之後，朝附近的一處紅屋頂急速降落。

來自頭上的青年嗓音——「逮到你嘍！」與「唔嘎————！」叫聲同時響起。

幾分鐘後，自屋頂緩緩著地的青年，已經將尼洛抱在手臂裡。

「這傢伙在那邊的屋頂上晃來晃去，牠就是尼洛對嗎？」

青年舉起手指示意的屋頂，就在莫妮卡蹲下的地點附近。看來尼洛只是躲在屋頂上偷偷觀察莫妮卡而已。

被青年抱著的尼洛難為情地別過頭去，尾巴左右甩個不停。

「……尼洛，對不起。」

聽到莫妮卡道歉，尼洛一臉「真沒辦法～」的表情，開口喵了一聲。

就在這時，時鐘突然鏗鏘作響。

這陣帶點急促感又猛烈的音色，並非報時用的響聲。這是在通知居民，現在發生了緊急情況。

「有龍！落單的龍在城鎮周邊出現了啊～！」

某個人扯著嗓子大喊。

這句喚聲一出，眾人紛紛喧嘩逃竄，亂成一團，擺攤的商人們也慌忙收拾起攤子。

龍主要在利迪爾王國東部的山間地帶出沒，但也不時會有自群體離散的龍像這樣迷路闖進平地。

城鎮周遭築有石造的牆，但長有雙翼的龍要越過自是輕而易舉；至於不會飛的龍，破壞城牆入侵也不是什麼罕見的事。

就在眾人一片騷亂中，金茶色頭髮的青年將尼洛遞給莫妮卡，迅速展開詠唱。

「我去那邊探探情況！妳趕快往城鎮中心避難去唷！」

這麼交代之後，青年就發動了飛行魔術，朝正門方向一躍而去。

莫妮卡被留在原地，懷裡的尼洛小聲地開口：

「喂，莫妮卡。妳打算怎麼辦？」

有這等規模的城鎮，警備兵的人手應該也不在少數，但終究是龍害較不頻繁的土地，實在不覺得會備齊對抗龍族所需的裝備。

可是，事情畢竟發生得太倉促，根本沒有足夠的時間向身為禦龍專家的王都龍騎士團求援。

（……打算怎麼辦，什麼的……答案當然只有一個。）

光是龍無意間甩甩尾巴，就可能帶來嚴重的損害。來到這個小鎮購物的拉娜，也難保不會受到池魚之殃。

最重要的是，莫妮卡是第二王子的護衛。只要這條落單的龍有任何一點前往賽蓮蒂亞學園令王子身陷危險的可能性，就不能置之不理。

居民一個個驚慌失措地逃往城鎮中心或建築物裡頭。

在這種混亂場面下，莫妮卡緩緩地抬頭，向尼洛開口提問：

「尼洛，能辨識龍的位置與種族嗎？」

「我沒感受到多強的魔力，八成是低等龍種。正確的位置不清楚，但方向是那邊。」

尼洛豎起尖耳一抖一抖地回答，並朝正門的方向看去。

若是低等龍種，大概就是翼龍、地龍或火龍之類的吧。

這些龍的威脅性雖然較高等龍種來得遜色，卻也是能靠堅硬鱗片彈開刀刃與攻擊魔術的強敵。想確實討伐，就必須瞄準眉心。

「有沒有什麼高地，是視野良好，人煙又稀少的……」

轉頭環顧四周的莫妮卡，映入眼裡的是磚造的鐘塔。

輕快地從莫妮卡懷裡跳到地面的尼洛，在確認四下無人之後，仰望莫妮卡咧嘴一笑。

「要動手是吧？」

「……嗯。必須得，由我來處理才行。」

就好像要說服自己似的，莫妮卡帶著下定決心的表情道出這句話，朝鐘塔跑去……

「啊，突然激烈跑步，側腹……好、好痛……嗚～唔……」

「我說妳……缺乏運動也該有個限度吧。」

立於這個國家頂點的魔女，一邊按著側腹奔跑，一邊哭喪著臉喊疼。

她跑步的模樣，用東倒西歪來形容再合適不過，遲鈍到教人絕望的地步。

看不下去的尼洛一臉「傷腦筋」地嘆氣，再度確認身邊沒有任何人，大力揮舞尾巴。

緊接著，一陣黑色的煙霧便包覆黑貓的身影，進而不斷膨脹擴散，形成人類的輪廓。

不一會兒，黑霧就有如以清水沖刷的墨汁般消逝無蹤，一位身著老派長袍的黑髮男子自黑霧裡現形。尼洛變身成了人類。

化身為高個兒男子的尼洛，腳步輕快地開跑，隨後揪住莫妮卡的頸子，將她一把扛上肩頭。動作粗魯到就像在扛裝滿小麥的麻袋。

「這主人真欠人照顧耶！給我好好抓緊啊！」

「你、你這樣，我該抓哪裡好啊～？」

「自己找個好抓的地方啦！」

隨口答腔的尼洛，開始以疾風之勢奔馳。

化身成人類的尼洛身材高挺，被扛在肩上的莫妮卡自是與地面離了相當的高度，因而震得頭昏腦脹。好可怕。

莫妮卡總之只能先緊緊抓住尼洛背後的衣服，使勁咬緊牙關。如果不這麼做，感覺隨時都會不小心咬到舌頭。

好不容易抵達鐘塔，卻發現那兒理所當然地上了鎖。雖然有處照明用的窗口，而且那兒既沒上鐵窗也沒裝玻璃，但將近有二層樓高，不是能夠跳上去的距離。

完全沒料到鐘塔可能上鎖的莫妮卡顯得一臉絕望，尼洛則是仰望照明口，嘴角得意地上揚。

「小說家達士亭．君塔有云——『必先超越極限，才能獲得真正的成長』……帥吧？很帥吧？」

「尼、尼洛，該不會……」

「誰教本大爺就是不會用那什麼飛行魔術嘛。」

扛著莫妮卡的尼洛，就這麼靈活地攀上身邊的樹木，再從樹枝跳到民宅屋頂上。

每當尼洛做出激烈的動作，莫妮卡就被甩得忍不住尖叫。然而，莫妮卡的恐怖體驗還沒有就此結束。

民宅屋頂與鐘塔窗口之間的距離，大概是一個運動能力高超的人類經過充足的助跑，才勉強有機會，但不保證能跳到的程度。

「尼、尼洛，這樣的距離，再怎麼說，應該還是沒辦……」

「要——上——嘍～……！」

全身有如彈簧般緊縮的尼洛，連助跑都沒有，就從屋頂上直接起跳。

尼洛與莫妮卡的身體，就這麼穿過照明用的窄小窗口，順勢在鐘塔內部著地。尼洛的靴子強烈摩擦地板所發出的剎車音，在鐘塔內反覆迴響。

重整體勢的尼洛，回過頭來向渾身癱軟的莫妮卡開口：

「看到沒，在貓咪生活中培養出來的跳躍技術！本大爺的英姿最強最帥啦！完全就是故事主人翁應有的表現對吧！喂，莫妮卡，別顧著翻白眼，說點什麼啊。具體而言就是誇獎本大爺幾句！聽到沒！」

在尼洛肩上半昏迷的莫妮卡意識回復後，溫吞地轉頭環顧四周。

鐘塔內沒有照明器材，自採光窗口射入的陽光就是唯一的光源。

待雙眼漸漸習慣內部的黑暗，通往鐘塔上方的螺旋階梯便映入眼簾。

「……尼洛……往上……」

「唉唷，不好不好。都忘記龍來了。」

看來尼洛已經忘了特地跑來鐘塔的目的是什麼。

尼洛輕輕「唷」地一聲，重新扛穩莫妮卡，踩動他修長的雙腿，一次跨兩階樓梯，沿著螺旋階梯一路往上衝。莫妮卡放著瘋狂甩動的手腳不管，使勁全力讓自己保持意識清醒。

「好，到站！」

總算來到鐘塔頂層，亦即大時鐘的內側，尼洛於是放下肩膀上的莫妮卡。

頂層設有好幾處通風用的窗口，能將塔外景象一覽無遺。

離開尼洛肩膀的莫妮卡，搖搖晃晃地站到窗口前，無詠唱地發動遠視魔術。

距離城鎮一段距離的場所，可以看到一條茶色鱗片的龍。體型大概比公牛大上兩圈吧。

「……那條是，地龍。」

「本大爺猜得沒錯啊。這傢伙雖然是低等種，卻有耐打這個唯一的長處。半吊子的攻擊可是對付不了牠的喔。」

地龍不生雙翼，無法翱翔於空，然而單是能徹底發揮利爪威力的粗壯四肢便足以構成威脅。

在這樣的地龍身邊，大約有十幾名士兵以箭矢或刺槍應戰。除此之外，還有一個在地龍上空盤旋的人影。

在使用了遠視魔術的莫妮卡眼裡，清楚映照出了那名人物的姿態。那是方才替她找到尼洛的金茶色頭髮青年。

他正以飛行魔術在地龍四周來回飛舞，吸引地龍的注意力，以免地面上的士兵成為攻擊目標。然後又趁隙降落地面，以射出火球的魔術攻擊地龍。

青年所放出的火球，大概有兩名成人手拉手圍成圓形那麼大。命中目標後華麗引爆的火球威力雖然不俗，但面對魔力抗性極高的龍，就連想阻止對方前進都做不到。

即使是低等龍種，只要沒有用高威力魔術瞄準弱點眉心發動攻擊，想確實討伐都是不可能的任務。

要說有誰能使用火力高到不瞄準眉心也足以擊倒龍族的強力攻擊魔術，那才真的只有七賢人之一的〈砲彈魔術師〉辦得到吧。

就在莫妮卡努力以遠視掌握戰況時，尼洛瞇著眼睛，把下巴擺到莫妮卡的頭上。

尼洛的視力好到根本不必依賴遠視。

「嗳～莫妮卡。我說，那傢伙為什麼飛在空中時不攻擊？」

一如尼洛所言，金茶色頭髮的青年每次都必定先降落地面才發動攻擊魔術。

在攻擊魔術發動後，青年才會再度使用飛行魔術升空，閃避地龍的攻擊。看在尼洛的眼裡，想必覺得這樣無異於多此一舉。

「想同時維持兩道魔術，其實是非常困難的。」

尼洛回了句「是喔～」並意味深長地低語：

「妳每次都用得那麼理所當然，害我以為每個魔術師都辦得到咧。」

莫妮卡沒有回應尼洛的調侃，而是維持著遠視魔術，開始計算鐘塔與龍之間的距離。

地龍、青年，以及青年施放的火球。莫妮卡正靜靜地等待——這三者時機重合的瞬間。

即使窗口吹進的強風令頭髮晃個不停，莫妮卡也絲毫不為所動，連眼皮都不眨一下。

總是戰戰兢兢的稚氣未脫臉龐變得面無表情，略帶褐色的瞳孔在日光反射下，閃爍著璀璨的綠光。

然後，那一刻到來了。

（……就是這裡。）

＊＊＊

（慘了，慘了，慘了啦——！完～全，起不了作用！）

用飛行魔術閃躲著地龍攻擊的青年，在內心暗自焦急。

因為他所施放的攻擊魔術，完全無法對龍造成半點傷害。

架著弓的中年士兵一臉憂心地向青年開口：

「喂，你還好吧！」

「我沒事！」

在場的克萊梅士兵們與青年完全素昧平生。說到底，青年根本就不是克萊梅的居民。他只是個碰巧來到鎮上，見義勇為的見習魔術師。

身為見習魔術師的他，唯二會使用的魔術，就只有飛行魔術與射出火球的魔術而已。

不僅如此，兩者還無法同時使用，火球的射程又短，命中精度也稱不上多高。

原本對火球的威力還挺有自信的，以為只要命中，多少能帶來一點打擊，可結果也只是讓地龍的鱗片出現點黑灰而已。果然，不瞄準眉心還是不行。

（早知道會這樣，乖乖聽師父的話，進行提升命中精度的訓練就好了！）

內心雖然後悔，青年還是在地面持續奔跑，以高速詠唱咒文。

這詠唱實在教人心煩。

由於他無法在使用飛行魔術的同時施放其他魔術，所以若想使用攻擊魔術，非得像這樣邊在地面逃竄邊詠唱不可。而在全力奔馳的狀態下詠唱，其實比想像中更累人。

青年雖然跑得上氣不接下氣，還是氣喘吁吁地唱完了咒文，成功發動魔術。

然後，以地龍的眉心為目標，射出特大的火球。

火球直接命中地龍的側臉，隨著震耳欲聾的爆炸聲化作火苗四散。然而，卻也僅止於此。

（不行……沒射中眉心啊！）

無論絕望的青年，還是應戰的士兵，在場沒有任何一人注意到。

在青年施放的火球底下，還同時出現了一支火焰箭。

那是支有如枝條般隱密，混在四散火苗中也不會有人發現的細箭。但，經過多重強化術式增幅過的這支高魔力密度火焰箭，蘊含著遠在火球之上的破壞力。

細小的箭矢以駭人的準確度，不帶半點聲響地貫穿了地龍的眉心。
地龍高聲咆哮，緩緩倒向地面。隨著一陣沉重的咚隆巨響，在現場捲起大量的沙塵。
在一旁屏氣凝神觀望的士兵們，頓時齊聲歡呼：
「好呀！打倒巨龍了！」
「小兄弟！幹得好啊！」
士兵們滿臉皺成一團地開懷大笑，猛拍青年的背誇獎他。
青年難以置信地望著倒在眼前的地龍。
龍的眉心留下了一道焦黑的痕跡。這條龍無庸置疑是被火屬性魔術打倒的。
「嘿、嘿嘿……沒有啦～就運氣好而已咩。」
嘴巴答得謙虛，但臉上還是露出了藏不住的喜悅。

＊　＊　＊

站在鐘塔窗口前的莫妮卡，確認地龍完全沒有動靜之後，解除了遠視的魔術。
「結束了嗎？」
「嗯。」
用攻擊魔術貫穿龍的眉心，對莫妮卡而言並不是什麼難事。
不過，要在已經有許多人與龍展開交戰的狀況下，暗中解決掉龍又不被任何人發現，難度可就大幅攀升了。

為此，莫妮卡使用的，是所謂的遠端魔術。

一般而言，魔術都是在施術者的周圍發動。但，只要在術式內混入遠端術式，就能夠在遠離施術者的地點發動魔術。這就稱為遠端魔術。

莫妮卡便是以遠端魔術，配合青年展開攻擊的時機，放出火焰箭射穿地龍的眉心。

遠端魔術雖然既強大又方便，但也存在著命中率會顯著降低的缺點。

而莫妮卡卻在無詠唱的狀況下精準命中了目標，只要是對魔術稍有涉獵的人，肯定都會為了這堪稱奇跡的偉業目瞪口呆。

不為人知地引發奇跡的魔女，將眼珠咕嚕朝上一轉，望向依然把下巴靠在自己頭頂上的使魔。

「……尼洛，好重。」

「喔～？面對把妳一路送到這兒來的本大爺，妳這態度不太可取喔。」

態度比主人更不可一世的使魔，在操著壞心眼嗓音回應的同時，還不忘用下巴在莫妮卡的頭上來回摩擦。

「還不快給這個勤勞的使魔一點獎賞，主人。雞肉是個好選擇喔。那種鹽巴撒夠多夠鹹的更好。」

「不曉得現在，還有沒有店家開著～……」

再怎麼說，鎮上畢竟因為突然出現的地龍亂成一片。天曉得有沒有店家溫吞到這種狀況下還敢做生意。

莫妮卡正歪頭思索時，尼洛指著眼下的景觀，說了聲：「看啊。」

也不曉得是不是龍被打倒的消息轉眼間就傳開，鎮上的人們已經逐漸回歸原本的狀態。

露天商店與攤販的店主紛紛重新開張，甚至有人為了撿拾龍鱗朝鎮外飛奔而出。

「人類這種生物，可真夠頑強呢～」

「反、反正我就是，不夠頑強啦……」

鬧彆扭似地回嘴後，尼洛忽然揪起莫妮卡的腦袋，硬是讓她向上仰頭。

然後就這樣從正上方笑瞇瞇地俯視莫妮卡的臉。

「我猜猜，妳肯定沒發現吧？」

「……？發現什麼？」

「自己就算被人類模樣的本大爺接近，也已經不會緊張了。」

啊——莫妮卡當場瞪大了眼睛。

莫妮卡極度怕生，其中又以高大的男性為最。

所以直到先前，她就連化成人型的尼洛都沒辦法直視，光是被摸到就渾身顫抖不已。

而這個狀況，曾幾何時已經化解了。

「妳看看，這不就稍微頑強點了嗎？」

「是這樣，嗎……」

自信缺缺地回應尼洛的同時，莫妮卡稍稍露出了點笑容。

（……如果真的是這樣，就好了。）

＊＊＊

「拉娜大小姐，巨龍似乎已經平安討伐了。」

「……是嗎。」

馬車座席上的拉娜，正靠著座墊以手托腮，望著窗外簡短回應坐在身旁的中年侍女。

直到方才為止都還鴉雀無聲的小鎮，已經開始重新湧現人潮。拉娜不斷以目光掃視往來的行人，但始終找不到莫妮卡的身影。

（……她要不要緊啊。）

龍似乎在靠近街道前就被擊退了，所以莫妮卡受到波及的可能性不高，即使如此，拉娜還是相當替莫妮卡擔心。

被擠到逃難的人潮裡，摔倒在地泣不成聲……對於笨手笨腳的莫妮卡而言，這麼演變的可能性相當高。

就好似要壓下內心的這份不安，拉娜以更強悍的口氣向侍女開口：

「唉唷～今天真的是糟透了！難得想要盡情採購一番，結果既沒找到好東西，又突然有龍出現……」

而且——拉娜小聲嘀咕，低頭望向手邊。原本強悍的語調，自然而然地消沉了下來。

「……莫妮卡好像也不想跟我一起去買東西。」

聽見這句有如在鬧彆扭的低語，中年侍女用彷彿望著年幼女兒一般的表情笑了起來。

拉娜與那位朋友的對話，當時待在馬車前的侍女全看在眼裡。

今天明明是假日，拉娜的朋友卻沒穿禮服，身上也沒有配戴任何飾品。

所以，侍女大概可以理解，那位嬌小的少女內心是在顧慮什麼。

「小姐的那位朋友，想要的或許並不是精巧的銀梳子吧。」

「……」

「像我自己愛用的，就是木雕的梳子喔。」

聽了這番話，拉娜才好似驚醒一般抬頭。

原以為她會不會內心糾結尷尬好一段時間，沒想到她立刻猛力抬起下巴，氣勢凌人地開口：

「我突然想吃烤栗子。送我到攤販那兒去。」

「是～是～謹遵吩咐。」

面對長年侍奉的大小姐耍任性，侍女帶著祥和的笑容回應後，向馬車的車夫傳達了目的地。

＊＊＊

向莫妮卡要到零用錢的尼洛，維持著人型外表愉悅地朝攤販出發。

望著他遠去的背影，莫妮卡朝行道樹靠了上去。

（……這麼一提，我好像是來買梳子的……）

事到如今才想起自己為什麼來到鎮上，莫妮卡長嘆一口大氣。

對現在的自己而言，光是要靜靜躲在遠離大街的行道樹樹蔭下，就已是極限。

要找人問出哪家店有在賣梳子，並實際上門購物，似乎還是太早了些。

還是改天再找機會買梳子吧——才剛抱著這種想法苦笑，一陣喚著「莫妮卡！」的嗓音就傳進耳裡。而且聽起來不像尼洛。

「莫妮卡！總算找到妳了！」

轉頭看往聲音的方向，便見到下了馬車的拉娜正快步朝自己走來。

回想起今早的對話，莫妮卡的表情不禁僵硬起來。早上自己才不小心惹得拉娜不愉快，她一定是生氣了。

實際上，拉娜正眉毛直豎，瞪著莫妮卡不放，感覺上的確不太開心。

莫妮卡眼神游移不定地搓起手指，拉娜隨即露出氣鼓鼓的表情，將一包小紙袋塞給莫妮卡。

順勢接下紙袋的莫妮卡不禁瞪大雙眼。往紙袋裡頭一瞧，裡頭滿是圓滾滾的烤栗子。

「我吃膩了，不想再吃。給妳。」

說是說吃膩，可是袋裡幾乎是滿的，紙袋還溫熱得有如才剛買來不久。

「啊，呃——……那個……」

正試圖道謝時，莫妮卡注意到紙袋裡畫了一副精簡的地圖。

原以為大概是烤栗子店的地點，但仔細一看，地圖上還標記了街道的路名與雜貨店等字眼。

「……雜貨店？」

「人家說，那邊也有在賣木雕梳之類的。」

簡短答覆後，拉娜悻悻地轉過頭去。臉龐稍微染上了點紅暈。

莫妮卡將溫熱的紙袋緊緊抱在懷裡開口：

「那、那個……！」

也不知為什麼，莫妮卡嗓門大得連自己都難以置信。

浮現在她腦中的，是尼洛方才那番話。

——妳看看，這不就稍微頑強點了嗎？

若是稍微成長過的自己，一定能說出口才對——如此在內心激勵自己之後，莫妮卡卯盡全力擠出聲音接話：

「我、我想跟妳…………一起去……這家店。」

莫妮卡一瞥一瞥地瞄向拉娜，只見她嘴角扭個不停，好似在忍耐著什麼。

「真拿妳沒辦法耶！來啦，往這邊！」

「嗯、嗯！」

在露出得意笑容的拉娜伸手拉扯下，莫妮卡走出了行道樹的樹蔭。

人多的場所果然還是很嚇人，即使如此，現在卻不可思議地能夠抬頭挺胸，不必低頭走路。

簡直像以往堵塞的通路，頓時豁然開朗的感覺。

＊＊＊

「這個，還有這個……啊啊～這條披肩也好可愛。買吧買吧。」

七賢人之一——〈結界魔術師〉路易斯・米萊（就快要當爸爸的得意忘形潘吉・二十七歲）正在王都的服飾店滿心歡喜地瘋狂血拚。

工作時七賢人長袍與長法杖總是不離身的他，今天卻卸下了沉重的長袍，改披秋季大衣。

每當他在店內踩著輕快的步伐移動，大衣的下襬以及他的註冊商標——綁成三股辮的長髮就活潑地擺動，有如要代言他的心情似的。

路易斯手上抱著的，全都是替尚未出世的孩子購買的衣物。

望著櫃檯上愈堆愈高、堆積如山的孩童服，與路易斯同行的女僕裝扮美女——路易斯的契約精靈琳姿貝兒菲，通稱「琳」的女性開了口：

「全都是幼女取向的服裝呢。」

一如琳所言，路易斯挑選的盡是些裝飾了滿滿花邊或緞帶的小女孩服飾。

還有將近半年才到預產期，就連是男是女都還說不準，這樣買是否過於心急？琳這番言下之意，路易斯當然心知肚明，他伸手拿起蕾絲編織的襪子，用鼻子哼了一聲。

「出世的孩子，當然會是與羅莎莉不相上下的可愛女兒。」

「有什麼根據嗎？」

「我的第六感總是很準喔。」

將得意忘形本色發揮得淋漓盡致，為了即將出世的女兒，在櫃檯上擺滿大量衣物的路易斯，這會兒乾脆物色起十來歲小女孩會喜歡的服裝。

面對這樣的潘吉，琳操著缺乏抑揚頓挫的平淡語調開口勸諫：

「再怎麼樣都未免操之過急了吧？」

「妳誤會個什麼勁啊。這邊是幫〈沉默魔女〉閣下挑的。」

聽到這句輕描淡寫的回應，琳稍稍瞪大了雙眼。

身為風之精靈的琳，感性與人類大相逕庭，端正的五官也極少顯露出表情的變動。

路易斯的發言，衝擊性就是巨大到能夠讓這樣的琳瞪大雙眼。

「……竟然……」

琳這句百感交集的感嘆，令路易斯豎起纖細的雙眉，狠狠瞪向自己的契約精靈。

「我說妳，該不會把我誤會成了什麼既沒血也沒淚的無情人類吧？」

「我以為，會透過脅迫手段把工作硬塞給同僚，一般而言就是種沒血沒淚的無情舉動。」

「那叫做適才適所。」

透過脅迫手段把護衛第二王子的任務硬塞給同僚的男子，帶著爽朗的笑容，開始端詳哪件禮服在平日也能穿。

真要說的話，這些是給〈沉默魔女〉的獎賞。

從莫妮卡插班到賽蓮蒂亞學園，才只經過大約兩週。她不但在這麼短的時間內當上學生會幹部，甚至還成功抓捕在校園內舞弊貪汙，涉足準禁術領域的犯罪者。

莫妮卡本人並未大張旗鼓地邀功，但這著實是值得讚賞的成果。面對優秀的表現，就應該給予正當的報酬。

為此，路易斯所選擇的，是替她添購新服飾。

反正那個小丫頭，肯定根本沒準備什麼像樣的衣物。恐怕連正常校園生活都受影響了吧——正因抱持著這種想法，路易斯才決定幫她挑選幾套實用的服裝。當然，並非專程購買，而是趁幫女兒買衣服時順便解決。

（……也罷，比起新衣服，收到數學書或魔術書，大概還比較讓那個廢丫頭開心就是了。）

想著想著，路易斯拿起了一件感覺適合平時穿的禮服。

執行潛入任務的莫妮卡，設定上是在柯貝可伯爵家中遭到排擠的養女，幫她挑樸素點的款式應該比較妥當。

路易斯選了一件白天外出用的藍紫色高領禮服，以及一件適合往後季節的外出用大衣，結帳後一起帶上馬車。

接著，抓準馬車即將起步的時機，向坐在身旁的琳下令。

「近期內，將這邊的衣服送去給〈沉默魔女〉。」

「交給她時，該怎麼說明才好？」

稍作思索之後，路易斯開口回答琳的提問：

「這個嘛～就告訴她這是逮到維克托．松禮的獎賞。糖果與皮鞭都得運用自如，適時切換才行嘛～哈哈哈～」

「謹遵指示。我會一字不差地把話帶到。話說回來，另外那位什麼都不送無妨嗎？」

「另外那位？……喔喔，妳說我那個弟子嗎。」

在安排莫妮卡插班進賽蓮蒂亞學園之際，路易斯也同時安排了自己的弟子一起插班。

第二王子菲利克斯．亞克．利迪爾的直覺敏銳，無論護衛或刺客，只要是潛伏在自己周遭的人，他都善於看穿對方的真面目。既然如此，插班生會遭到他投以懷疑的目光，也是必然的發展。

正因如此，路易斯才把自己的弟子也送進賽蓮蒂亞學園，當作轉移菲利克斯注意力的誘餌，以防止莫妮卡受到過度的懷疑。

對於琳所提的，有沒有要順便送什麼給這位弟子，路易斯搖了搖頭。

「沒必要做到這種程度。再怎麼說，我那傻弟子什麼都不曉得。」

「關於自己是去當誘餌的事，以及第二王子的護衛任務，一切的一切都沒有告知過嗎？」

「誰教那傢伙很不擅長撒謊呢。沒問題，就算我不特地耳提面命，誘餌的效果也會發揮透徹啦。畢竟我那弟子不僅個頭與嗓音都大而無當，而且還是個一度破壞米妮瓦校舍的問題兒童嘛～哈哈哈～」

貌美如女性的臉龐浮現的笑容雖然爽朗，嘴裡吐出的發言卻無比惡毒。

「我以為，讓一無所知的弟子當誘餌，一般而言就是種沒血沒類的無情舉動？」

琳這番質問，路易斯擺出了不痛不癢的表情聳聳肩回答：

「促進弟子成長也是為師的使命。成長這種東西，本來就是會伴隨適度的試煉吧。」

＊＊＊

克萊梅鎮的附近有龍出沒——這則消息很快就傳到了賽蓮蒂亞學園。

原本正享受平穩假日時光的學生們，雖然多少出現動搖，但得知龍已遭到討伐之後，又立刻像什麼都沒發生似的，回歸一如往常的休假生活。

而這樣的光景，正被一名人物咬著嘴唇，悻悻地看在眼裡。

（……這就是，不常面對龍害的，中央貴族的反應。）

以王都為中心的利迪爾王國中央區域，擁有禦龍專家龍騎士團，以及實力派魔法兵團。所以，對於龍害的危機意識格外稀薄。

看在終日為龍害所困擾的東部居民眼裡，中央貴族安穩度日的模樣看了甚至會心生嫉妒。

出沒在克萊梅鎮的龍，據說被路過的魔術師輕而易舉地討伐了。

如果這是自己的故鄉——該名人物心想。

單單為了討伐一隻地龍，到底會造成多慘烈的損害？到底要有多少人為此流血？

魔術師這種東西，在鄉下根本就少見到連想遇到都難。更遑論是實力高強到足以打倒龍的高手了。

然而在中央，這樣的高手卻如過江之鯽。

飽受龍害之苦的明明是東部地區，軍事力卻偏重在保護中央的貴族。這就是放任克拉克福特公爵把權操弄的利迪爾王國實情。

正因如此，這個國家運作的方式非得改變不可——在內心如此說服自己後，那名人物快步返回房間，打開附鎖的抽屜，從深處拿出某件物品。

在閃爍著耀眼光芒的紅寶石之下，裝有纖細雕工別針的物品，乍見之下或許就像個胸針。但仔細觀察就會發現，裝飾用底座的內側，付有三只強韌的圖釘。這是個必須刺進牆壁或地板，在固定狀態下運用的道具。

（……距離王儲定案已是時間的問題……這個，現在非用不可了。）

這是只能使用一次的道具。因此在安排上必須慎重以對。

（為了準備校慶，校外業者出入的機會變多，現在正是絕佳的機會……只要配合資材搬入的時機使用這個，就能……）

望著掌心的這項物品，那名人物帶著悲壯的表情下定了決心。

在平穩假日的陰影下，惡意正悄悄地展開動作。

The genius sorcerer who can derive the best solution to

a difficult magic formula in an instant

- and therefore doesn't need to chant.

面對複雜難解的魔術式亦能瞬間導出最佳解

——因而無須詠唱的天才魔術師。

That's the "Silent Witch".

那正是〈沉默魔女〉。

Silent ✦ Witch

II

沉默魔女的祕密

Secrets of the Silent Witch

✦第一章　沉默魔女，改稱失言魔女

賽蓮蒂亞學園的女教師——綾縺．佩露正坐在自己的辦公室座位上憂鬱地嘆氣。

今年邁入二十六歲的綾縺，是個隨手將微微泛灰的金髮扎成一束，沒什麼明顯特徵的不起眼女性。

即使如此，她身為社交舞教師，還是惦記著至少要隨時保持美麗的姿勢。而這樣的她，現在卻露出了垂頭喪氣的無力背影。

大約兩週前，基礎魔術學的教師——維克托．松禮遭到了逮捕。

據說他不但私吞學園的資金，還暗中研究準禁術。

拜此之賜，賽蓮蒂亞學園連日以來飽受來自王都與魔術師工會的調查員拜訪。

賽蓮蒂亞學園乃是國內有力貴族——克拉克福特公爵的地盤，因此似乎早已安排好只進行最低限度的調查工作。即使如此，綾縺還是為了配合調查忙得團團轉。

這也難怪，畢竟每當有調查員前來，要交給調查員的資料等相關準備工作，就會落在身為新進職員的綾縺頭上。

（……而且，還連級任導師的位子都推給我……唉～）

在教師陣容中屬於比較菜鳥的綾縺，以往最多也只擔任過副班導，可這次遭捕的松禮原先任教的班級，卻忽然指派綾縺接任班導崗位。說實話，她壓力大到胃都痛了起來。

綾縺正彎腰駝背地嘆氣不停時，校長突然從走廊進到辦公室。身旁還跟了一位拄著長杖的老人。

那是位有著蒼白粗眉與鬍鬚，口眼都蓋在毛髮下的矮小老人。手上的裝飾杖，是上級魔術師才獲准持有的長杖。

在辦公室教師們的注目下，五十來歲的校長用他偏大的臉孔露出滿面笑容開口：

「各位請注意！這位是從今天起，到本校就任基礎魔術學教師的威廉・瑪克雷崗老師！」

隨著校長的介紹，瑪克雷崗先是點頭，再動起長滿白鬚下的嘴巴。

「初次見面，還請多多指教。」

「這位瑪克雷崗老師乃是冠有〈水咬魔術師〉頭銜的上級魔術師，更驚人的是，他從前可是在那間最高峰的魔術師養成機構——米妮瓦擔任名譽教授的喔！連鼎鼎大名的〈結界魔術師〉大人與〈沉默魔女〉大人，在當上七賢人之前，都曾師事這位瑪克雷崗老師呢！」

面對解說時比手畫腳到有點浮誇的校長，瑪克雷崗操著略顯溫吞的語調說道：

「名譽教授這工作，說真的只有乏味可言。我喜歡的終究是教育人才嘛……要是這所學校也能讓我遇見活潑的學生，我會很開心的。」

＊＊＊

收假第一天，放學後前往學生會室的莫妮卡，雖然只是些微的程度，但腳步比平時來得輕快了點。

再怎麼說，今天頭髮編得比平時還漂亮。相信是昨天和拉娜一起挑選的梳子品質不錯吧。

回想起在馬車裡和拉娜一起享用的烤栗子滋味，莫妮卡嗤嗤地笑著，打開了學生會室的大門。

學生會室裡，一位亮褐色頭髮的小個子少年正在整理文件。那是與莫妮卡同學年，高中部二年級的學生會總務——尼爾·庫雷·梅伍德。

原本正望著文件的尼爾，注意到莫妮卡進門，抬頭開口問候。

「午安，諾頓小姐。」

「午、午安，呃——我來幫忙吧。」

莫妮卡提出要幫忙整理文件，尼爾隨即開口回應「謝謝妳」，同時露出令人心曠神怡的柔和笑容。

尼爾是學生會中唯一與莫妮卡同學年的幹部，個性又非常隨和，因此對極度怕生的莫妮卡而言，他算是比較容易開口交談的對象……或者說，其他幹部們都太有個性了點。

首先，書記布莉吉特·葛萊安本身就對於莫妮卡接任會計一事表示反對，就連莫妮卡已正式當上會計的現在，除非必要，否則她也幾乎不與莫妮卡對話。

同為書記的艾利歐特·霍華德，態度乍見之下還算友善，但投向莫妮卡的視線卻很冷漠，講話也頻頻帶刺。平民出身的莫妮卡配不上這所學校——明眼人都看得出，他的言行舉止間滿是這樣的輕蔑。

就這層意義而言，學生會副會長希利爾·艾仕利從不言及莫妮卡的出身，指導她辦公時態度也相當仔細。說實話，他在莫妮卡容易交談的對象排行榜中，順位是僅次於尼爾的。

只不過，他對於學生會長太過傾心，因此對於莫妮卡不知禮數的行徑總是指責得嚴厲有加。

而最嚴重的，就是學生會長——第二王子菲利克斯·亞克·利迪爾。他不但是任命莫妮卡成為會計的罪魁禍首，同時也是莫妮卡護衛任務的目標。偏偏這樣的他，似乎有著以揶揄莫妮卡為樂的傾向。

每遭到菲利克斯戲弄，不知所措的時候，就被希利爾斥責態度不敬，再被艾利歐特與布莉吉特投以冰冷的視線。這就是莫妮卡近來的日常。

（今天即使被捉弄，舉止也要大方！……雖然不太可能，但至少別變得手忙腳亂就好……嗯……）

抱著稱不上大志的目標，莫妮卡開始過目資料。

資料內容是校慶時合作的業者清單。清單上除了商會的名稱，還在一旁記載了各商會的紋章。

要在賽蓮蒂亞學園出入的業者，當然是從一流商家中經過嚴格篩選的。同時為了避免信不過的業者進出校園，規定要在馬車上標明紋章以供檢查。

喜歡觀察精緻圖形與圖案的莫妮卡，文件望著望著，隱約湧現一股雀躍的心情。這時，在一旁整理資料的尼爾語調悠閒地問道：

「這麼一提，明天就是選修課的觀摩會了呢。妳已經決定要選什麼課了嗎？」

「咦？啊，呃——還沒……選好……」

賽蓮蒂亞學園除了一般的課程之外，還有所謂的選修課程。可以從二十種以上的課程裡，選擇兩堂自己喜歡的課程學習。

由於種類五花八門，莫妮卡到現在還猶豫不決，沒辦法自己下決定。

要是裡頭有高等數學可選就好了，偏偏數學並不是賽蓮蒂亞學園著重的科目，只有基礎學問教科裡頭有數學而已。

「呃——……請問哪些課程，比較，受歡迎呢？」

莫妮卡抱著當個參考的想法提問，尼爾聽了，以手指按在下巴上，轉動圓滾滾的大眼珠稍作思索。

「男生的話，騎馬與劍術之類的比較熱門呢。受女生歡迎的，應該是刺繡、詩歌吧……對了，不論男生或女生，演奏都人氣居高不下喔。畢竟演奏算是男女都必備的涵養嘛。」

尼爾所列舉的，全都是與莫妮卡無緣的科目。

雖然姑且是具備最低限的裁縫技術，但對於衣著打扮毫無概念的莫妮卡，她的思維向來就是只要能縫好脫線的地方就行了。動手刺繡什麼的，就連念頭都沒起過。

這下真的頭痛了──正當莫妮卡在內心抱頭苦惱時，學生會室忽然響起了開門聲。

回過頭來，發現其他幹部們正接二連三進門報到。

「嗨，你們在聊什麼呀？」

和顏悅色地向尼爾與莫妮卡搭話的，是學生會會長菲利克斯。

莫妮卡反射性低頭，忸忸怩怩地不知所措，尼爾則代替她開口回話：

「我們在討論選修課的事。明天就是觀摩會了嘛。」

「嗯哼～諾頓小姐已經決定好想要選哪門課了嗎？」

「嗳唔？」

突然成為話題中心，莫妮卡一聲怪叫脫口而出，想當然耳馬上遭到希利爾狠瞪。

被銳利目光瞪得縮起身子的莫妮卡，視線左右徬徨地含糊回答：

「呃、呃──我還，沒有決定……好。」

就好像要嘲諷這樣的莫妮卡似的，書記艾利歐特用鼻子哼了一聲。

他瞇起那雙下垂眼，動作誇張地聳肩。

「藝術對貴族而言可是必備的涵養。要連個樂器都玩不來就真的太不像話嘍。諾頓小姐，妳學過什麼樂器啊？」

「……我沒，學過。」

看到莫妮卡垂頭喪氣地回答，艾利歐特的笑容更深了。

他刻意把視線從莫妮卡身上移開，裝模作樣地望向布莉吉特。

「說到演奏樂器，記得布莉吉特小姐很會彈鋼琴對吧。」

布莉吉特不但家世顯赫又容貌出眾，再加上成績優異，堪稱無可挑剔的完美千金大小姐。

艾利歐特就是想拿這樣的布莉吉特去對比莫妮卡，好譏笑她的土裡土氣。

「嗳，布莉吉特小姐有決定要選演奏課了嗎？」

「不，今年選語學與地理。」

開始著手處理文件的布莉吉特平淡地回答。

艾利歐特的下垂眼略顯意外地上吊。

「是喔，明明彈得那麼好說，真可惜耶……唉唷，這麼一提，這裡也有一個缺乏藝術天分的傢伙嘛……對吧，希利爾？」

說著說著，艾利歐特看向希利爾，露出一臉奸笑。

希利爾的太陽穴神經質地抽搐，朝艾利歐特狠狠瞪去。

「今年，我早就決定好要選高度實踐魔術課。魔術也是貴族的必備素養吧。」

缺乏藝術天分的希利爾，以及缺乏魔術天分的艾利歐特，這兩人互瞪的局面，令房間的氣氛當場凝重起來。

這種一觸即發的壓力教膽小的莫妮卡與尼爾不由得滿臉發青。這時，靠在辦公桌上托腮的菲利克斯突然自言自語似地開口：

「希利爾唱歌那麼好聽，怎麼不選合唱課呢。」

這青天霹靂的發言，讓希利爾驚愕地瞪大雙眼。臉色逐漸慘淡。

「殿下……是幾時，聽到我，唱歌什麼的……」

「你獨自待在資料室的時候，不是偶爾會唱嗎。我每次都覺得很動聽呢～」
希利爾向菲利克斯深深一鞠躬，原先鐵青的臉龐，這會兒又一路紅到耳根去。
「……實在非常抱歉，汙了殿下的耳朵。」
面對希利爾這種由衷感到羞恥的態度，菲利克斯將下巴靠在交疊的手指上，露出惡作劇般的微笑。
「下次有空再讓我好好欣賞一下喔？」
「不成，不成！我這種歌喉，根本不是什麼可以讓殿下入耳的水準！」
猛力搖頭的希利爾，扔下一句「我去拿資料」便躲進了資料室。
菲利克斯則是嗤嗤地笑了笑，轉頭看向艾利歐特。
「這麼一提，艾利歐特很擅長拉小提琴嘛。下次真想聽你幫唱歌的希利爾伴奏呢。」
「……饒了我吧。」
一臉興致全消的艾利歐特回到位子就坐，開始處理公務。
看樣子，這話題是就此打住了。
（我應該，可以繼續作業了吧……）
正當莫妮卡重新將視線移回桌上的文件，菲利克斯又朝莫妮卡搭起話來：
「諾頓小姐，如果妳還沒拿定主意，不如就試試與魔術相關的課程如何？」
「噯唔？」
明明天氣一點也不熱，莫妮卡卻全身都冒出了豆大的汗珠。
「那個～為什麼，突然推薦我，魔術，什麼的……」
「因為魔術與數學有共通的地方呀。數學是妳擅長的領域吧？」

菲利克斯所言不虛。魔術與數學有共通之處。正因如此，擅長數學的莫妮卡才能習得無詠唱魔術，加入七賢人的行列。

如果莫妮卡是個普通的魔術師，想必要在上課時隱瞞真面目也不是什麼難事。偏偏莫妮卡就是有個致命的弱點。

在外人面前連開口都成問題的莫妮卡，當然無法像正常人一樣詠唱。換言之，她能使用的就只有無詠唱魔術。

而在施展無詠唱魔術的瞬間，莫妮卡的身分就會曝光。因為能夠使用無詠唱魔術的人，找遍全世界就只有莫妮卡一個。

王國最高峰的魔術師，七賢人之一的〈沉默魔女〉正冷汗直流地思索。

（像這種時候，到底該怎麼回答才對？「就只有魔術課絕對不行！」——要是這樣強烈表明，感覺好像反而可疑……）

想著想著，與莫妮卡同期的耍嘴皮達人——〈結界魔術師〉路易斯・米萊的建議忽地浮現腦海。

『萬一被人提出什麼難搞的要求，用不著死腦筋地回覆。只要送上一句「我會積極檢討」之類的，再來隨便打哈哈就行了。』

就是這個——莫妮卡緊緊握拳。

魔術課相關話題，只要用「我會積極檢討」簡單帶過就好了。

「噯，諾頓小姐。明天的觀摩會我要負責當嚮導。到時如果不介意，就由我帶妳介紹一番如何？」

「好的，我會積極檢討！」

答覆之後，才覺得自己好像嚴重搞錯了什麼。

菲利克斯笑容滿面地接話。

「這樣啊，妳竟然這麼積極，真教人開心。」

「是的！…………………啊咦？」

菲利克斯臉上浮現的俊美笑容，幾乎能夠讓任何千金大小姐都墜入情網。但，剛察覺自己失言的莫妮卡已經完全無暇顧及這些。

莫妮卡的任務是擔任菲利克斯的護衛。話雖如此，路易斯也從未說過要成天緊跟在人家身邊。說到底，能獲選為幹部，同樣加入學生會就已是大功一件。在其他場所反而該避免不必要的接觸，否則身分一旦穿幫，問題會更加嚴重。

莫妮卡手忙腳亂地揮起手臂。

「那個，呃——我剛不是那意思……會積極檢討是指，選課的，事情……」

「那，明天我就去教室接妳嘍。」

被菲利克斯用俊美笑容叮嚀，莫妮卡再也無言以對。

莫妮卡一片茫然的腦袋裡，那壞心眼的同期正邪惡地笑著。

『哎呀哎呀，同期閣下。我說妳啊，今後不如就別再自稱〈沉默魔女〉了，改稱〈失言魔女〉怎麼樣？』

就連來自幻聽的挖苦都無言以對，失言魔女再度於內心抱頭苦惱起來。

第二章　恐怖的魔力量測定

賽蓮蒂亞學園的選修課，基本上是不分年級一起上課。

不過，只限三年級同學，必須在新學期剛開始時就選好課程，比一、二年級同學早半個月左右開課。

今天的觀摩會，主要就是供一、二年級同學到處自由觀摩三年級學長姊上課時的狀況。

就莫妮卡而言，其實原本是想跟拉娜一起觀摩的，但拉娜似乎已經找好想上的課了。

「噯，莫妮卡想選哪門課？」

「呃、呃——……我想說先四處看看，再下決定，這樣……」

語帶曖昧地笑著答覆拉娜之後，在宣布下課的同時，莫妮卡立刻自教室奪門而出。

菲利克斯說會到教室來接她，可要是真讓他這麼做，肯定又會在負面意義上引人注目了。

莫妮卡跑出教室，稍微走上幾步之後，發現菲利克斯正好來到走廊轉角處。

菲利克斯甩了甩那頭美麗的金髮，滿面春風地「嗨」了一聲。

「不就說我會到教室接妳了嗎，看來妳幹勁十足啊？」

也沒辦法老實說自己不想引人注目，莫妮卡只得帶著游移不定的眼神回答：

「呃——是、是呀。我非常，幹勁十足……那個，今天還請，多多指教了。」

莫妮卡用力一鞠躬，起步跟在菲利克斯身後。

走廊上幾乎都是一、二年級同學，但也不時會看到跟菲利克斯一樣，在幫人帶路的三年級同學身影。看來有部分三年級被指派為觀摩會的嚮導。

（總而言之，魔術課就僅止於觀摩……最後下決定時選別堂課就沒問題，了吧，嗯……）

思考到這裡，莫妮卡突然想到一個問題。

菲利克斯會選什麼課？會主動推薦莫妮卡選魔術，是不是代表他自己也有進修魔術相關課程？

利迪爾王國王家內，聽說滿是擅長魔術的高手，就連現任國王也不例外。雖然不太會率先使用，但國王好像專攻土屬性魔術。

「那個～……殿、殿下也，打算選魔術課，嗎？」

「沒有喔，畢竟我缺乏魔術才能嘛。」

菲利克斯輕描淡寫地搖頭，並未顯露出一絲懊悔或不甘心。聽到這番回答，莫妮卡倒是有點意外。

世間對於菲利克斯．亞克．利迪爾的評價就是「十項全能的完美王子殿下」。

實際上，他也確實優秀無比。劍術、馬術這類體能性科目自是難不倒他，理論性科目的成績也毫不遜色，此外還精通社交舞之類的教養，甚至連外交方面都已經舉出了實際成果。棘手項目不勝枚舉的莫妮卡與他，可說是有著天壤之別。

（……可是，就只有魔術，是他學不來的呀。）

魔術這門學問畢竟講究天分，有著靠與生俱來的魔力量取勝的一面，的確是強求不來。

只是，魔術與數學有共通的地方——菲利克斯昨天才這麼說過，因此莫妮卡還以為他鐵定對魔術了解有加。

就在茫然地思考這些事情時，一聲響亮的「啊——！」從行進方向上傳來。

不經意望向聲音來源，看到一位金茶色頭髮的青年正朝自己跑來。那五官，莫妮卡感覺似曾相識。

莫妮卡小小「啊」了一聲停下腳步，菲利克斯也隨即止步望向莫妮卡，問了句「是認識的嗎？」

莫妮卡還在煩惱該如何回答，大嗓門的青年就在莫妮卡面前停了下來。

「果然沒錯，是之前那位女生！妳好呀！」

露出潔白牙齒，爽朗微笑的青年，正是兩天前在克萊梅鎮遇到的那位青年魔術師。

（原來他也是賽蓮蒂亞學園的學生啊……！）

在克萊梅遇到他的時候，他不但一身樸素打扮，又帶了點鄉下口音，所以莫妮卡萬萬沒想到他會是賽蓮蒂亞學園的學生。

這時，與莫妮卡同樣是學生會幹部的尼爾，從青年出現的方向快步走了過來。

「古蓮，不可以在走廊上跑步！……咦，會長和諾頓小姐？原來你們認識古蓮嗎？」

尼爾驚訝地睜大雙眼。

這下莫妮卡更不曉得該如何說明了。幸好，這位被喚作古蓮的青年阿莎力地代替她開口。

「我兩天前才在克萊梅鎮遇過這位小不點哩。」

被小不點一詞造成些許打擊的莫妮卡抬頭望向青年。好大隻。身高應該跟菲利克斯不相上下吧。

但，既然跟尼爾同班，代表他和莫妮卡一樣，也是高中部二年級。

「我是古蓮·達德利！今年秋天才剛插班進來，跟尼爾是同班同學。」

今年秋天剛插班進來。換句話說，他入學的時間點與莫妮卡雷同。

沒想到除了自己還有其他的插班生——莫妮卡略感驚訝的同時，也開口向古蓮自我介紹：

「呃——我、我是……莫妮卡·諾頓……」

賽蓮蒂亞學園 2年級
古蓮・達德利

古蓮揪起莫妮卡的手，「請多指教！」地甩個不停，並看向站在一旁的菲利克斯。

「這邊這位沒看過！是學長嗎？初次見面學長好！請多指教哩！」

古蓮的發言讓莫妮卡與尼爾都瞪大了眼睛。

在這所學校裡，竟然有人不認得菲利克斯的長相！莫妮卡擅自抱著這種想法臉色發青，也不想想自己有沒有資格說人家。

而菲利克斯倒也沒特別露出受冒犯的神情，只是帶著一如往常的祥和笑容回應古蓮：

「初次見面你好，達德利同學……你的事蹟我聽過不少。我是學生會長菲利克斯．亞克．利迪爾。請多指教。」

「學生會長！啊，這麼說，不就是王子殿下咩！好～厲害！」

「古蓮，古蓮！你太失禮了！」

尼爾滿臉鐵青地抓住古蓮的手臂猛拉，菲利克斯則是「用不著在意」地露出溫和的笑容。不愧是每天都在忍受莫妮卡欠缺禮數的行為，度量果真不是蓋的。

「這麼一提，」——笑容可掬的菲利克斯忽然像是想起了什麼，繼續開口說道：

「說起克萊梅鎮，兩天前似乎有地龍出沒嘛。說什麼多虧有魔術師碰巧路過，才與衛兵合力擊退的樣子……你們倆沒有被捲入相關騷動嗎？」

當場肩頭為之一顫的人，並不只有莫妮卡。

古蓮的視線露骨地游移不定，以大得不自然的嗓音回話：

「沒啦～～完～全沒遇到這些事唷！」

（……啊咦？）

古蓮的態度令莫妮卡暗自心生不解。

在打倒地龍時，莫妮卡刻意讓自己的魔術隱藏在古蓮的魔術下。目的就是為了讓在場者以為地龍是被古蓮的魔術打倒的。

也因此，莫妮卡原本以為古蓮應該會四處吹噓自己就是打倒地龍的功臣。

可沒想到，古蓮卻一副拚命想隱瞞這件事的模樣。或許是有什麼內情。

也不曉得是不是注意到莫妮卡直直投向自己的視線，古蓮回望起莫妮卡。

「啊，這麼一提，莫妮卡選修課打算選哪堂？」

「呃呃——……我、我打算選……那個……」

「我正要替諾頓小姐帶路，一起到基礎魔術學的教室去呢。」

聽到菲利克斯代替莫妮卡提出的回答，古蓮表情頓時開朗起來。

「跟我還有尼爾一樣耶！」

「那可真巧。既然如此，大家一起移動吧。」

「好唷！」

古蓮朝氣十足地答應菲利克斯的提議。

要說沒大沒小，的確是有點沒大沒小，但他同時又散發一種友善好相處的氣息，是個教人討厭不了的青年。

其實，多了古蓮與尼爾同行，讓莫妮卡暗自鬆一口氣。

人多的環境雖然教莫妮卡吃不消，可相較於和引人注目的菲利克斯兩人同行，現在這樣的壓力小多了。

莫妮卡若無其事地移動到隊伍後方，古蓮也依樣畫葫蘆，和菲利克斯及尼爾拉開距離，並朝莫妮卡招手，看來是有些悄悄話不想讓前面的兩個人聽見。

待莫妮卡仰頭，古蓮也彎腰到她的耳邊開口：

「那個～有件事想拜託莫妮卡幫忙。」

「請、請說……」

面對恭敬點頭的莫妮卡，古蓮一本正經地說道：

「我在鎮上使用魔術的事情，希望妳幫我保密。」

他在鎮上使用的魔術，應該是指飛行魔術吧？

魔術在貴族間屬於知性極高的素養，懂得使用魔術被視為一種身分地位的象徵。

因此，姑且不論必須偽裝身分潛入的莫妮卡，古蓮有什麼理由非得隱瞞自己會使用魔術不可，莫妮卡怎麼也想不通。

只見古蓮尷尬地搔了搔那顆頂著金茶色頭髮的腦袋，向一臉不解的莫妮卡解釋：

「其實，我還只是見習的。師父有叮過，不准在沒有監督人員的狀況下使用魔術咩。」

「咦，見、見習……？」

既然是見習魔術師，就代表連初級魔術師資格都尚未取得。

但，會使用飛行魔術的見習魔術師，莫妮卡聽都沒聽過。

莫妮卡顯得無比吃驚，古蓮則表情嚴肅地接話：

「萬一我隨便亂用魔術的事情穿幫……師父肯定把我用草蓆捆成一包吊到屋簷下。一個不好，難保不會被扔進河裡放水流……」

「你、你師父好可怕喔。」

「就是說呀。我怕他怕得要命哩！所以說，拜託妳幫我向大家保密了！求求妳！」

古蓮那拚命求情的模樣，令莫妮卡暗中湧現一股親近感。

畢竟，就莫妮卡的立場，也同樣必須隱瞞自己會使用魔術的事。

雖然知道對方的內情和自己不同，一股些微的共患難情感仍是油然而生，令莫妮卡點了點頭，表示「我明白了」。

「你們倆，感情真好呢。」

從前方傳來的菲利克斯嗓音，教莫妮卡與古蓮同時縮起肩頭一顫。

手足無措的莫妮卡急著思考該找什麼藉口搪塞，古蓮則是更加拉開嗓門回應：

「對呀！上次在鎮上遇見之後，我們就一直意氣相投！啊，這麼一提，打算選基礎魔術學，代表莫妮卡妳也對魔術感興趣嗎？」

「沒、沒沒沒沒有，那個，我只是……」

雖然在菲利克斯的強勢主動之下，演變成一起去觀摩授課內容，但莫妮卡絕對不能選擇和魔術有關的課程。

「我只是、只是抱著稍微看看好了，的念頭，而已……」

總之今天就先乖乖觀摩一下，到時候再選別堂課就好。

莫妮卡在心中如此說服自己時，菲利克斯在某間教室門口停下了腳步。看樣子，這裡應該就是基礎魔術學的教室。

「就我個人而言，倒是強力推薦這堂課喔。再怎麼說，這位最近新來的講師名號非常響亮呢。」

「名、名號非常，響亮嗎……？」

菲利克斯的形容，令莫妮卡心生不祥的預感。

（不、不要緊，沒問題，路易斯先生也事先幫忙確認過了，這所學校裡沒有人認得我……咦？等等，剛才，是不是有提到「最近新來的」……）

菲利克斯打開了教室的門。

站在講台上的，是一位身著長袍，手持長杖的矮個子老人。

生有蒼白粗眉與鬍鬚，口眼都蓋在毛髮下的那位老人，轉頭看往門口的一行人，以略帶溫吞的語調喚了句「唉呀？」

在老人的身影映入眼簾的瞬間，莫妮卡當場大驚失色。

（瑪……！瑪克雷崗老師——？）

〈水咬魔術師〉威廉．瑪克雷崗，莫妮卡從前還在魔術師養成機構米妮瓦就讀時，正是由他擔任實踐魔術課的教師。

自己從米妮瓦畢業時，瑪克雷崗老師幾乎就在同一時期當上了米妮瓦的名譽教授，這件事莫妮卡亦有耳聞，但她實在沒料到，瑪克雷崗老師現在竟然又成了賽蓮蒂亞學園的教師！

任務失敗——這四個大字不停在莫妮卡的腦內盤旋。

（完、完蛋了……東窗事發……處刑……處刑……）

莫妮卡呆站原地，臉色慘白到像是已經被處死似的，這時，望著一行人的瑪克雷崗開了口：

「…………你是，誰？」

聞言，站在最前排的菲利克斯代表大家回答：

「我是學生會長菲利克斯．亞克．利迪爾。」

「喔喔～嗯，學生會長啊……嗯……謝謝你帶人參觀……呃——參觀者有兩位？還是三位？不好意思，我眼睛不太靈光。」

「總共三位同學觀摩。我是負責帶路的。」

「三位同學啊，好的好的，那麼，大家隨便找個座位坐下吧。」

無論是這種帶點溫吞的語調還是那獨特的講話方式，都與莫妮卡記憶中的老師如出一轍……然後，就連眼睛不靈光這點也不例外。

這麼想來，還在米妮瓦就讀的時候，瑪克雷崗的視力就已經不佳了。

（難道說……我、我還沒被發現？）

行得通。現在的話還能應付過去。

歸根究柢，這所學校的莫妮卡並非「莫妮卡．艾瓦雷特」，而是「莫妮卡．諾頓」啊。

只要不被人大聲喊出名字，兩者是同一人物的事實根本就沒那麼容易穿幫……

「喂——尼爾！莫妮卡！這邊這邊！這邊的位子沒人坐唷！」

（噫噫噫噫噫！）

古蓮的大嗓門，讓莫妮卡發出一記不出聲的哀號，一瞥一瞥地側眼瞄向瑪克雷崗確認反應。

瑪克雷崗並未顯得特別留意莫妮卡，看來身分應該是沒曝光。

莫妮卡撫著狂跳不已的心臟，往古蓮隔壁的座位坐了下來。

就連並非觀摩者的菲利克斯都一臉好似要捉弄莫妮卡的表情，往她的附近就坐。可能的話，真希望他能趕快回歸崗位，替其他想觀摩的同學帶路。

就在莫妮卡抱著這種念頭，在座位上縮起身子時，瑪克雷崗開始講課了。

「呃～咳咳。那麼，該從何講起好呢。嗯，有了。首先就來談談魔術師的素質吧。一般認為，想要成為一名魔術師，必須具備三種才能喔。那就是『魔力量』、『對魔術式的理解力』，以及『操作魔力的技術』。」

瑪克雷崗在黑板上寫下這三種才能，接著將「魔力量」的文字圈起來。

「實在是～不管怎麼說，最需要的才能就是這個。魔力量。畢竟要是缺了這個，根本就連想用魔術都用不了。現在已經可以透過魔力量測定器簡單地測出魔力量的數值，就算是見習魔術師，基本上也希望至少有個五十左右。超過一百就算是挺優秀的。如果突破一百五，那搞不好可以當上七賢人嘍。」

七賢人三個字讓莫妮卡的肩頭又為之一顫。

唉唷，對心臟很不好耶！

「再來是『對魔術式的理解力』……魔術式有些地方與算式是共通的，所以有不少擅長數學的人，會同時對魔術式具備優秀的理解力。魔術式說穿了，就是『魔術的設計圖兼骨幹』嘛。愈能正確地理解魔術式，魔術的精度愈容易大幅提升喔。」

說到這裡，瑪克雷崗突然停止講解，彷彿回憶起什麼似的，露出眺望遠方的眼神。

「對了對了，從前，我教過的學生裡，有個女孩在『對魔術式的理解力』方面特別出眾呢。實在是～她求知若渴地弄懂一道又一道的魔術式，到頭來甚至不必詠唱也能使用魔術啦……還被人稱為七賢人的〈沉默魔女〉呢。」

（噫噫噫噫噫！）

「啊，順帶一提，這個〈沉默魔女〉包括她創造的魔術式在內，筆試測驗時都很容易出題喔，大家要記好。」

（不要記啦～～～～！）

「實在是。誰教她就是那麼驚人的魔術師呢，就算說她推翻了近代魔術的基礎理論也不為過。」

（言過其實了～～～～拜託別再說了～～～～！）

莫妮卡的臉色已經超越慘白，幾乎是面如土色的程度了。可能的話，她真想立刻逃離現場。

隔壁座位的古蓮小聲地關切了聲：「妳還好嗎？」而莫妮卡光是擠出僵硬的笑容與微微點頭就已經費盡全力。

「最後就是『操作魔力的技術』了。這個呢，指的是以魔術式為基礎，將魔力編織其中的技術，嗯～總之很講究天分啊。天分好的人編起魔力來輕而易舉，天分不好的不管編上多久，都總是白白浪費魔力。對於魔術式的理解力不高，卻還是能在某種程度上運用魔術的人，大多都是這項『操作魔力的技術』天分特別高。拿製造加工比喻的話，即使設計圖跟骨幹粗糙，還是能大致組裝出一定程度的成品，就是這種類型的人。嗯～不過完成度很低就是了。」

古蓮恐怕就是這種類型的吧——莫妮卡暗自心想。

在克萊梅鎮見識到古蓮所施展的魔術，基本上精度都過低，就算說客套話也很難認為魔術式洗鍊。明明如此，他卻能把飛行魔術這種高難度魔術運用得那麼自在，肯定就是因為他操作魔力的技術格外傑出。

「也罷，如果想成為一流的魔術師，能囊括這三種天分自然是最好的。不過就大前提而言，沒有魔力就連魔術都用不了嘛。所以若打算選這堂課聽講的同學，我們會讓全員都接受魔力量的測定喔。」

說著說著，瑪克雷崗拿出一顆水晶球擺在講桌上。

水晶球固定在金屬製的台座上，台座還刻有「〇～二五〇」的刻度。

「這個呢～叫魔力量測定器，只要把手按在這兒的水晶球上，就能輕鬆測定魔力量喔。看，就像這樣。」

瑪克雷崗將手擺到水晶球上，水晶球隨即發出青藍色光芒，指針也移動到刻度一六〇。

魔力量一百六十……不容置喙的上級魔術師水準。

「我的魔力量有一百六，青藍色的光芒，代表擅長水屬性……大概就這種感覺，可以馬上了解自己的魔力相關資訊。很了不起吧？好，那就從你們開始依序摸摸看吧。」

（……………………咦？）

莫妮卡的心臟開始狂跳，響起令人不快的脈動音。

魔力量的歸類基準大概是——一～四十九屬於沒有天分的普通人；五十～九十九則是見習及下級魔術師；一百～一百二十九算是中級魔術師；一百三十以上就是上級魔術師了。突破兩百的人寥寥無幾，沒那麼容易找到。

然後，魔力量在一百五十以上乃是成為七賢人的絕對條件，故每年必定會測定一次。也因此，莫妮卡對自己魔力量的印象非常深刻。

（之、之前最後一次量的時候，我是……兩百零二……）

十五歲至二十歲這階段是魔力量的成長高峰期，所以一個不好，莫妮卡的魔力量還可能比記憶中來得更高。

然後，一個魔力量破兩百的數字，怎麼想都不是普通人會有的。

（怎、怎怎怎怎怎怎怎麼辦～～～！）

渾身爆出冷汗的莫妮卡，嘎答嘎答地顫抖不已。

想要逃離現場的時候，有一句無論哪個時代都通用的萬能說詞。

亦即「我去一下洗手間」。

然而，這句萬能的藉口，卻不是任何人都有辦法輕易掛在嘴上。

對於極度害羞的人而言，要在外人面前開口發言，本身就是一種門檻過高的行動。

所以，莫妮卡就只是僵在自己的座位上，嘴巴反覆開開闔闔，努力嘗試將這句萬能說詞擠出口。

這次一定要說，下次一定要說，等對話順利告一段落就說，怎樣才算順利告一段落呀，總而言之得快說，這次一定，這次一定……結果，在她內心如此百般糾結的過程中，魔力量測定器不知不覺已經離自己愈來愈近。現在已經輪到尼爾伸手蓋上水晶球了。

一旦碰觸那顆水晶球，莫妮卡就宣告完蛋。自己並非普通人一事會當場穿幫。

「梅伍德總務擅長的屬性是土，魔力量九十六嗎。挺不錯的數字嘛。你說自己以前沒有學過魔術是嗎？」

菲利克斯欽佩地發問，尼爾聽了，略帶靦腆地回答：

「是的，就只是稍微接觸過概論的程度。家父好像還算箇中好手就是了。」

「啊，對喔，梅伍德家家系代代都擅長土屬性魔術嘛。」

就是現在。現在正是必須說出「我去一下洗手間」的時機……啊啊～可是，在這個時間點開口，會不會讓人感覺我在插嘴打斷菲利克斯發言啊──莫妮卡不禁猶豫起來。

「再來換我哩！」

古蓮朝氣十足地大喊，並朝測定器伸手。

（哇啊～～～等到古蓮同學量完，就要輪到我了……得在那之前逃走才行……唔……）

莫妮卡正冷汗直流地抱頭，身邊突然一聲啪嘰傳進耳裡。

（……啪嘰？）

聲音源自古蓮手掌下的魔力量測定器。

被古蓮手掌觸及的水晶球部分正發出紅光，並出現細小的龜裂。

啊——古蓮才剛開口的下個瞬間，水晶球爆出更大的裂痕。古蓮只得慌忙將手從測定器上抽開。

「老師～！這個壞掉了啦～！」

「不是吧。你你你，你以為這個多少錢啊？」

「嘎呀——不不不不是我的錯！一定是不良品！是不良品啦！」

水晶既然發出紅光，代表古蓮擅長的屬性是火。

問題在於魔力量。用來顯示魔力量的指針已經一口氣擺到了最邊邊。

這台測定器的最大刻度是二五〇，指針超出極限，就代表古蓮的魔力量超過兩百五十……但，這種事真有可能嗎？

王國內，魔力量突破兩百五十的人物，一隻手都數得出來。就算把範圍鎖定在七賢人，也僅僅只有兩位。

（如果說，古蓮同學的魔力量真的在兩百五十以上，事情就非同小可了，但……）

在場無論任何人，似乎都認定是測定器故障所致。連莫妮卡也不例外。

古蓮慌張地舉起裂開的測定器，不停嚷嚷著：「這個該不會爆炸什麼的吧？應該沒問題吧？」

同學們紛紛騷動起來，望著古蓮交頭接耳。這是逃離現場的好機會。
莫妮卡拉了拉古蓮的制服下襬，小聲地開口：
「那個，我、我要……稍微，去一下、洗手間。」
「收到！」
古蓮毫不多言，阿莎力地點頭。
為這個反應鬆一口氣的莫妮卡，悄悄離開了教室。

＊＊＊

（好、好險喔～……）
大嘆一口超乎尋常的長氣，莫妮卡整個人往走廊牆壁上一癱。
可是，光這樣還安心不了。選修課的觀摩會還要好一段時間才告終。要是就這麼沒回基礎魔術學的教室去，古蓮或菲利克斯難保不會起疑。
有氣無力地在走廊上前行的莫妮卡，為了該找什麼藉口傷透腦筋。
我看，乾脆就說自己肚子痛，在廁所一路躲到觀摩會結束吧……連這種雜七雜八的說詞都已經浮現在她的腦海，這時，另一堂選修課的教室出現在眼前。
那間教室的門保持在打開的狀態，學生可以自由進出。
有點好奇這間教室在上什麼課的莫妮卡，從門後陰影下悄悄窺探起教室內的狀況。
（那是在……下棋？）

教室中的同學們正默默地下著西洋棋。

莫妮卡從未下過棋，也不清楚規則，但她知道這種桌上型遊戲在貴族間蔚為風尚。

（在這所學校，棋藝也是課程之一呀……）

從口袋裡掏出清單確認了下，原來如此，棋藝課的確是選修課之一。教室內的學生不在少數，看來應該是頗受歡迎的一門課。

（那些棋子的走法，是不是有什麼法則呀？）

莫妮卡待在門後盯著最靠近的棋桌觀察時，忽然有人拍了拍她的肩膀。

「哎呀呀，還想說是誰在這裡鬼鬼祟祟的，這不是殿下心儀的小松鼠嗎。」

低頭俯視著莫妮卡的，是頂著一頭深褐色頭髮的下垂眼青年——學生會書記艾利歐特・霍華德。

與先前嘲笑莫妮卡缺乏藝術涵養的時候一樣，艾利歐特現在也瞇起了那雙下垂眼使壞。

「咱們的小松鼠對下棋有興趣嗎？好～那我就來指導妳一番吧。」

「不、不是……那個……」

比莫妮卡轉身離去的速度還快，艾利歐特一把揪住了莫妮卡的手腕，將她拉進教室。

正在教室內下棋的幾位同學，都停下了手指望向自己。為此感到尷尬的莫妮卡只得趕緊低下頭去。

「也罷，就這邊坐吧。妳的棋歷幾年了？……啊，該不會連棋子的名稱都不曉得吧？」

「是、是的，我的確，不曉得。」

艾利歐特原本只是半說笑地調侃，對方卻傻傻地點頭，令他笑得肩膀抖個不停，往莫妮卡的正面坐了下來。

「那我就得從棋子的名稱與走法開始教妳嘍。這個叫士兵。是最弱的棋子。」

艾利歐特拾起白色與黑色的棋子，一一向莫妮卡解說。

莫妮卡對於這類桌上型遊戲的知識十分薄弱。與其說是她不感興趣，不如說至今為止都沒什麼機會接觸。

就連西洋棋，都只是還在米妮瓦就讀時，遠遠看過貴族子弟們在下的程度而已。

艾利歐特大致上講解完畢之後，莫妮卡戰戰兢兢地舉起一隻手發問：

「……那個～追根究柢……請問這種遊戲，怎樣才算勝利呢？」

「啊哈哈！妳真的一點概念都沒有呀。沒什麼，規則很單純啦。拿下敵方的國王——就只是這樣而已。」

艾利歐特以指尖夾起國王，朝莫妮卡咧嘴一笑。

「下棋就是種模擬戰爭——對貴族而言是種重要的涵養，好讓自己切身體會運用戰略的感受。」

「……模擬戰爭。」

莫妮卡念念有詞地低頭望向排在棋盤上的棋子。

「請問，有哪個棋子相當於魔法兵嗎？」

「主教應該算吧。從前的僧兵喜歡用魔術嘛。」

「那，魔術師——僧兵有設定魔術的力量嗎？主要像擅長的魔術，以及施術範圍……另外，防禦結界的概算強度如何？步兵攜帶什麼武器？城寨儲備的糧食呢？」

「啥？」

艾利歐特傻眼到眼珠當場變成兩個黑點，莫妮卡卻問得更加來勢洶洶：

「這場模擬戰爭有事先決定季節與氣候嗎？地形的高低呢？風向是？」

看到莫妮卡正經八百的連珠砲提問，艾利歐特目瞪口呆了一會兒，但隨後還是忍俊不住，嗤嗤地笑了出來。

「喂喂喂，這麼小一個棋盤不可能存在那麼複雜的要素吧！這只是場遊戲而已呀，小松鼠。妳那口吻簡直像經歷過戰爭的耶！」

「……戰爭，我沒有實際，經歷過。」

正是如此，莫妮卡並未參加過人類之間爆發的戰爭——但，如果是與〈結界魔術師〉路易斯・米萊一同參加的魔法兵團實戰訓練，她可是扎扎實實地演練過。

在當時，同期的路易斯徹底鞭策過她戰略圖該如何解讀。

想要精準地以魔法瞬間擊落翼龍，就必須掌握地形與風向等要素。

「……這場模擬戰爭的舞台，真的可以視為單純的平面嗎？不受高低差影響。棋子也只會以既定的模式移動。不存在長官之間的交涉，就只是純粹地討伐國王？」

「啊，嗯。」

被莫妮卡這麼再三確認，艾利歐特一臉不自在地點頭，有如看到了什麼詭異的東西似的。

莫妮卡緊盯著棋盤開口宣言：

「這樣的話，我想應該很簡單。」

聽到莫妮卡的宣言，艾利歐特的下垂眼尖銳地瞇了起來，嘴角也隨之上揚。

唉～多麼不要臉的笨丫頭啊。

私毫不隱瞞內心的憤怒與侮蔑，艾利歐特開始嘲笑莫妮卡：

「妳知道自己在說什麼嗎？諾頓小姐。就在剛剛，妳和這間教室裡的所有人為敵了喔？」

莫妮卡沒有任何回應。就只是沉默地緊地盯著棋盤。

「喂喂喂，妳不會是打算拿那邊的士兵走一小步，然後說什麼『看，就算是我，也很簡單就能挪動這些棋子喔！』之類的吧？」

莫妮卡依舊不發一語。不過，她望著棋盤時，那張面無表情的撲克臉，艾利歐特有印象。

之前，莫妮卡奉命重審會計紀錄，那時的表情就與現在如出一轍。

莫妮卡．諾頓是個毫無貴族教養，無足輕重的小丫頭。

然而，這個小丫頭卻找到了覬覦菲利克斯性命的盆栽砸落事件真凶，還完美地重審會計紀錄，這些也是不爭的事實。

艾利歐特稍稍陷入了沉思，接著在莫妮卡盯著的棋盤上重新擺棋。將白棋恰好擺在莫妮卡那方。

直到方才都緊盯著棋盤的莫妮卡，緩緩地抬起了頭，望向艾利歐特。

艾利歐特刻意瀟灑地咧嘴一笑。

「我看咱們不如就下一盤試試如何。這邊讓妳一顆皇后吧。」

「……哪方先攻？」

「白方先攻。請吧？」

艾利歐特邊答邊從棋盤上抽走黑色的皇后，莫妮卡聽了，雙眼撐得老大，有如要以視線挖穿對方一般，盯著艾利歐特不放。

「由我先攻，真的，沒問題嗎？」

「是啊，沒問題。」

雖然擺出游刃有餘的表情點頭，但艾利歐特內心卻湧現一股奇妙的焦躁感。
莫妮卡明明是初學者，卻已經發現了──這遊戲，先攻的一方比較有利。
「……那，我開始了。」
語畢，莫妮卡毫不迷惘地將中央的士兵向前挪動兩步。
士兵的前進方式乍見之下單純，實則意外地複雜。
基本上每次只能前進一步，但每顆士兵只限第一動的時候，可以從起點棋位前進兩步。
再者吃敵方棋子的時候行動特殊，必須得斜吃。當走到了底線，又得升變成其他種類的棋子。
（……實在不覺得光解釋那麼一次她就能明白。）
第一手直接走中央的士兵──也罷，算是滿常見的下法。畢竟不早點移動前方的士兵，占領中央地帶的話，後面的棋子就無路可走嘛。
（……也就是門外漢絞盡腦汁想出的一手，應該就這麼回事吧。）
以冷漠的眼神俯視棋盤，艾利歐特也向棋子伸出了手指。
話又說回來，莫妮卡下棋的手勢，真的是滿滿門外漢的味道。拿棋的方法也好，擺棋的方式也罷，沒一個動作是像樣的。
──明明是這樣，棋子卻走得毫不拖泥帶水。
艾利歐特才剛動完騎士，莫妮卡立刻伸手走出下一步。
這盤棋只是小試身手，並沒有在計時。說到底，根本連持棋時間都沒決定。
既然如此，想悠閒思考多久都無所謂。但，莫妮卡卻每次都在艾利歐特動完棋子之後，毫不遲疑地祭出下一手。快到讓人懷疑她是否出手前完全沒經過思考。

（……是打算用這種方式給我壓力嗎？…………不對。）
低頭觀察盤面後，艾利歐特皺起了眉頭。
莫妮卡的棋路，簡直就如同教科書般標準。
若換作其他對手，艾利歐特想必不會驚訝到這種地步。
但，莫妮卡是個前一刻才剛得知規則的人。
（……這樣的新手，棋路真有辦法合理到這種地步？）
思索了一會兒，艾利歐特再度出手。緊接著，莫妮卡又馬上跟進。
這下艾利歐特終於忍不住開口：
「這場不是什麼有限時間的對弈喔？妳要不要再多想想？」
「…………」
莫妮卡沒有回應，就只是持續凝視著盤上的棋子。
艾利歐特略顯不悅地動棋。莫妮卡也再度緊跟不放。
曾幾何時，兩人的桌邊已經聚集不少觀戰者。
可是，現在的艾利歐特，完全無暇分神去注意周圍旁觀的人。
他的視線已被盤面鎖死，單手遮住的嘴邊，正在手掌下輕微地抽搐。
（……這是，怎樣？）
艾利歐特的實力，在這間教室從前面數來，是三根指頭以內的高手。
雖說讓了一子皇后，但打從開局他就從未放水，始終全力以赴。
他原本打的如意算盤，是要在讓子的條件下，還把莫妮卡逼到山窮水盡，最後有如玩弄對手似地將

死她。
然而，現在被逼到絕境的人，卻是艾利歐特。這是明眼人都看得出來的事實。
莫妮卡展現的完全不是初學者常見的奇招或什麼離經叛道的下法。而是有如教材般俐落的棋路——而且極為正確，沒有一絲多餘。
不但完全看穿艾利歐特的動線，還逐一將之封死，一步步攻陷他的陣營。
再這樣下去，陣營遭瓦解也只是時間的問題。
（……不，慢著。）
緊盯著盤面的艾利歐特，注意到還有一個逆轉的機會。
艾利歐特的陣營裡，還有一只城堡與國王都沒動過。並且，兩者間並沒有其他棋子存在。
（……這局面，可以入堡。）
只限滿足特定條件時，國王與城堡可以只花一步同時動作。這就叫做入堡。
艾利歐特還沒教過莫妮卡入堡相關規則。因為他本以為莫妮卡這種貨色，連入堡都用不著就能輕鬆解決。
（……在這裡入堡的話，就能贏。）
但，莫妮卡並不曉得入堡的存在。
（明知如此，還是要用嗎？）
艾利歐特的自尊心開始動搖。
是要就這麼敗北，還是要用上沒有告知莫妮卡的入堡取勝。
見到艾利歐特停下手指，周圍開始鼓譟。想必是感到疑惑，為什麼艾利歐特不趕快入堡吧。

（啊，對喔。這些傢伙，根本不曉得我還沒教莫妮卡．諾頓入堡的規則嘛。）

注意到這點的同時，艾利歐特的手無意識地動了起來。

國王與城堡同時移動……入堡。

直到剛才都只凝視盤面的莫妮卡，突然訝異地眨眼，抬頭望向艾利歐特。

（住手，別看我！）

就彷彿要躲避莫妮卡的視線一般，艾利歐特移開了目光。

眼睛不敢正面交會，嘴巴卻滔滔不絕地找起了藉口：

「剛那個叫做入堡，是在國王跟城堡還沒有動過，兩者間沒有其他棋子存在，加上國王沒有被叫將的狀況下才能使用的……」

「我認輸了。」

都還沒解說完，莫妮卡就以更勝艾利歐特的速度，搶先宣言了敗北。

「剛才那個，入堡？如果是有效的正式規則，這局我就沒有機會取勝了。」

艾利歐特頓時為之愕然。

為什麼，這隻小松鼠一點也不生氣？自己是輸在沒有被告知的規則下耶。她完全可以為了這種不公平的作法發怒啊。她有這個權利。

偏偏別說是生氣，莫妮卡臉上甚至感覺不出半點怒意，只是眉毛沮喪地下垂，忸忸怩怩地搓起手指。

「……我、我還說什麼簡單，真的很對不起……下棋，遠比我想像中的困難……不管怎麼思考最佳解，對手畢竟是人……不確定要素太多了……」

贏下這局的人是艾利歐特。

不過，湧現他胸口的，卻是苦澀的挫敗感……以及自我嫌惡。

要是莫妮卡抗議不公，怒斥艾利歐特，他內心或許還會輕鬆幾分。

用沒有確實告知過的規則取勝，有違公平比賽的精神。莫妮卡其實可以這樣主張的，可她卻表現得有如這不是什麼大問題，只顧著重新擺放棋子，開始考究入堡相關規則。

艾利歐特很想向莫妮卡說些什麼。

究竟是想要謝罪，又或是想問她為什麼不責備自己，艾利歐特自己也搞不清楚。即使如此，他還是覺得必須得說點什麼。

只是，在艾利歐特出聲之前，有個人物以更快的速度開了口。

那是位五官嚴厲，頂上無毛，散發身經百戰傭兵氣息的高大男子。或許難以置信，但他是這堂棋藝課的教師——博奕德教師。

「那邊的女同學。報上名來。」

儘管莫妮卡視線左右徬徨不定，這間教室的女同學也不過就那麼幾位。

而且博奕德視線上的女同學，只有莫妮卡一個人。

被博奕德以銳利目光盯上的莫妮卡，就像是撞見大型動物的小松鼠一般不停發抖。

「莫、莫……莫妮、莫妮、莫妮……」

渾身嘎答嘎答顫抖不已的莫妮卡卯足全力想開口……但結果，就只是滿嘴莫妮莫妮地咕噥，算不上成功的自介。

俯視著莫妮卡的博奕德不只五官嚴厲，還是個練就一身銅筋鐵骨，體格魁梧的壯漢。不管怎麼看，比起執西洋棋，他都更適合上戰場摘敵將的腦袋。莫妮卡會心生膽怯實在也不無道理。

艾利歐特一臉傷腦筋地嘆氣，開口插話：

「她是莫妮卡・諾頓小姐。跟我一樣是學生會幹部喔，博弈德老師。」

「記住了。」

博弈德操著好似從腹部深處響起的低沉嗓音回答，隨後遞出一張紙，交到莫妮卡手上。那是選修課用的申請書。

莫妮卡口中依然莫妮莫妮不停，淚汪汪地交互望向博弈德與申請書。

面對這樣的莫妮卡，博弈德鄭重其事地強調：

「妳一定要來修課。」

嘴巴依然莫妮莫妮念念有詞的莫妮卡聽了，沒有任何反駁，只顧猛力點頭。

（……我看，那八成是完全沒聽懂對方在說什麼的表情吧。）

瞇起雙眼的艾利歐特，帶著傻眼的表情悄悄嘆了口氣。

第三章 無尾公牛與快活千金，還有穿裙子的貓

選修課的觀摩會結束後，莫妮卡操著沉重的步伐走向學生會室。

再怎麼說，她也是中途逃離基礎魔術學的教室，直到觀摩會結束為止，都沒有再度現身。菲利克斯見面後不知道會說些什麼。

（……不過，棋藝課上起來，好開心喔。）

不同於算式或魔術式，下棋又別有一番獨特的樂趣。

那時候，如果不動士兵，改走騎士，又或是對手如果這樣發起攻勢……莫妮卡在腦海裡驗證各種不同局面發展，打開了學生會室的大門。

學生會室裡頭只有希利爾與艾利歐特兩個人。他們正盯著同一張紙交談，表情感覺起來莫名嚴肅。

該不會發生了什麼問題吧？莫妮卡豎起耳朵確認兩人交談的內容。

「……嗳，希利爾。我再問你一遍。這什麼東西？」

「不管從哪裡怎麼看，都是公牛與車輪不是嗎。」

「不管從哪裡怎麼看，都是兔子跟切片的爛柳橙才對吧。」

單從這些片段的對白，實在只教人聽了一頭霧水，完全搞不懂在討論什麼。

莫妮卡還在煩惱著該如何向兩人開口，注意到她進門的艾利歐特便抬了頭。

他就這麼望了莫妮卡一眼，接著不知為何露出苦澀的表情別開視線。

（該、該不會是，今天下棋的時候……我那些失禮的發言，惹得他不開心……！）

這時，希利爾也注意到不知所措的莫妮卡，向她喚了一聲：

「怎麼，是諾頓會計嗎。」

諾頓會計——每當被人用幹部名稱呼，就會讓莫妮卡覺得自己似乎稍有成長了些。

原本彎腰駝背的莫妮卡挺直胸膛，抬頭仰望希利爾。

「午、午安……呃——請問你們在討論什麼，呢？」

聽到莫妮卡這麼問，希利爾將視線移向手邊的紙張回答：

「下個月就要正式展開校慶相關準備，業者出入的頻率會隨之攀升。有鑑於此，我們正在確認到時出入的業者使用的紋章。」

說起業者的紋章，記得昨天和尼爾一起整理的資料就是這些內容。

莫妮卡回想著與商會名稱一起記載的紋章，艾利歐特繼續接著希利爾的話解說：

「我今年負責的艾柏特商會，去年是由希利爾負責的。然後，我問他那個商會的紋章長什麼樣，他告訴我是公牛與車輪。可是這兩種圖案都太常見了對吧。有用到公牛跟車輪當紋章用圖的商會，光我印象中就有三四家呢。」

「所以說，我不就實際畫給你看了嗎。」

滿臉不悅的希利爾抓起手上的紙，舉到艾利歐特面前。

莫妮卡望了望紙上的內容，沒想到頓失言語。

如果要以文字確實描述的話，她看到的是一個用線條分為十二等分的扭曲圓圈，前方還有個四隻腳的軟趴趴不明物體……大概就這種感覺。

艾利歐特一臉受不了的表情，伸手指向軟趴趴物體的頭部。

「這個歪七扭八朝上伸的不是兔耳嗎？」

「那是牛角。」

希利爾答得理直氣壯，眼中不帶半點陰霾，艾利歐特的目光不由得從傻眼轉為同情。

雖然非常對不起希利爾，但莫妮卡也跟艾利歐特抱持同樣感想。那渾圓又短腿的輪廓，比起公牛，實在更接近兔子。

就在莫妮卡與軟趴趴生物眉目傳情時，艾利歐特忽然把話題帶到她的頭上。

「我說，諾頓小姐。這個妳看起來像公牛嗎？」

「咦？呃────我～～～……」

稍微瞥了瞥希利爾，發現他正以一如往常的毅然表情凝視著自己。

雖然態度嚴肅至極，但不知是不是錯覺，總覺得那對深藍色瞳孔正閃閃發光……好像期待著什麼似的……

看見莫妮卡眼神游移不定地搓起手指，艾利歐特聳了聳肩。

「看到沒，希利爾。這就是現實。」

「殿下可是一看就知道是哪家了喔。」

「講什麼廢話，那是因為殿下本來就知道去年你負責艾柏特商會吧。」

艾利歐特傻眼地回答，希利爾大為憤慨，眉毛直豎地怒吼：

「你這是在質疑殿下的發言嗎！」

「我是在質疑你的感性好嗎！到底憑什麼覺得這種鬼畫符有人看得懂啊！唉～唉～缺乏藝術細胞

的人就是這樣才教人受不了！」

現場終於爆起口角，莫妮卡見狀，努力鼓起全身的勇氣開口：

「那個、那個～那個～……」

兩人轉頭看向莫妮卡，單是這樣就令她緊張到雙腳差點僵住。

即使如此，莫妮卡還是握緊羽毛筆，集中精神在紙上揮毫。

就這樣經過大約一分鐘，莫妮卡提出了成品。

「這、這個就是，艾柏特商會的……紋章。」

以帶了十二根輻條的車輪為背景，加上一頭面朝左側的公牛。

莫妮卡憑印象繪出的圖樣，緊緊吸住了希利爾與艾利歐特的視線。

「就是這樣，跟我記憶中的紋章一模一樣。」

「諾頓小姐，妳是艾柏特商會的相關人士嗎？」

莫妮卡搖搖頭，將羽毛筆插回筆座上。

「我只是，昨天在清單上看過而已。呃——我算是……滿擅長記住圖形，再根據記憶動手重繪的……」

用來賦予物質魔力的賦予魔術裡，也存在著要在魔術式中描繪特殊紋章樣式的類型。

莫妮卡很喜歡那種經過計算的美麗紋章，還在米妮瓦就讀時，只要一有空，就忘情描繪到滿手都被墨汁染黑的程度。

「為啥妳什麼文具都沒用，就能畫出這麼漂亮的圓圈與直線啊……？」

艾利歐特正為了莫妮卡的精緻畫工感到歪頭不解時，一旁的希利爾也反覆比對自己與莫妮卡的畫作，並好像注意到什麼似地捶了捶掌心。

「原來如此，我畫的公牛缺了尾巴啊。」

「你缺的是畫力與天分好嗎。我說，你明明會覺得唱歌被人聽到很難為情，為啥卻敢大大方方地拿這種鬼畫符給人看啊。」

兩人間再度傳出火藥味，而就在這一刻，又有人開啟了學生會室的大門。那人就是學生會書記——貌美千金布莉吉特・葛萊安。

布莉吉特朝正在大眼瞪小眼的希利爾與艾利歐特瞥過一眼之後，淡淡地開口：

「守衛方才通知，艾柏特商會的馬車已來到正門了。負責人請前往確認。」

好巧不巧，正好是話題中心的車輪與公牛紋章的主人。

聽到布莉吉特這番話，負責艾柏特商會的艾利歐特一臉狐疑地皺起眉頭。

「是搬送資材過來嗎？這也比預定提早太多了吧。那家商會經手的是煙火之類的火藥品，太早送來會讓人為了濕氣之類的問題傷腦筋耶……知道了。我馬上去。」

艾利歐特就這麼朝門口動身準備離開，不過希利爾一句「慢著」喚住了他。

「當校外業者要進入校園作業時，依規定必須有共計兩名以上的教師或學生會幹部在場陪同。我也去吧。」

「不，希利爾你等下要跟各社團的社長們開會吧。布莉吉特小姐也要忙著製作校慶邀請函——」

說著說著，艾利歐特望向了現場唯一沒有急事纏身的莫妮卡。

「諾頓小姐。請妳跟我來吧。」

「咦，我、我去，嗎？」

「諾頓小姐沒有陪同校外業者作業的經驗不是嗎？趁這個機會把流程記熟比較好。」

艾利歐特的說辭確實合情合理。

只是，艾利歐特平時就絲毫不隱瞞對自己散發的惡意，一想到要單獨與這樣的他行動，莫妮卡就怕得雙腳直發抖。

更別提今天上棋藝課時，莫妮卡才不小心剛惹艾利歐特生氣過。

（搞不好，路上會因為這件事被他罵一頓……）

不過，也不可能一輩子逃避艾利歐特。為了準備校慶，接下來的生活還要更加忙碌呢。

嘶～哈～莫妮卡小小地深呼吸一口，轉身面向艾利歐特。

「我、我明白了。我也，一起去，請多指教。」

「嗯，多指教啦，諾頓小姐。」

低頭望著莫妮卡的艾利歐特，臉上浮現的並非單純的不悅，而是略顯複雜的神情。

希利爾的視線，無意識地追著離開學生會室的艾利歐特與莫妮卡。

（……要不要緊啊。）

艾利歐特對於所謂「一步登天」的暴發戶深惡痛絕。凡是這類飛上枝頭變鳳凰的對象，都可能遭到他擺出極具攻擊性的態度。

就連被收作海恩侯爵家養子，平民出身的希利爾也不例外。

現在他還是不時會對希利爾碎碎念酸個幾句，但這已經算收斂了。說起剛進入賽蓮蒂亞學園就讀那陣子，他可是表現得更加露骨。

——少給我得寸進尺，平民。我啊～最恨之入骨的，就是你這種不知天高地厚的傢伙。

希利爾信奉的若是實力主義，艾利歐特就是身分階級至上主義。

這麼一位執著於身分地位的人，面對一看就是過平民生活長大的莫妮卡，內心會頗有微詞自然是不在話下。

看到希利爾一直心神不寧地望著走廊，正在撰寫邀請函的布莉吉特停止動筆，冷冷地說道：

「寵過頭了。」

希利爾嘴角氣憤地下垂，轉頭瞪向布莉吉特。

「諾頓會計要是在校外人士面前出糗，難保不會影響世間對賽蓮蒂亞學園的評價。會在意也是理所當然的吧。」

「那麼，就當作是這麼回事好了。」

名列校園三大美人的冷豔美女，不帶一絲笑容地回話後，將視線投向希利爾一直拿在手上的紙張。

紙上畫的東西，是出自希利爾之手的艾柏特商會紋章。

飽受艾利歐特批評的畫作，令布莉吉特看得一臉狐疑，歪頭不解。

「話說回來，你手上那張孩童塗鴉似的圖畫，是什麼暗號嗎？」

「……………什麼都不是。」

＊＊＊

艾利歐特愁眉苦臉地面向正前方，邁著大步趕路，不讓莫妮卡進入視線範圍裡。

莫妮卡則一瞥一瞥地望向艾利歐特，膽怯之情不言而喻。反正八成是覺得又要被挖苦了吧。

（唉～該死。帶是帶出來了，卻不知道該怎麼開口啊。）

今天棋藝課時，艾利歐特在與莫妮卡的對弈中獲勝——只不過，靠的是沒有告知過莫妮卡的入堡。

艾利歐特被一個連規則都沒聽過的鄉下小丫頭在棋盤上逼到絕境，失去了應有的風度。

這種手段並不公平。是立於庶民之上的貴族引以為恥的舉動。話雖如此，要老實道歉又教人心裡頗不是滋味。

腦中始終想不到該怎麼向莫妮卡開口，艾利歐特就這麼煩躁地張嘴又闔上、張嘴又闔上。

就在這樣猶豫不決的過程中，兩人已經走出校舍，來到可以看見馬車的地方。

大概是正門的守衛已經檢查過相關文件了吧。馬車就停在裝滿了外來資材的西側倉庫前。

西側倉庫的鑰匙在艾利歐特手上，接下來只要檢查過資材，一一搬進倉庫就行了。

一旦展開這項作業，就會錯失和莫妮卡交談的機會。

艾利歐特下定決心開了口：

「啊——諾頓小姐，關於剛才棋藝課那件事……」

側眼望向莫妮卡，發現她正停下腳步，緊緊地凝視著某個方向。

那稚氣未脫的臉蛋，變成了面無表情的撲克臉。

「……不同。」

「什麼？」

莫妮卡伸手指向描繪在馬車側面的紋章，靜靜地接話。

「那個紋章，和紀錄上的不同。」

艾利歐特皺起眉頭，仔細觀察莫妮卡指的馬車紋章。
巨大的車輪與公牛。看起來就跟方才莫妮卡繪製的圖形一模一樣。
「有哪裡不同？」
「車輪的輻條原本是十二根，那輛馬車上的紋章，卻只畫了十根。」
「不會是妳記錯了吧？」
面對艾利歐特的質疑，莫妮卡以不若她平時會有的堅定語調，斬釘截鐵地斷言：
「不是。我只要，看過一次的圖形，就絕對不會忘記。」
好比在重審帳簿的時候，又好比在下棋的時候……每當忘情在某件事情的時候，莫妮卡．諾頓就會面無表情到可怕的地步。
這種狀態下的莫妮卡，除了自己感興趣的對象以外，其餘一切就好像全都從世界上消失似的，完全進不了她的眼裡。
現在也一樣，莫妮卡望都不望艾利歐特一眼，只是直直地注視著馬車的紋章。
艾利歐特咕嘟一聲嚥下口水，開始觀察艾柏特商會的馬車。
那是輛隨處可見的帶篷馬車。有兩匹拉車的馬與一名車夫。還有另一人站在馬車旁。
兩名都是中年男性，穿著打扮就像與上流階級做生意的商人應有的派頭，沒有可疑之處。
果然還是莫妮卡搞錯了吧——艾利歐特心想。
（但是說起來，的確……比起當初約好的交件日，早了整整一週以上啊。）
艾利歐特還在迷惘該如何判斷，莫妮卡又補上了一句：
「不同的地方，還有一處。」

「還有喔。」
「雖然非常相似，但那隻公牛……忘了畫上尾巴。」
這個理由讓艾利歐特立刻做出了決斷。
「原來如此，這樣確實不對勁。賽蓮蒂亞學園御用的一流商家，沒道理會犯下那種希利爾等級的驢蛋失誤。」
既然如此，那群假冒艾柏特商會的傢伙，目的要不是竊盜就是誘拐……無論如何，打的肯定不會是好主意。
馬車前的男人注意到艾利歐特，開始朝兩人接近。但，馬車上的車夫到現在還沒有放開轡繩。
若是懂禮數的商人，應該早就找地方繫好馬匹，下馬向交易對象寒暄才對。
（……之所以沒這麼幹，應該是為了能隨時逃跑吧。）
將目光鎖定在冒充艾柏特商會的歹徒身上，艾利歐特小聲地向莫妮卡下達指示：
「諾頓小姐，我會跟那幫人對話爭取時間，妳去找警備兵過來。」
艾利歐特這則指示，瓦解了莫妮卡的撲克臉。
一臉困擾的莫妮卡，眉毛垂成八字眉，手足無措地抬頭望向艾利歐特。
「那個，可是，這樣的話，霍華德大人會有……危險。」
聽到這番話，艾利歐特笑著用鼻子哼了一聲。
劍術與體術都不是艾利歐特的專長，魔術更是連用都用不成。
即使如此，要留在現場的人也絕不會是莫妮卡，這裡該留下的就是艾利歐特。
理由很簡單……

「我可是貴族啊。貴族有義務守護平民。跟毫無背負半點責任的妳，是不一樣的。」

艾利歐特．霍華德是個執著於階級的男人。

貴族就該有貴族的樣子，平民就該像個平民，每個人都該以與生俱來的身分，完成被賦予的職責。

身為貴族者，自當成為眾人之楷模，為社會做出貢獻。並且必須向無力大眾伸出援手，挺身保衛人民。

正因如此，艾利歐特才必須留在這裡，爭取讓莫妮卡逃跑的時間。必須克盡己身的職責，守護貴族的矜持才行。

冒充艾柏特商會的男人，已經接近到能聽見彼此聲音的距離了。方才掛在男人臉上的客套笑容也已經消逝無蹤。

恐怕，對方是注意到艾利歐特與莫妮卡的臉色有異了吧。

「快走，諾頓小姐！」

艾利歐特一把推開了莫妮卡，幾乎就在同個瞬間，男人也起腳奔向艾利歐特。手上還握著一把閃著銀光的小刀。

倉庫前的這個場所現在不見其他人影。若是在此遇襲根本毫無招架之力。

（到此為止了嗎……）

就在艾利歐特咂嘴的那一刻——馬匹的嘶吼聲傳進了耳裡。

＊　＊　＊

打從自稱艾柏特商會的二人組之一拔出小刀的當下，莫妮卡便徹底將兩人視為了敵人。

無論入侵者究竟有何居心，只要有暗殺第二王子的可能性，身為護衛的莫妮卡便無法置之不理。

問題只在於，該以何種方式瓦解這兩人的戰鬥力。既然艾利歐特也在場，莫妮卡的行動選擇就相當有限。

就算是用壓低了威力的電擊魔術使目標無力化，敵人看起來依舊像是突然暈厥，太過於不自然。

被艾利歐特推開的莫妮卡踩著踉蹌的腳步，只移動視線瞄準繫在馬車上的馬匹。

（……對不起喔。）

在心中道歉之後，莫妮卡以無詠唱魔術朝兩匹馬的屁股釋放了極度微弱的電流。

因疼痛而受驚的馬匹激動起來，高高舉起前腳嘶吼。

「突、突然怎麼回事？」

車夫慌忙扯緊轡繩，但這只是讓馬匹愈來愈激動。

兩匹馬就這麼亂無章法地狂奔起來。失去平衡的車夫慘叫一聲，從駕駛座上摔落地面。

莫妮卡瞄準落馬的車夫，施展魔術電暈他。在這個時間點，旁人看來應該就像落馬時車夫自己摔昏的吧。

（……先解決，一個。）

失控的馬車朝手握小刀的男人直衝而去。男人「嘎啊」地哀號一聲，扔下手中的小刀往地面翻滾閃避馬車。

抓準男人在地面翻滾的瞬間，莫妮卡再度發動電擊魔術，在看起來像被馬車輾暈的時間點，將男人電得不省人事。

這場戰鬥極度不起眼，卻又講究技術到教人恐懼的地步。

莫妮卡每次發動魔術，都必須要掌握到目標的身影會被馬匹遮掩，進入艾利歐特視線死角的時機，這是發動速度夠快的無詠唱魔術才辦得到的絕活。

剩下就只要讓馬匹安分下來就行了……但——

「諾頓小姐，快躲開！」

「嗶啊啊啊啊？」

聽到這聲吶喊，莫妮卡當場後跳一步，在千鈞一髮的位置擦過馬匹的腳。緊接著，馬車的車輪才嘎啦叩嘍地緊貼她的鼻尖通過。

「噫、噫噫噫～……」

莫妮卡頓時嚇得直不起腰來。

馬匹已經激動到極限，口中不停冒出白沫。看來是受了太大的刺激。

艾利歐特滿臉不痛快地咂嘴。

「該死，要說得救的確是得救了……但是那匹馬，為啥會突然發狂啊？」

（其實是我害的，對不起對不起對不起～～～！）

正以為馬車已經直直地通過，沒想到這會兒又沿著校園的柵欄轉圈，再度朝兩人衝來。

眼見此景，艾利歐特再度大吼：

「我們爬到樹上去，跟我來！」

「好、好的～～～」

艾利歐特手腳靈活地攀上附近的樹木……但，運動神經等同於不存在的莫妮卡，剛朝樹木攀出第一步，就咻嚕咻嚕地滑落地面。
在滑落的過程中，嘎啦嘎啦的車輪聲也依然持續逼近。
「諾頓小姐，快點！抓住我！」
樹上的艾利歐特帶著一臉生死交關的表情，向莫妮卡伸出了手。
莫妮卡見狀也努力伸手……但，原本就以不穩固的姿勢攀在樹上，這會兒又放開一隻手，導致她失去平衡，整個人向後翻倒。
「呼喵啊！」
翻倒在地的莫妮卡看到了。失控的馬車已經近在眼前。
（發動防禦結界的話再怎樣也一定會穿幫……用風之魔術颱風？不行，光是吹風檔不住那樣的狂奔……這樣的話，再用一次電擊魔術？可如果連馬都電昏過去實在太不自然，但電流過弱又可能讓馬兒失控得更嚴重……哇啊啊啊啊～～）
一時之間難以釐清思緒，莫妮卡的眼珠轉個不停，就在這時，某人牽起了莫妮卡的手。
「來這邊！」
抓住莫妮卡的，是一隻套有白手套的少女手臂。那隻手以不若賽蓮蒂亞學園淑女會有的強勁力道，把莫妮卡連手帶人一起拉離原地。
莫妮卡小小的身軀，就這麼被那位救世主順勢抱進懷裡。
「哇，噗……」
「呼～真是千鈞一髮啊。」
將莫妮卡拉起身抱緊的是一位高個子女同學。一頭明亮的茶色長髮束在後腦，散發出活潑的氣息。

吧。

從領巾的顏色看來，她應該與莫妮卡同樣是高中部二年級，但長相卻顯得陌生，恐怕是別班的同學

「那、那個，非常謝謝，妳出手相……」

「道謝待會再說！比起這個，妳先退開一下。」

說著說著，高個子少女掀起了裙襬，與再度衝來的失控馬車展開對峙。

「危、危險！危險啊！」

「同學，妳這是幹什麼！快逃啊！」

莫妮卡與艾利歐特高聲大喊，然而少女不為所動，反而目不轉睛地望向馬車。

然後在極限距離下閃開直衝而來的失控馬車，抓住懸空甩動的韁繩，使勁縱身一跳。

隨著白色裙襬在半空中飄舞攤開，少女身輕如燕地乘上了駕駛座。

「不要緊嘍。來──冷靜一點。聽話，乖──」

少女安撫的語調十分溫柔，交互拉扯左右韁繩的力道也相當輕巧。

她絕不斥責馬匹，也從不硬扯韁繩。而是耐著性子不斷「來喔～乖──」。就在這樣的過程中，馬的速度已經逐漸趨於平緩。

「好孩子。」

留下這句話，再度輕拉韁繩之後，馬兒整齊地停下了腳步。

離開樹木的艾利歐特雙眼睜得老大，望著少女開口：

「真有妳的……」

勇敢跳上失控的馬車，成功安撫兩匹馬回歸平靜，這絕非任何人都辦得到的事。

但少女卻絲毫不為此驕傲，只是輕輕撫摸著馬的鬃毛回應。
「還好這兩個孩子調教有方，會對聲音起反應。」
「不好意思，同學，可以麻煩妳就這樣繼續安撫住馬匹嗎？因為倒在那邊的傢伙是冒充成商會的入侵者。」
「入侵者？嗯，好的。我明白了。」
聽到艾利歐特的指示，少女雖顯訝異，仍聽話地點了頭。
艾利歐特從口袋掏出西側倉庫的鑰匙打開大門，將兩名不省人事的男人扔進倉庫後再關門上鎖。
「好，這樣一來這些傢伙就沒法為所欲為了吧。諾頓小姐請先在這裡待命。我這就去找警備兵和老師過來。」
艾利歐特俐落地發號施令，朝正門的方向走去。他大概是判斷，與其讓莫妮卡這個慢郎中用那結結巴巴的溝通能力去說明，還不如自己跑一趟實在吧。
守候著艾利歐特的背影離去後，莫妮卡抬頭仰望坐在駕駛座的救命恩人，向少女用力一鞠躬。
「那個，非常、非常謝謝妳，救了我。」
「別放在心上，路見不平拔刀相助嘛。話說回來，校內竟然有入侵者出沒，你們也很為難吧。」
手上依舊握著韁繩的少女，從駕駛座向莫妮卡投以關切的眼神。
那毫不做作的踏實態度，雖然與賽蓮蒂亞學園的淑女形象格格不入，卻誠懇得教人快活。
「我是高中部二年級的凱西．古洛布。妳呢？」
「我、我是……莫妮卡．諾頓，請多煮教……」
咬到舌頭的莫妮卡面紅耳赤地低下頭去，但凱西完全沒有要嘲笑她的意思。

「莫妮卡・諾頓！傳聞中的插班生原來就是妳呀。」

（傳、傳聞？……我竟然，已經引發流言了……）

反正一定不是什麼讓人開心的傳聞吧——莫妮卡正為此沮喪時，駕駛座上的凱西向她招了招手。

「噯，妳要不要也上來試試？保證心曠神怡喔。」

「咦？不不不不不不，我、我就……」

「這比自己騎馬還簡單啦。來來來。」

說著說著，凱西的手臂從駕駛座朝自己伸來。要拒絕她的一番好意也教人過意不去，左右為難的莫妮卡只好也伸手牽了上去。

手牽穩後，凱西往後一抽，莫妮卡便輕描淡寫地被拉上了駕駛座。動作之寫意，教人不禁懷疑凱西的臂力是否比艾利歐特還大。

來到不常接觸的駕駛座，莫妮卡忐忑不安地就坐，雙眼直視前方。

「哇，啊……」

對於嬌小的莫妮卡而言，從駕駛座眺望的世界充滿了新鮮感。

看到莫妮卡雙眼閃閃發光，撫摸著馬匹鬃毛的凱西露出潔白的牙齒笑了笑。

「每次說這種話，班上的同學表情都會變得很奇怪，但是，我在搭馬車的時候，最喜歡的座位就是駕駛座了。不但迎面而來的風吹得身心舒暢，而且又離馬兒最近。」

撫摸著鬃毛的凱西，投向馬匹的視線極為溫柔。光是看著這張側臉，就能夠明白她是發自內心喜歡著馬。

「妳要不要也摸摸看？摸這邊馬兒會很高興喔。」

賽蓮蒂亞學園 2年級
凱西・古洛布

「好、好的。」

莫妮卡按凱西的指示撫摸起馬的鬃毛。黑貓尼洛一身光滑的體毛摸起來很舒服，不過馬匹那閃耀著光澤的結實鬃毛也別有一番獨特迷人的觸感。

（剛剛把你弄痛，對不起喔……）

在心中向馬道歉之後，莫妮卡轉頭面向坐在身旁的凱西。

「呃——……古洛布大人……似乎，很喜歡馬呢。」

「不必用那麼拘謹的叫法啦。叫我凱西就好。我也可以叫妳莫妮卡嗎？」

確認莫妮卡點頭同意，凱西接了一句「謝謝」，再度摸起馬匹。

「呃——對對對，剛是在聊馬嘛。我的確喜歡馬，而且也喜歡騎馬喔。在我的故鄉，無論是男是女，大家都會騎馬。也會用馬車幫忙載運家畜出貨。妳看嘛，就像沙姆叔叔的小豬裡頭提到的……」

講到這裡，凱西彷彿驚覺到什麼事情，伸手遮住嘴巴，難為情地笑了起來。

「抱歉抱歉，突然提起沙姆叔叔的小豬什麼的，根本沒人聽得懂吧。呃——在我的故鄉，送家畜出貨時，常會唱一首童謠……」

「《沙姆叔叔的小豬》——我知道！那個，那首歌，是一首非常非常美麗的數列之歌……」

莫妮卡反射性地向前探出身子，用更勝往常的音量表達內心的共鳴。凱西見狀，先是雙眼眨個不停，隨後嫣然一笑。

「太驚人了。沒想到竟然能在賽蓮蒂亞學園遇到聽過沙姆叔叔的小豬的人……我因為是鄉下貴族，跟這兒的同學們總是找不到共通話題呢。畢竟，會幫忙送家畜出貨的大小姐不是那麼常見嘛……」

的確，擅長騎馬又懂得幫忙送家畜出貨的大小姐，莫妮卡以往從來沒見過。

……如果是興高采烈地扮演反派千金的美妙大小姐，倒是知道一位。

凱西雖然一臉難為情，但因為有了沙姆叔叔的小豬這個共通話題，讓莫妮卡在心中對凱西湧現一股親近感。

「凱西妳，懂得很多方面的，事情呢。」

「還好啦，真要說的話，我連狩獵也在行喔。用十字弓。」

好厲害──莫妮卡忍不住一句讚嘆脫口而出。

看在運動神經趨近於絕望的莫妮卡眼裡，光是會騎馬，就已經值得欽佩。

沒想到凱西不只騎馬，連狩獵都難不倒她！……如此心想的莫妮卡，壓根兒就不記得自己在幾個月前才獵了二十幾隻龍，只顧著向凱西投以尊敬的視線。

「凱西妳真的，好厲害喔。」

「啊哈哈，謝謝妳。其實我就連選修課都打算要選馬術課。妳呢？」

「呃──我目前，還沒有定案……」

「那妳也一起來試試馬術課怎麼樣？一定會很開心喔？」

凱西的邀請，令莫妮卡雙眼睜得圓滾滾的。作夢都想不到，明明自己一看就是個運動零蛋，世界上還會有人推薦自己騎馬。

「我、我的，運動神經，真的非常非常糟……」

再怎麼說，正是因為運動神經與平衡感都絕望般低落，莫妮卡才用不了飛行魔術。否則單就魔術式的理論而言，她也是堪稱完美。

然而，面對這樣的莫妮卡，凱西卻操著若無其事的語調接話：

「上課時會配合個人的熟練度指導，所以特別歡迎初學者加入，老師是這麼說的喔。還有還有，如果趁現在報名，竟然還特別附贈凱西．古洛布小老師從旁輔導的服務喔……開玩笑的。」

眼見莫妮卡聽得目瞪口呆，凱西打趣似地吐著舌頭。

這番肯定要令禮儀課教師皺眉頭的舉動，在她身上卻顯得十分迷人。

「啊哈哈，抱歉抱歉。還是轉得太硬了吧，這種邀法。馬術課的女生比較少，所以忍不住燃起推廣的熱情，想說如果莫妮卡也能加入就太好了。」

「那、那個……」

騎馬什麼的，以往連念頭都不曾起過一次，根本從未列入選項之中。

但，對於無法使用飛行魔術的莫妮卡而言，馬術確實是一項學起來不吃虧的技術。而且，最重要的是……

（……我想嘗試一些，新的事物。）

在選修課觀摩會聽完棋盤規則時，莫妮卡心想「應該很簡單」。

然而，實際動手接觸，才發現下棋不但一點都不簡單，還為內心帶來了新鮮的驚奇與感動。

不實際接觸就無法明白的世界，確實是存在的。

「騎馬……我這麼笨拙的人，也辦得到嗎？」

面對唯唯諾諾徵求意見的莫妮卡，凱西露出得意的笑容，伸手往自個兒胸膛一敲。

「包在凱西小老師身上！」

在那之後，兩人直到警備兵與教師趕到為止，都和樂融融地談笑不已。

莫妮卡雖然不善於和初次見面的人交談，但與凱西聊天卻讓她絲毫感受不到壓力。

凱西聊天時心直口快，光是聽她講話都很舒服，就算自己一時語塞，她也從不煩躁，總是從容地等待莫妮卡找到想說的話。

不僅如此，凱西還會適度地舉出莫妮卡也容易開口的話題。

「這麼一提，莫妮卡妳剛才好像提到沙姆叔叔的小豬是數列之歌……」

「沒錯！就是這樣！這種數列最有名的地方，就是相鄰兩個數字的比值無限趨近於黃金比例……」

「抱歉，真沒聽說。」

「而且啊，這種數列的餘數週期性，證明起來真的好有趣好有趣……！」

「莫妮卡，妳是那種一提到興趣相關話題，就停不下來的類型對吧。」

「啊嗚，抱、抱歉，對不起，對不起……」

「我不是在生氣啦。只是覺得，妳頭腦一定很靈光呢。」

這兩人所聊的，真的都是些天南地北的瑣事。

即使如此，對怕生的莫妮卡來說，這依然是珍貴無比的快樂時光。

＊＊＊

當晚，莫妮卡在女生宿舍的閣樓，填好了申請選修科目的文件。

可以選擇的科目有兩堂。莫妮卡以較平時來得更工整的筆跡，在棋藝課與馬術課的申請文件上簽上名字，哼嘶～地喘了口氣。

正當滿足地望著自己填好的文件時，在床上蜷曲成一團的尼洛開了口：

「所以，今天那幫入侵者，是覬覦王子性命的刺客嗎？」
「不是喔，好像是企圖行竊的賊人。因為賽蓮蒂亞學園就連日常用品都砸下重金採購的關係。」
「也就是那幫想行竊的驢蛋，雖然成功冒充成商人侵入，馬匹卻不知為何突然發狂，導致犯人落馬跌暈。最後就這麼被校園的警備兵逮捕，是吧。」
尼洛用後腳搔著腦袋瓜子，抬頭仰望莫妮卡，壞心眼地笑了起來。
「話又說回來，妳那時慌張的程度，可真不是蓋的。我說，妳從來沒爬過樹嗎？」
「既、既然都看到了，為什麼不幫幫我……」
「那種狀況下妳是要本大爺怎麼幫啊。那個下垂眼跟馬尾女都在場耶。」
尼洛說的下垂眼應該是指艾利歐特，馬尾女是凱西吧。基本上，尼洛並不會為了熟記人名下工夫。
「只不過，再這樣下去，恐怕各方面都會產生不便。在校舍裡，本大爺不太有辦法協助妳啊。」
平時，尼洛都以黑貓的姿態在校園的庭院或屋頂散步，同時替菲利克斯周邊進行警備。
但保持黑貓姿態時無法進入校舍，所以若在校舍內出了什麼事，尼洛也無法前來伸出援手。
尼洛就像在沉思些什麼，尾巴甩個不停。不一會兒，他帶著靈光乍現的表情，以彈簧之勢從床上跳了下來。
「我想到個好主意！如果貓不行，那變成人不就得了！」
「可是，尼洛變成人的時候，總是會穿著那身長袍對吧？」
化身成人的尼洛，每每都會批著一身古典風格的長袍。
那副打扮就連在鎮上都有點引人注目了。更別提要這樣闖進賽蓮蒂亞學園內。
聽到莫妮卡這句吐槽，尼洛「喵哼哼哼～」地笑得一臉得意。

「雖然本大爺的造型，的確是以那套長袍為基礎，但是如果加把勁，也是能重現別種服裝的。看～清～楚～了～」

尼洛的身影為黑霧所包覆，霧氣並膨脹擴張至成年男子的大小。

到這裡為止，都與尼洛平時化身成人型的過程大同小異，可是這次黑霧久久不散。感覺上似乎正在進行一場苦戰。

總算，黑霧就像墨水遭洗淨一般從頭頂的部分開始消散，黑髮青年的外表現身。

身上的並非平常穿的那件古典風格長袍，而是以白色為基底色調的賽蓮蒂亞學園制服。

……只不過，是女生制服。

輕飄飄擺動的白色長裙下露出的，生有腿毛的男性小腿，實在只有露骨兩字可言。

「……尼洛～？」

「唔喔？搞錯啦！該死，我心中定義的制服被妳的制服留下太強烈的印象了……我看，得先去隨便抓個男同學剝光，好好觀察男生制服一番才行。」

「不准喔？絕對不許這麼做喔？」

莫妮卡較往常更強硬的語氣，令尼洛「啐」一聲嘟起了嘴。

沒想到，這會兒他又立刻砰地一聲敲了敲手掌，一臉又動起什麼歪腦筋似的，低頭望向莫妮卡。

「噯噯，莫妮卡。本大爺想到了。把工作塞到妳頭上的那傢伙……看嘛，就妳那個同期，呃——路易路易．潤趴趴！」

「是路易斯先生。記好喔？」

「讓那傢伙男扮女裝，潛入校園裡不就好了嗎？妳看，那傢伙不但留長頭髮，長相又那麼娘娘腔，肯定不會穿幫……」

雖然莫妮卡很清楚路易斯與琳都不在這裡，即使如此，她還是臉色大變，伸手摀住尼洛的嘴巴。

「妳、妳幹喵？」

「噓！就只有這個絕對不能提！」

莫妮卡的同期──〈結界魔術師〉路易斯．米萊不但有著一頭編成三股辮的栗子色長髮，還是位容貌如女性般俊俏的美男子。

然而，他卻對於遭人揶揄自己神似女性一事有著強烈的厭惡感。

既然如此，把頭髮剪短理個清爽不就得了──雖然論誰都不免心生如此疑問，但路易斯就是頑固地將頭髮持續留長。那長度甚至教人感覺到某種執念。

「我跟你說，尼洛。路易斯先生對於自己在別人眼裡看起來像女性這件事，非常非常在意……之前，就有個人對路易斯先生說他看起來『好像女人嘛』……那個人……後來……………」

講到最後，莫妮卡已經擠不出聲音，只是抖得牙齒嘎吱作響。

看到莫妮卡如此不尋常的反應，強如尼洛也不禁表情僵硬了起來。

「喂，那傢伙後來怎樣啦。要講就講完啊！太讓人在意了吧？」

「…………」

「喂，就叫妳講清楚啊！這下豈不是要在意到失眠了嗎！」

無視於使魔（身穿裙子的成年男子）的吶喊，莫妮卡一頭鑽進了棉被裡。

要開口描述〈結界魔術師〉路易斯．米萊無數的火爆惡行，這事對莫妮卡來說，還是稍嫌刺激過強了點。

✶ 第四章　咕嚕咕嚕

賽蓮蒂亞學園的女性教師綾婕·佩露正在辦公室的座位上抱頭苦惱。

綾婕負責的科目是社交舞。那是貴族子女的必備技能。

正常來說，進入賽蓮蒂亞學園就讀的學生，在入學階段都已經習有某種程度的舞藝。對跳舞感到棘手的學生當然不是沒有，但至少也都打過了基礎。

所以，綾婕作為指導者，目前為止都沒有什麼為了授課頭痛的經驗。

但誰想得到，今年高中部二年級，竟然出現兩位駭人的問題學生。

那兩人對於社交舞的基礎一無所知，在課堂上還表演了某種要稱之為舞蹈都過於厚臉皮的絕望級動作（找不到其他說法形容），令綾婕與在場其他同學頓失言語。

那兩位問題學生的名字，叫做古蓮·達德利與莫妮卡·諾頓。

他們都是今年轉入高中部二年級的插班生。

＊＊＊

「感覺步調有點慢，我要加速哩！」

「不要啊啊啊啊啊啊啊，快點停～～～～～～～～！」

放學後的舞蹈教室裡，活力充沛的少年嗓音，以及可悲少女的哀號正在迴響。
活力充沛的少年——古蓮正以原本步調的倍速踏著舞步，可悲少女——莫妮卡則被這樣的古蓮甩得團團轉。
「就在這裡——轉步！」
在身材高大的古蓮帶動下，莫妮卡嬌小的身軀以猛烈勁勢咕嚕咕嚕地開始旋轉。
這畫面已經稱不上什麼舞蹈，只是一條恣意跑跳的大型犬以及手握牽繩被扯得東倒西歪的飼主。
就連原本在彈琴的嬌小少年——尼爾也看不下去，忍不住大聲說道：
「那個，請先暫停一下！暫停吧！」
聽到尼爾的制止，古蓮即刻停下動作……但，沒法化解衝勁的莫妮卡，就這麼轉著轉著摔倒在地。
「莫妮卡～～～～！」
急忙衝到莫妮卡身邊的古蓮，將她自地面扶起來，抓住那纖瘦的肩膀一個勁地猛搖。
「唔哇啊啊啊，對不起！妳還好嗎～～～？」
「請……請不要，這樣……搖我…………啊嗚……」
在極近距離下被活力過度充沛的古蓮拉大嗓門喚著，三半規管已經蒙受巨大打擊，加上身體又被劇烈搖晃，這下莫妮卡終於翻起白眼，再也沒有動靜。
倚著牆壁觀摩這一連串互動的凱西，忍不住搖頭嘆氣，綁在後腦的馬尾也隨之左右搖曳。
「……這不是比剛才上課時更慘嗎。」
賽蓮蒂亞學園的舞蹈課是由兩班聯合授課。搭檔基本上由教師指派，被指名與莫妮卡搭檔的人正是古蓮。

嬌小的莫妮卡與高大的古蓮雖然身高差距過大，但總之就先讓兩位插班生湊成一組，觀察一下他們的舞藝程度——佩露教師打的算盤似乎是這樣。

就莫妮卡而言，能與相識的古蓮組成一組可謂幸運女神眷顧。要是換作與初次見面的同學搭檔，八成會因為過度緊張而手忙腳亂到詭異的地步。

「原來我跟莫妮卡一組啊！請多指教哩！」

「請、請多多，煮教……唔……」

就算是認識的對象，極度怕生的莫妮卡還是不善於望著對方的臉交談。尤其當對象是男性時，這種傾向會特別顯著。

即使如此，古蓮也沒有表現出任何不悅，而是牽起莫妮卡的手，大方地站上舞廳。

瞧他態度洋溢著無比自信，肯定是個社交舞好手吧。莫妮卡擅自如此作想……然而——

下一瞬間，古蓮就帶著親切的笑容這麼說道：

「我啊，從來沒跳過社交舞呢。總而言之，就先有樣學樣試試吧！」

騙人的吧？這念頭才剛閃過腦內，緊接著，莫妮卡就被古蓮甩得天旋地轉。

就這樣，插班生拍檔得到了下次要一起接受補考的告知。

一旦測驗再度不及格，莫妮卡與古蓮直到校慶為止，每天放學後都必須留下來補習。最糟的情況下，可能得犧牲寒假去接受特別輔導。

萬一演變至此，無論學生會的工作，還是第二王子護衛任務，肯定都會受到影響。

（因為這種理由而無法繼續執行任務的話，絕對會被路易斯先生臭罵啦～～～！）

所以，莫妮卡無論如何，都非得通過下次的補考不可。

「嗚嗚……整個人，都還七葷八素的……」

好不容易回復意識的莫妮卡，癱坐在地按著頭訴苦，凱西也蹲到莫妮卡的身邊，一臉憂心忡忡地望著她。

「莫妮卡，妳還好嗎？站得起來嗎？」

「嗚嗚……還好，我沒，問題。」

自從幾天前，發生竊盜犯冒充艾柏特商會入侵的事件，凱西就變得不時會跑來關切莫妮卡，找她聊聊天。

這次的舞蹈課剛好又是與凱西的班級一起授課，愛照顧人的凱西於是主動申請想負責指導舞步。

凱西的舞藝出色到佩露教師會忍不住誇獎的地步。好歹也是身手敏捷到能夠輕鬆跳上失控的馬車，運動神經有多麼優秀可見一斑。

至於莫妮卡，不但是運動白痴，又是個成天窩在山間小屋的萬年家裡蹲，自然飽受長期運動不足的摧殘，笨手笨腳到就連在空無一物的地方也能摔跤。

即使如此，身為運動白痴的莫妮卡也是以自己的方式，從數天前就開始為了舞蹈課進行相關準備。

「嗚嗚……明明就為了今天，努力讀過好多，舞蹈的教材說……華爾滋的三進位法……腦袋都已經理解了，卻……」

莫妮卡喃喃自語哭訴個不停，凱西摸摸她的頭，苦笑了起來。

「莫妮卡，跳舞是要靠身體去記憶的……然後，是三拍子才對喔，三拍子。」

在「乖喔乖喔」地安撫哀歎不已的莫妮卡的同時，凱西轉頭望向古蓮。

「雖然知道莫妮卡拿運動沒轍，但古蓮你也沒好到哪去喔。剛那是怎樣啊。」

「『男性要負責引導女性』──佩露老師不是這麼說嗎。所以我努力以自己的方式引導，搞不懂是哪邊不夠到位啊～」

那種靠蠻力拉著莫妮卡到處猛甩的舉動，似乎就是古蓮心目中的引導。

看到古蓮一臉正經地歪頭不解，尼爾也帶著夾雜苦笑的表情開了口：

「引導跟抓著人家甩，感覺上有很大的差別……」

「我在想，佩露老師的舞步，動作不是超級俐落的咩！我覺得，我缺少的果然就是那種俐落感！」

古蓮這番自信滿滿的表白，令尼爾忍不住百般正經地逼近他。

「古蓮，比起這個，應該還有更～～～～重要的東西對吧？」

尼爾說得一點也沒錯。古蓮運動神經雖好，但太過於欠缺協調性。莫妮卡本身是絕望級的運動白痴，又有過度依賴思考的壞習慣。

負責指導的凱西與尼爾轉頭彼此互望，雙雙嘆了口氣。

「總而言之，在熟悉舞步之前，就先交換搭檔練習如何？我負責監督古蓮吧。兩人身高相近跳起來也比較容易。」

「說得也是，那我就和諾頓小姐一組吧。」

尼爾點頭同意凱西的建議後，眉毛略顯困擾地下垂，望向鋼琴說道：

「這樣的話，希望能再有一位……能負責彈琴的人呢。」

舞蹈教室裡設有鋼琴，測驗時必須配合這台鋼琴的彈奏表演舞步。

說起莫妮卡記憶中會彈鋼琴的人物，就是學生會書記——布莉吉特・葛萊安了。但是，足以開口拜託她幫忙彈奏鋼琴的勇氣，還不存在莫妮卡的心中。

說到底，莫妮卡在這所校園裡幾乎沒什麼認識的對象。

感覺自己完全幫不上忙，莫妮卡慚愧地低下頭去，就在這時，舞蹈教室的大門突然被人以驚人之勢猛力打開。

「若是這麼回事就沒辦法了！要本小姐為你們彈奏鋼琴也無妨喔！」

用手指捲著亞麻色秀髮，口齒伶俐地高速放話的人無他，正是拉娜。看來她一直悄悄躲在門後偷聽情況。

古蓮、尼爾以及凱西都一臉驚愕地望向突然登場的拉娜。

「那是莫妮卡的朋友嗎？」

「……呃……是……」

反射性地點頭答覆古蓮之後，莫妮卡臉色忽然鐵青起來。

（被當成我這種人的朋友，要是因此給拉娜添麻煩……該怎麼辦……）

萬一拉娜露出不快的表情，萬一稍微皺了皺眉頭——莫妮卡低頭不斷想像著這種光景，沒想到，拉娜大步大步走到莫妮卡身邊，氣勢凌人地別過下巴開口：

「沒錯！好朋友特別向妳伸出援手，要好好感謝我啊！」

莫妮卡膽戰心驚地抬起頭來觀察拉娜。

拉娜絲毫沒有露出厭煩的表情。倒不如說，看起來活像是努力在憋著別露出笑容。

莫妮卡的嘴角無意識地上揚。

「……拉娜，謝謝妳。」

手掌隔著制服緊緊地按在胸口，莫妮卡輕聲細語地道謝。

要是不這麼按住胸口，感覺心臟就要高興到跳出來了。

＊　＊　＊

輕快的鋼琴旋律自舞蹈教室傳出。聽見這道旋律，從附近經過的綾緹・佩露教師停下腳步，悄悄從門縫間窺伺起室內的狀況。

（……哎呀哎呀哎呀～）

舞蹈教室內，讓綾緹傷透腦筋的兩位吊車尾舞者，正在朋友們指導下全神貫注地踏著舞步。

舞步的動作笨拙到令人莞爾。簡直，就像是小時候疏於練習舞藝的綾緹！

──聽好了，綾緹。等將來踏入社交界，就沒有人會幫妳了喔？

綾緹的姊姊總是不厭其煩地再三告誡自己，偏偏年幼的綾緹就是充耳不聞，結果在女校的舞蹈課出了大糗。

貴族子女就讀的女校，除了是學習教養的場所外，也同時是個不折不扣的社交圈。舞藝不精的姑娘，就只有成為眾人背地譏笑的對象一途。誰也不會主動伸出援手。

所以綾緹只能一個人躲起來練習。

但現在，少年少女們就在這扇門後的空間手牽手，拚命地進行舞步教學。

「……呵呵。」

綾緁伸手按在嘴邊，露出一抹微笑，靜靜地關上了舞蹈教室的門。

＊＊＊

「我聽梅伍德總務說嘍。妳好像正在練習社交舞嘛。」

比平常晚了些到學生會室露臉時，菲利克斯帶著滿面的笑容說道。

放學後得練舞的事，莫妮卡完全忘了要回報，似乎是周到的尼爾已經幫忙聯絡菲利克斯了。雖然不起眼，卻是個可靠的能幹少年。

集合了幹部的學生會室裡，唯獨不見艾利歐特的身影。

看來，他是為了日前冒充商會的入侵者相關事件，去找真正的艾伯特商會進行確認。

如果現在，艾利歐特在場的話，不知道他會說什麼？就在莫妮卡這麼思索時，菲利克斯諮詢起了尼爾的意見。

「所以，練習的成果如何？有機會合格嗎？」

聞言，尼爾的視線開始左右游移。明明天氣一點也不熱，臉頰卻冒出豆大的汗水。

「呃、呃——……我想應該要視今後努力的程度……而定吧。」

「殿下，能讓梅伍德總務這個好好先生講到這種地步，狀況肯定是慘不忍睹。」

在一旁處理別份工作的希利爾，操著嚴苛的語調斷言。

莫妮卡無言以對，消沉地縮成一團。

一如希利爾所言，今天的練習成果只有慘字可言。

起先雖然是從基本的舞步開始練，但莫妮卡每三次就會扭到腳摔倒一次。

凱西說這種就是靠身體記起來最好，可是總覺得身體沒有要記住的意思。

唉～如果是數字，要記多少都不成問題的說——莫妮卡正如此暗自哀嘆時，布莉吉特舉起了扇子遮口，以冷漠的眼神望向莫妮卡。

「理當作為學生表率的學生會幹部不但在學業上落於人後，甚至還淪落到要接受補考，簡直是前所未聞。」

「對、對不，起……」

「連梅伍德總務也被妳給拖下水了，妳可有自覺？」

因為自己的問題，給別人添麻煩——這件事實明確地踩到了莫妮卡的痛腳。

同組搭檔古蓮一開始雖然也跳得很糟，但人家運動神經好，肯定馬上就會學有所成。

到時候，莫妮卡包準又會給古蓮添麻煩。要是最後真的就因為和莫妮卡同組，害得古蓮補考一起不及格……

「那個，我並不覺得有被拖下水什麼的……」

善良的尼爾試著拘謹地插話緩頰，布莉吉特馬上啪唰一聲大力收起扇子。

接著，她那雙琥珀色的瞳孔瞪向菲利克斯，刻薄地開口：

「殿下，放任一個連社交舞測驗都無法及格的人擔任學生會幹部，對其他學生只怕無法交待。這方面敢問殿下有何見解？……再這樣下去，是否會演變成追究殿下任命責任的問題？」

吊車尾的莫妮卡，是在菲利克斯的任命之下就任會計的。因此，一旦莫妮卡引發什麼問題，選上她的菲利克斯也必須負起連帶責任。

這種恐怖與壓力，讓莫妮卡感到自己小小的身體彷彿就要被壓垮。

真的很抱歉給大家添麻煩了，我會加油的，我一定會拚命努力，拜託請網開一面——明明這些話語不停在腦海裡打轉，喉嚨卻卡得緊緊的，一絲聲音都發不出來。

莫妮卡嘴唇還像條金魚般抽搐不停，菲利克斯就先望著布莉吉特露出了優雅的微笑。

「沒有什麼好擔心的，諾頓小姐是我看好的人。她肯定會回應我的期待。妳說對吧？諾頓小姐。」

最後的發問是向莫妮卡說的。而且還附贈甜美可人的笑容。

不可能的，我實在辦不到……內心雖然如此哀號，但就在話險些出口的瞬間，莫妮卡硬是吞了下去。

身為王族的菲利克斯既已講明「看好自己」，莫妮卡能走的，就只有回應期待這條路。

即使如此，她也無法隨隨便便就點頭應承。眼見莫妮卡低頭不語遲遲沒有回應，菲利克斯這會兒站了起來，走到莫妮卡面前，將手指添上莫妮卡的下巴，抬起她的臉蛋。

那雙神祕的碧綠眼眸中，映照著莫妮卡困惑的身影。

「妳會回應……我的期待吧？」

如此直接的接觸，加上那略帶不捨的憂愁嗓音，換作一般女孩兒，肯定臉頰都要泛起紅暈。然而莫妮卡卻是帶著受人脅迫般的被害者神情，渾身發抖地點頭。

莫妮卡極盡所能地，把自己腦海內想得到的語彙都集中起來。

在表明意願之際，最重要的就是以條理分明的論述進行合理的說明。

「首、首先……我想針對使用到的樂曲分析節奏，將之與步幅進行交互比對。接著解讀舞步進行中的雙腳、腰部、肩膀呈現的角度，並執行記憶上述數據的作業！」

莫妮卡這番乍見之下好似頭頭是道，實則與理論扯不上一丁點關係的發言，讓希利爾雙眼半眯地呻吟了起來。

「……諾頓會計。妳在顧著動腦之前，先給我身體力行。」

說得一點也沒錯。

＊＊＊

回到閣樓的莫妮卡，吸著鼻子不停抽噎，臉朝床面整個人向前撲倒。不常體驗的運動，讓她雙腿痠痛不已。

「莫妮卡，妳簡直像個步履蹣跚的老太婆耶。」

尼洛朝趴在床上的莫妮卡一跳，以肉球在她背上來回推來按去。看來是在幫她按摩。

「嗚嗚、嗚……全身都好痠痛喔～……」

「肌肉這麼快就開始痠痛，就是妳身體還很年輕的證據，真不錯，對吧。」

真不曉得是從哪吸收來這種知識的。

看到莫妮卡把臉埋在枕頭裡，尼洛揶揄似地開口：

「本大爺可是都從窗口偷偷瞧見嘍～我說那個社交舞，該不會是一種競技吧？哪方能夠踩到對手的腳愈多次，誰就是贏家？」

「才、才不是呢……小說明明有插圖，你不是看過嗎……」

「就因為我只看過插圖，才感受到巨大衝擊啊。沒想到社交舞，竟然是一種那麼嚴酷的競技。」

尼洛跳到桌上，用前腳靈巧地替攤開的書本翻頁，裝模作樣地敲著頁面上的文字。

「『茱莉亞委身於巴索羅謬的引導，隨音樂翩翩起舞。那正是一段有如夢幻般的時光。兩人手牽手，隨心所欲地踏著舞步』……這段的登場人物，原來是隨心所欲在踩對方的腳嗎。不妙，對這場面的解讀要一百八十度大轉變啦。」

「所以就說不是嘛……喔～……」

莫妮卡從床上起身，嘟著嘴氣噗噗地瞪向尼洛，但尼洛只是笑咪咪地甩著尾巴。

「像這種問題，妳不能用魔術三兩下解決掉嗎？妳用魔術不必詠唱嘛？那不就可以暗中施展魔術，讓自己像個舞林高手嗎？」

讓自己像個舞林高手的魔術……要真有那麼方便的東西，那該有多好。可惜，魔術也不是萬能的。

「……我跟你說，尼洛。操控肉體執行某些特定的動作，在理論上可行……但那在這個國家是被歸類為禁術而禁止的。」

「就跟之前的，呃——是叫做精神干涉？跟那個一樣嗎？」

「精神干涉系魔術依條件而定，還有可能批准使用，但肉體操作系魔術是完全禁止，罰則也更加嚴峻。」

透過魔術讓人類的身體隨意動作，又或是暫時性地強化肌肉，這類對人類的肉體施予魔術的作法，在利迪爾王國基本上全面性地禁止。

因為人類的肉體對魔力沒有抗性，這麼做很可能會引發包含魔力中毒在內的副作用。治癒系魔術也基於同樣的理由，在王國內被禁止使用。

聽莫妮卡這麼說明，尼洛的鬍鬚一顫一顫地抖了起來。

「嗯嗯，等等喔？『在這個國家』？……難道說，只要到別國就不在此限嗎？」

「目前，唯獨有一個國家例外……」

說到這裡，莫妮卡擺在膝上的拳頭稍稍使勁握緊了些。

「……那就是，東邊的修華爾葛特帝國。」

鄰接利迪爾王國東側的帝國，是這片大陸上幅員最廣的國家。

將近一年前繼位上任的年少皇帝厭惡古老的習俗，陸續推動了許多新政策。其中之一就是解禁醫療用魔術。

只要是在限定條件下，縱使是可能對肉體造成影響的魔術，皇帝也允許帝國進行相關研究。

今後，帝國想必會走上發展強化肉體與醫療用魔術之路吧。

更重要的是，帝國對於醫療用魔術的解禁，對於他國的魔術師也帶來了極大的影響。近來，捨棄嚴加限制的自國，移居帝國的魔術師有增加的傾向。

優秀的魔術師流往他國，這對於每個國家來說都是相當頭痛的問題，七賢人會議自然也數度提起這個議題來討論。

「人類這種生物，可真有許多難為之處啊。」

尼洛闔上書本，銘感五內地咕噥。

「……就是說呀。」

簡短回話後，莫妮卡再度應聲倒向床鋪。恐怕是疲憊交加的身體渴求著休眠吧。才剛閉上眼皮，睡意就油然而生。

連明天的課堂都忘記要準備，意識矇矓的莫妮卡，在眼皮內側所浮現的，是菲利克斯的甜美笑容。

『妳會回應……我的期待吧？』

菲利克斯這番話，不斷在莫妮卡內心深處的舊傷口上撒鹽。

（……為什麼說得出，一定會回應期待，這樣的話呢……）

腦中憶起的，是面向書桌的父親，那教人懷念的背影。

莫妮卡的父親十分博學多聞。數學、物理、藥學、醫學……修盡天下學問的父親，最為擅長的一門學識，就是生物學。

——聽好了，莫妮卡。人體就是由龐大的數字所構成的喔。

只要能將「人之所以為人」的數學式完整分析完畢，就能拯救眾多為病痛所苦的人。

所以，父親日復一日，年復一年，總是日夜不懈地忘情研究。

莫妮卡雖然不常得到父親的陪伴，但光是閱讀父親收集的藏書，偶爾讓父親向她分享研究相關話題，就已經感到充分幸福。

父親是一位出色的學者。總是能回應眾人的期待。

明明如此，最後卻遭到民眾百般辱罵，扔石痛砸，甚至……

（不要，不要，不要……）

閃過莫妮卡腦海的，是一片火紅。

父親的身影，父親終其一生構築起來的龐大數字，全部被火焰吞噬無蹤的光景。

父親成功回應了大家的期待。明明是這樣，卻沒有得到回報。

莫妮卡也一樣。為了回應期待，成功習得了無詠唱魔術……這樣的下場，卻是因此與友人訣別，明明莫妮卡最希望得到的，就是那名友人的讚賞。

（期待什麼的，根本不要背負最好。只要留在沒有外人的山間小屋，只和數字面對面，就不必，再遭遇那樣的經歷了……可是……）

放棄思考，打算逃避到心愛數學世界中的莫妮卡，這時在腦中浮現的，是面對手持武器的入侵者，卻依然打算挺身保護莫妮卡逃命的艾利歐特身影。

即使危險當前，他還是主張守護平民乃貴族的義務，堅持要莫妮卡自己先逃。

隨波逐流當上七賢人，又被路易斯硬是逼著潛入賽蓮蒂亞學園的莫妮卡，對於在扮演自身被賦予的身分時，應當背負起何種責任與義務，就連思考都沒有思考過。

現在的莫妮卡，既是七賢人〈沉默魔女〉莫妮卡．艾瓦雷特，又是學生會會計莫妮卡．諾頓。

一旦從這些身分的責任與義務上別開視線，往後，每當希利爾喚她「諾頓會計」時，內心就會遭到罪惡感不斷折磨，她有這種感覺。

學生會幹部連社交舞都沒辦法跳好，對其他同學只怕無法交待——貌美千金布莉吉特．葛萊安的這番話是對的。

「嘿咻～」

莫妮卡使勁從床上挺起身子，走下床鋪。

在床上蜷曲成一團的尼洛，一臉不可思議地抬頭望向莫妮卡。

「嗯？妳不是要睡了嗎？」

「……我想再稍微，練一下舞。」

望著默默開始練習踏步的莫妮卡，尼洛笑瞇瞇地搖起了尾巴。

「練完了踩腳功，這會兒改練踢人是嗎？」

「才、才不是啦～」

莫妮卡氣噗噗地嘟起嘴，這時，尼洛身輕如燕地跳下床鋪。

然後，有如溶入暗夜一般的漆黑籠罩全身，化身成人類的青年姿態。

身著老派長袍的黑髮青年，瞇著那雙和貓眼如出一轍的金色雙眸，低頭看往莫妮卡。

「需要我幫忙嗎，親愛的主人？」

「尼洛你自己，也是社交舞初學者吧～」

「這點小意思，我依樣畫葫蘆就成啦～別小看本大爺的運動能力。」

尼洛牽起莫妮卡的手，用鼻子哼歌挑起舞來。讓她不甘心的是，那舞步雖然亂無章法又寫意，卻遠比莫妮卡的拙劣踏步來得好上許多。

那晚，莫妮卡一共踩尼洛的腳踩了十七次，踢尼洛的腳踢了二十三次，結果遭到尼洛控以「虐待使魔」的罪名。

第五章　基本上都是託寶石職人之福

翌日，放學後的練舞增加了兩名觀眾——菲利克斯與希利爾。

這兩人的登場，令拉娜臉頰染成薔薇色，「呀啊～！」地心花怒放尖叫。

莫妮卡則是滿臉蒼白，開不了口，在心中（呀啊～！）地花容失色尖叫。

順帶一提尼爾是一臉困惑，凱西也緊張得面容僵硬起來。就只有古蓮還悠哉地笑道「啊，是會長耶」，好一個大人物。

「為、為什麼……殿、殿殿、殿下會……」

莫妮卡操著微弱的嗓音喃喃自語，菲利克斯眉尾立刻垂成八字形，擺出痛心疾首的表情。

「我可不是個會對妳單方面強加期待，又放妳自生自滅的薄情漢喔？」

「一點也沒錯，還不給我好好感謝殿下寬大的心胸！」

希利爾態度高傲地挺胸訓斥。

放著學生會的工作不管沒問題嗎……莫妮卡忍不住暗自操心。這時，菲利克斯朝希利爾瞥了一眼。

「是說，我不記得有叫希利爾跟來耶？」

「我可是殿下的側近啊！同行不是理所當然的嗎！」

「可是我都還沒把自己要來的事告訴你，你就已經提早處理好學生會的工作了吧？我看從一開始，不管我來或不來，你就已經打定主意要來觀摩諾頓小姐練習了不是嗎？」

遭到菲利克斯這番揶揄，希利爾不知為何滿臉通紅，視線也變得游移不定。

「那、那是……是我預判了殿下可能會採取的行動！因為！我是殿下的得意左右手！」

原來如此，隨時應對殿下臨時起意的行動，似乎是側近必備的能力。

話又說回來，眼下這狀況，絕非莫妮卡所樂見。

胃部正在為此隱隱作痛時，拉娜突然抓起莫妮卡的肩頭猛搖。

「等一下等一下，這太厲害了吧。學生會長跟副會長一起大駕光臨，近距離觀摩耶！」

拉娜這種起鬨法，應該才是大多數女同學會有的正常反應吧……才剛這麼想——

「妳看殿下的胸針，上面的寶石是貴橄欖石？碧璽？還是透輝石？能夠保留那般鮮豔的色澤，又為寶石賦予如此耀眼的閃光，這種切工絕非任何一間工坊都能隨隨便便辦到。一旁的裝飾也是出自著名職人之手吧。一定要好好烙印在眼底……啊啊～可能的話，真想繪製成畫作留影……啊！艾仕利大人靴子扣帶上的刻印，那是老舖工坊巴特．奧恩只為最高級靴刻下的刻印！好想再靠近點看看……」

拉娜所凝視的，並非菲利克斯或希利爾俊俏的臉蛋，而是他們身上穿戴的靴子或飾品。搞不好，拉娜其實也跟所謂的普通女同學有點不一樣。

稍微確認下凱西的狀況，只見她收起了平時爽朗的笑容，面容僵硬地一瞥一瞥偷瞄著菲利克斯。王族突然來到現場，會有點收斂也是理所當然的吧。凱西的反應，大概才是最正常的。

莫妮卡還在默默想著這些事，菲利克斯就笑容滿面地開口督促莫妮卡與古蓮——「試著跳一段來看看吧？」

「收到！莫妮卡，展現我們練習的成果給會長瞧瞧唄！」

明明他們倆的舞步根本還不是什麼可以見人的內容，真不曉得他到底是打哪來的自信敢大放厥詞。

莫妮卡戰戰兢兢地牽起古蓮的手後，拉娜慌忙跑到鋼琴前就坐，開始彈奏。凱西則配合鋼琴的節奏，舉起雙手打拍子。

「那麼，喊過預備——就開始嘍！」

「好、好的。」

「預備——起！」

莫妮卡與古蓮同時邁出步伐。好歹也是發憤練習過，起步的感覺不差。

然而，就在反覆踏著舞步的過程中，兩人的踏步時機漸漸出現了落差。

「停！」

開口的是希利爾。

（啊啊～果然，都怪我跳得太爛了……）

自認搞砸了舞步的莫妮卡，無奈地縮起肩膀。

但，希利爾那對深藍色瞳孔狠狠瞪著的對象，其實是古蓮。

「古蓮．達德利！伴舞伴得完全不像樣！給我把你對待女性的態度從頭改過！」

實在想像不到，這樣的台詞會出自一位平時就對莫妮卡嚴加斥責的人口中。

已經做好準備挨罵的莫妮卡，驚訝得目瞪口呆。

另一方面，被數落的古蓮則是不服氣地嘟起了嘴唇。

「我有好好細心引導耶！」

「你這傢伙，首先從邀舞的方式就亂七八糟！給我待在那邊看著！」

希利爾一把推開古蓮，低頭望向渾身發抖的莫妮卡。

從這個發展看來，莫妮卡應該是要接著和希利爾一起跳吧？

萬一不小心踏到人家的腳，豈不是會被凍成冰雕嗎……正當莫妮卡為此顫抖不已時，希利爾將左手收到自己背後，風度翩翩地彎腰。

「有榮幸邀您共舞一曲嗎，女士？」

「…………咦？」

優雅的鞠躬，以及難以想像出自希利爾口中的台詞，令莫妮卡的大腦停止了運轉。

莫妮卡就這麼腦袋一片空白地杵著不動，希利爾則有如在觸摸纖細玻璃工藝品似的，輕輕牽起莫妮卡的手。

拉娜的琴聲響起，希利爾也在同一時間點伸手，溫柔地添在莫妮卡身上。這樣的舉動，讓莫妮卡無意識理解到舞步即將展開。

即使沒有像古蓮那樣喊「預備——」，身體仍不可思議地明白什麼時機該踏出第一步。

莫妮卡順從感覺踏出腳步，就好似被希利爾的手所引領一般。

光是留意步伐就已經竭盡心力的莫妮卡，上半身的動作無論如何就是容易變得比較隨便。但，每當莫妮卡不慎彎腰或手臂擺錯角度，希利爾的手就會給予支撐，令她回歸正確的姿勢。

行進方向也一樣。古蓮往往是開口指示「接著要往右嘍！」「快撞到牆壁了，轉那邊！」等等，希利爾則不像他那樣仰賴語言，而是支撐著莫妮卡的同時，透過手部的動作、腳步的踏法，以及視線轉向等方式自然地誘導她。這樣的做法，竟然讓莫妮卡跳起來出乎意料地輕鬆。

樂曲結束後，希利爾就與開始時如出一轍，行了記優美的鞠躬。接著抬頭順勢轉身面向古蓮……

「看到沒，小子！要這樣才稱得上合格的舞伴！」

一臉得意地開口怒斥。

那身影與跳舞時有著天壤之別，變回了莫妮卡所熟知的希利爾．艾仕利。

莫妮卡忍不住低語：

「……艾仕利大人，果然還是平時的艾仕利大人，我放心了。」

「妳這什麼意思，諾頓會計。」

希利爾朝莫妮卡狠狠瞪了一眼，清清嗓子開口：

「社交舞的成敗可說是取決於男方的引導是否上乘。只要男伴有適當地引導，配合音樂掌握時機帶領女伴配合，就能有一定程度的表現。」

希利爾這番解說，聽得古蓮直率地歡呼：

「喔喔喔，感覺超猛的！」

「你若是想稱讚人，就給我絞盡語彙能力，讓自己的發言更有品味一點。」

儘管那一本正經的咄咄逼人態度一如往常，希利爾臉上還是隱約顯得喜形於色。

古蓮「絞盡語彙能力？」地念念有詞，稍作沉思之後，帶著充滿男子氣概的表情開口：

「就感覺咻咻咻的，姿勢又正，再膀兮！地收尾，超帥的！」

「……你這傢伙，在學習禮儀之前，先給我學會講人話。」

半瞇起眼皮瞪了瞪古蓮之後，希利爾轉而望向莫妮卡。

「莫妮卡．諾頓。妳也一樣滿是問題。首先給我習慣受男方引導的感覺。別有事沒事就打顫。也不許駝背。更不准低頭。就算舞步多少出了點差錯，只要態度夠大方，外人往往是看不出來的。」

「是、是……」

希利爾所指出的問題，教師與尼爾也都提過。

莫妮卡基本上就是姿勢不佳。一來她的彎腰駝背早就成了習慣，再者沒事就低頭望著腳邊也堪稱積習難改。

就在莫妮卡刻意抬頭挺胸，照鏡子確認姿勢時，菲利克斯又笑容滿面地提出了建議：

「這樣的話，達德利同學練習引導的方法，諾頓小姐試著習慣被引導的感覺，應該比較妥當吧。希利爾，你可以指導達德利同學如何正確引導女伴嗎？」

「既然殿下都這麼說了……」

希利爾心不甘情不願地點頭，站到古蓮面前，擺起架子放話：

「來吧，小子！現在就開始把你鞭策到學會我的引導技術為止！首先就把我當成女性來引導試試！」

「咦咦～……要想像成女性有點……嗯，辦不到……」

「少在那挑三揀四！」

大發雷霆的希利爾，隨著一連串罵聲把古蓮拖走，菲利克斯則向莫妮卡露出滿面的微笑。

「就是這麼回事，請多指教了。諾頓小姐。」

「請、請殿下……多多，指教……」

莫妮卡畢恭畢敬地點頭，菲利克斯立刻向她伸出手掌。

「來吧？」

「…………」

莫妮卡在原地一步也不動，只將手向前伸至極限。就這樣以指尖微微觸及朝自己伸來的手掌。菲利克斯依舊保持著原本的笑容，低頭望向她的指尖。

「真驚人，絲毫感覺不出妳有想被帶領的意思耶？」

笑容雖然依舊，但那雙碧綠色的眼眸並未散發出一絲笑意。

「我、我有，我想被引導！非常對不起！」

莫妮卡雖然渾身發抖，還是向前邁出了半步。接著，菲利克斯就俐落地握住莫妮卡的手，將她拉往自己身邊。

菲利克斯的手正撐著自己。浮現這種念頭的瞬間，莫妮卡立刻緊張得渾身僵硬。

那稚氣未脫的臉龐，稍稍染上了薔薇般的色彩……才怪，其實蒼白到瀕臨昏倒的地步。

「妳呀，在希利爾帶領的時候，明明就表現得更自然的說。」

「那、那是……因為剛才希利爾大人，跟平時的感覺不同，我嚇了一跳……」

希利爾引導的時候，莫妮卡吃驚到腦袋一片空白，在還沒回神過來之前，舞步就開始並結束了。與現在的狀況天差地遠。

無視於不停打顫的莫妮卡，菲利克斯向拉娜發出了指示：

「不好意思，麻煩幫我們彈奏好嗎？音量稍微低一點，不必拍手打節拍無所謂。」

「謹、謹遵吩咐！」

拉娜興奮激動地點頭，開始彈奏鋼琴。

比方才閑靜了些的樂曲再度響起，菲利克斯繼續牽著莫妮卡的手，起腳邁出步伐。

這次也跟剛才希利爾引導時一樣，明明沒喊預備——起，身體還是不知不覺就明白開始的時機。想必菲利克斯也是位善於引導的男伴吧。

「現在可以不用專注在步伐上。儘管忘記自己正在跳舞無妨喔。」

「……咦？咦咦？」

「妳只需要和我快樂地談天，順著感覺隨意踏步就行了。畢竟，妳的身體實在有點太僵硬了。」

快樂地談天——就算要她這麼做，莫妮卡也只是覺得更傷腦筋。對於不善言詞的莫妮卡而言，提供話題的能力只有差字可言。配合氣氛機靈聊天的經驗，更是堪稱沒有。

當莫妮卡開始支支吾吾含糊其辭之際，菲利克斯稍微將臉貼近了些，同時目不轉睛地直視莫妮卡的瞳孔。

「這還是第一次就近觀察妳的眼珠呢。雖然看起來像淺褐色，但在光線影響下，似乎又摻雜了些許綠意……就好比在深邃森林深處，陽光自枝葉間透出的感覺？」

「啊，喔～呃——……」

「妳的淺褐色秀髮也還是那麼鮮豔美麗耶。今天也是請好朋友幫妳編的嗎？」

「不，今天是我自己編的。呃——因為最近買了新的梳子……」

「喔～？是怎樣的梳子？」

「呃——是拉娜……是可雷特小姐為我挑選的，在握柄的部分，有花朵造型的雕刻……」

雖然不善於與人交談，但回想起和拉娜一起購物的時光，莫妮卡便自然浮現了笑容。

看到這樣的莫妮卡，菲利克斯也回以柔和的微笑。

「原來妳也能露出這樣的笑容呀。讓我再看得更仔細點？」

被人盯著自己的臉不放，莫妮卡開始覺得難為情，眼神游移不定。結果亂飄的視線剛巧瞄到了菲利克斯用來別住斗篷的胸針。

這麼一提，拉娜方才好像滔滔不絕地提起這只胸針，原來如此，的確，就近觀察便能發現，胸針裝飾得非常精緻。中央的寶石切工極其細膩，這會兒正反射著室內的光芒，顯得閃閃動人。

寶石是最常被用來製作魔導具的素材，石子的種類、大小、透明度，以及裁切的有無，都會影響到能夠賦予的魔力總量。

（雖然沒辦法確認底部，但這切工恐怕是最新技術……一般會為了將石子的色澤凸顯得濃郁些，優先裁切成底部較厚實的外型，而這只胸針則顧及光線的反射，將底部裁切的又薄又淺……這是在石子本身色澤夠濃郁的前提下，才有辦法選擇的切工……）

「感覺妳很適合穿綠色的禮服呢。那種色澤略深，卻又不至於太過陰暗的顏色最好。若在裙襬添上些花朵刺繡，一定會更加迷人吧。妳有什麼喜歡的花嗎？」

（這種五十八面體，感覺可以應用在反射結界上。一般都認為反射結界強度太低，難以反射大型攻擊魔術，但只要應用這種多面體，就能一舉提升反射結界的強度與反射率……）

「如果喜歡薔薇，秋薔薇應該很適合妳。雖然春薔薇那種柔和的淡薄色彩也不錯，但還是色澤深遂的秋薔薇更能襯托出妳的魅力。」

（應用這種多面體展開反射結界時，只要把折射率假設為……這麼計算的話，垂直入射的狀況下，反射率就會是……）

就在莫妮卡忘情於思考反射結界魔術式的期間，琴聲結束了。

菲利克斯握持住莫妮卡的身體，停下腳步時，在一旁守護的凱西與尼爾都紛紛拍手鼓掌。

「莫妮卡，妳好棒喔！從中途開始變得很有正式跳舞的感覺了耶！」

「是的，諾頓小姐的動作變得很柔軟……這是練到目前為止最出色的一次！」

凱西與尼爾的讚賞，都沒能傳進現在的莫妮卡耳裡。她的腦海裡現在塞滿了算式與魔術式。

面對凝視著胸針沉浸於思索魔術式的莫妮卡，菲利克斯再度露出了微笑。

「諾頓小姐有著容易過度依賴思考，導致動作僵硬，打亂節奏的傾向嘛。像這樣放輕鬆聊天，就可以不去思考多餘的問題，把身體交由舞伴引導了對吧？」

發展至此，才終於回神過來的莫妮卡，宛若驚覺什麼似地抬頭，帶著大夢初醒的表情，搖著頭四處張望。

「咦……那個……我……剛剛……」

「莫妮卡！妳剛跳得超讚的啦！」

從中途開始觀摩莫妮卡練習的古蓮，雙眼閃閃發光地稱讚莫妮卡。希利爾也不停點頭稱是說道：

「殿下的引導果真不同凡響！」

莫妮卡感覺自己彷彿還身在夢境般，輕飄飄地沒有實感，伸手按住左右臉頰開口：

「……我剛剛，有好好跳舞了……嗎？」

「是呀，跳得非常有模有樣喔。」

看到菲利克斯點頭肯定，莫妮卡的臉龐頓時染得通紅，浮現滿面的笑容。

「看到殿下的胸針是切工非常精緻而能反射光芒顯得閃閃動人的五十八面體，讓我忍不住開始思考關於光芒反射的問題，結果就能夠不去想些多餘的事情了！」

瞬間，萬分凝重的沉默壟罩了整間舞蹈教室。

在場只有莫妮卡一個人雙眼依然閃閃發光。有如純真無邪的小女孩。

好好先生尼爾，忐忑不安地開口插嘴：

「那、那個～……妳這樣是不是，其實反而只專注在思考些多餘的事情……」

「…………啊。」

莫妮卡的笑臉凍結，接著緩緩地、緩緩地轉頭望向菲利克斯。

菲利克斯的笑容依舊。雖然臉是笑的，但那碧綠色的眼底透出了陰暗的光芒。

「對妳而言，和我聊天的內容是所謂『多餘的事情』嗎，諾頓小姐？」

「不，那個，呃——就是說，這個～……」

莫妮卡忸忸怩怩地高速搓著指頭，不一會兒，她收起指頭緊緊握拳，抬頭開口吶喊：

「能跳得好都是多虧了殿下…………的胸針！」

「妳就不會說是『多虧了殿下』嗎！」

希利爾的怒斥聲，響徹了整間舞蹈教室。

就這樣，莫妮卡習得了埋頭思考，藉以撐過舞蹈時間的技術。

挑戰補考的古蓮．達德利與莫妮卡．諾頓雖然都緊張得滿臉僵硬，但音樂開始彈奏時，兩人便踏出了最初的一步，動作流暢到有如前次測驗的結果不是真的。

古蓮的引導雖然有點強硬，但看得出來他還是有細心在為舞伴著想。

原本沒事就扭到腳的莫妮卡，動作還是帶有些許生疏，不過已經能夠踩著正確的步伐，好好跟隨男伴的帶領。

終於在琴聲結束後，綾緹開了口。能開口說出這句話，是她作為一個教師的喜悅，同時也是驕傲。

「恭喜你們，兩位。合格了。」

古蓮與莫妮卡，還有悄悄在走廊守候著的朋友們，齊聲開口歡呼起來。

望著這樣的年輕人們，綾縺微笑表示：「你們很努力了，做得好。」

＊＊＊

賽蓮蒂亞學園設有為數眾多的茶室。

今日，就在其中一間只有少部分獲選者才得以使用的個人茶室，舉辦了茶會。

茶會主辦者是學生會書記——雪路貝里侯爵千金布莉吉特．葛萊安。

而被招待的客人只有一位。就是既身為學生會會長，又是利迪爾王國第二王子的菲利克斯．亞克．利迪爾。

「諾頓小姐通過社交舞的補考嘍。」

舉起沖好的紅茶就口，菲利克斯以閒話家常般的口吻說道。

布莉吉特將茶杯置回茶碟，攤開手上的扇子。

「那真是太好了。」

「妳不是很希望看到諾頓小姐不及格嗎？」

「我怎麼會樂見學生會幹部中出現落榜者？」

無可挑剔的模範解答。名列校園三大美人的布莉吉特，以那副美貌露出淡淡的笑容望向菲利克斯，有如要刺探心思似地開口：

「提起社交舞……也真教人懷念呢。還記得，小時候我們一起練舞的事嗎？」

「嗯，當然了。的確很令人懷念。」

「殿下不擅長跳舞……好幾次都踩著了我的腳，從頭道歉到尾對吧？」

布莉吉特維持著以扇遮口的姿勢，只移動視線觀察菲利克斯。就好像在確認菲利克斯的反應。

或許是為從前的失態感到難為情，菲利克斯帶著困擾的表情回應布莉吉特：

「出了什麼事？怎麼突然憶起從前？」

「哎呀，就算是我，偶爾也會緬懷往事的呀。」

英俊王子與貌美千金的茶會，這副光景美得有如宮廷小說的插圖。

然而，乍見之下正享受談天時光的兩人，實則透過弦外之音靜靜地展開了攻防。

布莉吉特・葛萊安是位深富主見的才女。絕非會被菲利克斯的美貌與地位沖昏頭，而對他唯命是從的膚淺女性。

「妳從小就是個聰明的女孩呢。」

「家父對此可沒什麼好臉色啊。他總認為女性就該憨厚點，惹人憐愛才討喜……殿下也與家父有同感嗎？」

「有智慧的女性我很喜歡喔。」

「哎呀，真是光榮。」

布莉吉特雖然呵呵地浮現論誰都會著迷的美豔笑容，但那雙琥珀色的眼眸卻冰冷無比。對聰明的她來說，言不由衷的客套話，肯定無法打動她的心吧。

菲利克斯再度舉起裝有紅茶的茶杯就口，布莉吉特這會兒又「這麼一提」，以一種當真像是臨時起意般的語調問道——

「殿下所提到的『有智慧的女性』，裡頭也包含了莫妮卡．諾頓會計嗎？」

「關於這點，妳又是怎麼想的呢？請務必讓我聽聽。」

布莉吉特蓋下她長長的睫毛，好像要慎選用詞似地陷入沉思。

「在我看來，那姑娘就是個徹頭徹尾的學者型人物。只要給予她應有的設備，肯定能交出令人驚豔的成果。然而要與外人交涉，絕對是令她棘手的問題。殿下若想讓那姑娘發揮所長，即使不命她當學生會幹部，應該也另有他法吧？」

果然是位有智慧的女性——菲利克斯這麼想。

像這種時候，布莉吉特總不訴諸感情，而是理論分析，且並未主觀批評，反自客觀角度洞悉本質。

布莉吉特就是在如此公正的前提下，表達莫妮卡是個不適任的學生會幹部。

她所點出的問題相當確實。要說莫妮卡是個稱職的學生會幹部，只怕不太容易。姑且不論事務處理能力，她對於交涉實在過度不擅長。

菲利克斯嘴角微微上揚，瞇起他碧綠色的眼眸。

「看著她，不會讓妳偶爾出現這種想法嗎？『為什麼辦得到那種事啊』……這樣。」

布莉吉特沒有答覆，既不肯定也不否定，只是默默地推敲菲利克斯的真意。

面對這樣的她，菲利克斯獻上了一記親切的微笑。

「感覺起來，就彷彿在看以前的我對吧？」

即使被菲利克斯以端正的臉龐送上友善微笑，依然瓦解不了布莉吉特銅牆鐵壁般的笑容。

將茶杯置回茶碟上，菲利克斯起身準備離去。

雖然時辰還早，但陪她到這種程度應該足夠了吧。
「紅茶，多謝招待了。我聊得很開心，布莉吉特小姐。」
「哪裡，我才是……感謝殿下陪我度過這段有意義的時間。」
微笑以對的布莉吉特，就是個完美到不容置喙的千金大小姐。
離開茶室的菲利克斯，走著走著，呼～地輕嘆了口氣。
（還是老樣子，一點都鬆懈不得。）
或許剛才還是太多嘴了也說不定。
反省的同時，無意間望向窗外的菲利克斯當場瞪大了雙眼。
「那是……」
古蓮正在校舍後頭進行某種作業。就目前看來，好像是在收集大石頭，到底想做什麼？
插班生古蓮．達德利，菲利克斯一直對他暗中保持著警戒。
之前，克萊梅鎮遭到地龍襲擊，是剛巧路過的青年魔術師將之擊退。那時的青年，特徵與古蓮的外表一致，打倒地龍的人，恐怕就是他吧。
在這種時間點登場的插班生，不但是個魔術師，實力還高強到足以打倒地龍，再加上師父是「那位人物」，要說裡頭沒有內情，簡直是騙小孩。
（是監視者嗎，又或是刺客呢……）
菲利克斯關注的問題不只如此，還包括在同一時期插班轉入校園的古蓮與莫妮卡，兩人之間是否存在什麼聯繫。正因如此，才會為了觀察他們倆的關係，主動提出要指導舞藝。
指導過程中，菲利克斯始終觀察著古蓮與莫妮卡的互動，但沒能揪住狐狸尾巴。截至目前為止，兩人之間找不出什麼像樣的聯繫。
（對於達德利同學，今後應該也保持警戒比較妥當……）
思索著這些問題，觀察窗外古蓮的行動時，莫妮卡、尼爾、拉娜，以及凱西都來到了古蓮身邊。
看來，好像是一起練習社交舞的朋友們，在幫忙古蓮作業。
首先，古蓮在堆好的石子上擺起鐵網。接著在鐵網下生火，朋友們隨即拚命將肉一一鋪在網上。
（……哇～）
原本打算回宿舍的菲利克斯停下腳步，快步轉朝後院動身。

＊＊＊

順利通過社交舞補考後，在古蓮提議之下，決定舉辦一場慶功宴。
會場跟料理通通包在我身上唄！聽到古蓮如此拍胸脯保證，還以為會是什麼茶宴之類的，結果會場是後院，準備來的東西是大量的肉。到這個地步，他打的是什麼如意算盤，已經不言而喻。
「果然，慶功宴就是該吃肉咩！」
古蓮手腳俐落地開始烤肉。在一旁伶俐地幫忙的人，則是凱西。
「沒錯沒錯，想慶祝什麼事的時候，沒有肉就起不了頭嘛。」
開心點頭附和的凱西，手起刀落地切著肉，動作熟練到難以想像是位千金大小姐。
拉娜倒是意外地沒怎麼排斥，甚至顯得有點興致盎然，一直望著古蓮與凱西作業的流程。身為富商家的女兒，野外烤肉的景象或許很是稀奇吧。

雖然在後院烤肉是違反校規的，但只要拉娜不開口制止古蓮與凱西，容易隨波逐流的莫妮卡與尼爾，就只能默默守候著這一切。

「沒想到烤肉其實意外地簡單呢。話說回來，這麼大量的肉，是從哪裡準備來的呀？」

拉娜望著古蓮問道，古蓮則露出一抹得意的笑容。

「哼哼哼～我啊，老家其實是肉舖喔。所以說，只要稍～微飛回家一趟……不是不是……呃——是請我老家送來的！」

看來他是用飛行魔術回了老家一趟，從家裡帶來這些肉品。

古蓮明明被師父吩咐不准在沒有監督者的情況下使用魔術，但瞧他這個樣子，至少飛行魔術應該是用得挺隨興自在的。

聽了這回答，拉娜歪頭不解，再度開口提問：

「老家是肉舖？那麼，你難道是為了成為某位大人的侍從才入學的嗎？」

賽蓮蒂亞學園只要付得起入學金，就算不是貴族也能就讀。近來為侍從施予高等教育也成了一種身分地位的象徵，因此這樣的事並不少見。

不過，古蓮搖了搖頭。

「我呢，其實是見習魔術師。然後咧～師父某天突然吩咐我『學費會幫你出，給我到賽蓮蒂亞學園去上課。』」

正在鐵網擺上串燒的凱西聞言，瞪大眼睛望向了古蓮。

「賽蓮蒂亞學園的入學金貴得嚇人耶？古蓮的師父太厲害了吧。該不會那位師父其實頗負盛名？」

「剖腹聖名？什麼的我雖然不是很懂，但師父強得亂七八糟哩。說真的，我還沒怎麼看過有誰比師父更強的。」

「這麼強的話……會是〈砲彈魔術師〉啦，或者擊退黑龍的〈沉默魔女〉嗎？」

凱西這番話令莫妮卡頓時冷汗直流，一如她那響亮的稱號般沉默不語。古蓮則是將烤肉串翻面，乾脆地回答：

「兩個都不是喔～啊，這肉烤得真漂亮。來——請用～」

古蓮一面挪動柴火調節火侯，一面將烤好的串燒分送給全員。然後自己也抓起一支串燒，朝天高舉開口。

「那麼，既然大家都拿到肉了……就在此慶祝我與莫妮卡順利通過補考……開動！」

語畢，古蓮將串燒送到嘴邊，大口一咬。莫妮卡雖顯遲疑，也依樣畫葫蘆，咬了滿嘴的肉。

烤得微焦的羊肉雖然多少有點腥味，但調味料入味入得徹底，吃起來很順口。就連不是很敢吃羊肉的莫妮卡，都直率地萌生美味的感想。

「我其實……不太敢，吃羊肉，但這個……吃起來，沒有抗拒感。」

莫妮卡輕聲細語表達起感想，古蓮聽了，得意地用鼻子哼歌。

「哼哼～美味的祕訣，就在於達德利家祕傳的調味料。我們也有擺在店裡賣，還請多多關照哩！」

這種時候都不忘趁機宣傳的古蓮，充分展現出商人本色。尼爾也對此表達共鳴。

「雖然要視地區而定，但近來辛香料變得比較容易取得了嘛。」

拉娜停下忙著拿串燒就口的手，跟上話題補充意見：

「像港都商贊道爾就是，雖然有部分應該是跟近來港口擴建有關……但家父有提過，帝國皇帝交接時似乎引發了些風波，商人們目前都還在觀望局勢決定去留。剛好我國的商贊道爾靠近帝國，所以那些商人們就待在那個港口呢。」

拉娜這番話，聽得尼爾不停點頭。

「根據帝國的新政策內容，商人們很可能會一窩蜂流向帝國喔。畢竟就現任皇帝已發布的政策而言，聽說有不少概念相當革新。」

聽著這些對話，莫妮卡心不在焉地思考起來。

帝國解禁醫療魔術的結果，讓大量魔術師流往了帝國。

同樣地，商人流往帝國的日子或許就在不遠的未來。眾人群聚之地便是商業興盛之地。今後，帝國的發展想必將更上一層樓吧。

反觀利迪爾王國，拚命想維持舊體制的中央貴族，不停與地方貴族發生對立。到頭來甚至還形成了第一王子派、第二王子派、第三王子派這些派閥。

（明明我……對於權力鬥爭，一點興趣都沒有。）

身為七賢人的莫妮卡，被賦予了能夠與國王會面，直接交談的權利。

然而無論權力或國家的走向，都引不起莫妮卡的關心。

（路易斯先生，到底打算要讓我做什麼呢……）

如果想確實執行護衛第二王子的任務，應該有更加合適的人選。

明知如此，卻執意安排不得要領的莫妮卡入學擔任護衛，理由究竟何在？

（該不會，路易斯先生……是故意派我這種無能丫頭到第二王子身邊，企圖讓第二王子走向破滅之路……）

怎麼可能——教人沒辦法如此斷言，正是路易斯的可怕之處。

腦袋瓜裡正浮現出貌美同期那爽朗又邪惡的笑容，串燒的肉汁與油脂曾幾何時已經流得滿手黏膩。

見到莫妮卡慌忙拿出手帕擦拭，拉娜笑著告訴她：

「串燒拿橫的會比較好。像妳這樣直著拿，會滴得手上都是油啦。」

「嗯、嗯……」

莫妮卡聽話地將肉串擺橫，這時，望著她們倆互動的凱西，沒家教地舔著沾在手上的油開口。

「拉娜好會吃串燒喔。說實話，原本還以為妳一定吃不慣呢。畢竟妳又不是我這種鄉下貴族。」

「我的故鄉常會舉辦慶典，邊走邊吃的文化挺根深柢固的喔。在王都長大的人好像不太會這樣做就是了。」

拉娜露出正經的眼神望向串燒。

「王都雖然也有攤位在賣烤栗子或果汁，但賣串燒的可真寥寥無幾呢。要是能推出，生意應該會很興隆……但，王都對於攤販的管制很嚴格啊……」

拉娜不單只對流行敏感，還意外是位商人本色濃厚的少女。

像這類意外的一面，如果不這樣天南地北聊天，是很不容易注意到的。

凱西是個擅長照顧人的大姊頭。總是不忘仔細觀察周遭，體貼又周到。

古蓮雖然有點太過自由奔放，眼光卻意外地獨到。

尼爾容易隨波逐流，但個性誠實溫柔又善良。

過去在魔術師養成機構米妮瓦就讀時，莫妮卡拒絕與他人來往，從不主動試圖去了解他人。甚至認為那些是沒必要了解的「無用的事」。

那時候的她，作夢都想不到，自己有一天會這樣，在後院偷偷烤肉，與某人一起享用。

（……烤肉，好好吃。）
莫妮卡嘴角微微地上揚，帶著幸福的心情繼續吃肉。
古蓮用超乎莫妮卡兩倍以上的速度吃完串燒，樂不可支地繼續開烤。
尼爾見狀，驚訝地瞪大了眼珠。
「古蓮！你還要吃嗎？」
「因為，根本就不夠吃啊！」
「我已經飽到吃不下了耶？」
看到尼爾按著肚子抗議，古蓮哼了一聲，激動地回嘴：
「不多吃一點會長不大喔！」
就這麼句話，讓尼爾眼中的光芒消失了。
「……你剛剛，是在兜著圈子罵我矮冬瓜嗎？……是這意思嗎？是這個意思吧？」
古蓮比同齡的少年身材高大了些，相較之下，尼爾比平均來得更矮，非常瘦小。
平時總是溫厚待人的尼爾面無表情地逼近古蓮，嚇得古蓮不由得倒退了幾步。又看到新的一面了。
正當莫妮卡等人笑著觀望這一連串互動時……
「嗨，大家好像很開心嘛。」
在場全員頓時噤口，轉身看往傳出這道嗓音的方向。
身旁沒有隨從，獨自杵在原地的人，正是學生會長菲利克斯．亞克．利迪爾。
拉娜與凱西顯得目瞪口呆，尼爾則滿臉鐵青地開口辯解：
「會長，事情是這樣的，那個……」

面對戰戰兢兢的尼爾，菲利克斯故作失望地眉尾下垂，大嘆一口氣。

「真是的……明明有兩位學生會幹部在場，卻這麼大大方方地違反校規。」

這時出現一位舉著串燒的勇者，大力反駁這樣的菲利克斯。

那就是肉舖小開——古蓮·達德利同學。

「校規並沒有規定不可以在校舍後面烤肉！」

「但有註明想在規定區域以外用火時，必須向學生會申請喔。」

「那，會長人都在這裡了，沒問題了唄！會長！請准許我們烤肉！」

我行我素到這種地步，反到教人感覺有點誠實。

眾人內心七上八下地觀望兩人的對話，菲利克斯則是雙手抱胸望向古蓮。

「像這種場合，最慢都要在前一天以文件申請呢。」

「是這樣嗎～啊，會長也來一串怎麼樣？」

態度極其自然的古蓮，以行雲流水般的動作向菲利克斯遞出一串烤肉。

怎麼會這麼不知死活！在莫妮卡如此屏氣凝神之下，菲利克斯靜靜地望著串燒……

「嗯，那我就不客氣了。」

然後伸手接下肉串。

結果是要吃嗎——？尼爾小小慘叫了一聲。

菲利克斯靈巧地咬下串著的肉。而不像莫妮卡那樣直直舉串，讓肉汁流得滿手。

「嗯，烤得真美味。調味料入味的工夫很好。」

望向啞口無言的莫妮卡等人，菲利克斯眨眨眼使了記眼色。

「這樣一來我也是共犯了。大家會為我保密吧？」

王族的發言，當然沒有人敢違逆。一行人無言地點頭。

演變至此，古蓮快活地笑了起來。

「肉還多得是，大夥兒盡量吃啊！會長也幫忙指導過舞步，這些就當作謝禮！啊，對了，要不要把副會長也找來？」

尼爾猛力搖頭否決了古蓮這則提議。

「這個就，先、先不要吧！」

莫妮卡也與尼爾持同意見。

纖細又神經質的希利爾·艾仕利要是在場，要不就激昂地痛罵「成何體統！」再不然，也可能因為菲利克斯笑容滿面地吃串燒吃得滿嘴，而懷疑自己的眼睛吧？

無論如何，為了不讓這段快樂的時光太早結束，莫妮卡悄悄透過無詠唱魔術調整了風向，好讓烤肉煙別被吹往校舍的方向。

＊＊＊

在後院舉行的祕密慶功宴結束，莫妮卡返回女生宿舍閣樓時，黑貓與女僕正感情融洽地坐在床上一起看書。

「歡迎回來，〈沉默魔女〉閣下。」

闔上讀到一半的書本，接著順勢鞠躬的貌美女僕，是〈結界魔術師〉路易斯·米萊的契約精靈琳姿貝兒菲──通稱「琳」。

身為風之高位精靈的她，十分擅長飛行魔術，在這次潛入校園的任務裡負責居中聯繫。不過，距離例行報告應該還有些時間。而琳卻特地前來，是否代表發生了什麼緊急狀況？

莫妮卡身體暗自僵硬起來，這時，在琳身旁一起看書的尼洛，舉起前腳闔上書本封面，抬頭望向莫妮卡。

「她好像說是有禮物要給妳喔。」

「……禮物？」

「是的，主人交代要把這些送給〈沉默魔女〉閣下。還請收下吧。」

說著說著，琳伸手拿起擺在牆邊的紙袋……

「嘟嚕嚕嚕嚕嚕嚕……」

隨後以教人讚嘆的高難度彈舌發出詭異謎音。這聲音該不會，是在模仿連續擊鼓聲吧？

莫妮卡還沒搞清楚狀況，琳就繼續面無表情地發出另一道聲音。

「叭叭叭叭──」

連續擊鼓聲之後好像輪到喇叭的樣子。孩子們這麼做或許很可愛，但換作貌美女僕以不帶抑揚頓挫的嗓音重現喇叭聲色，就只有滿滿的超現實感。

「……那個，呃──琳小姐？妳剛這些……是在？」

「我在書上看到，人類在這種時候，會演奏樂器。但，我本身沒有演奏樂器的工夫，故只得透過口頭重現。」

那指的應該是在城裡舉行的頒獎儀式之類的。連個人之間贈禮也要奏樂什麼的，莫妮卡可是聽都沒聽過。
幸好琳還沒有真的帶上樂器。要是在閣樓敲鑼打鼓吹喇叭，那可不是一句引人注目就能了事。
「就是這麼回事，請收下這個。」
「啊，喔……謝謝妳……」
琳所遞出的紙袋上，綁著紅色的緞帶。
忐忑不安地解開緞帶後，紙袋內出現了一件藍紫色禮服，以及一件白色大衣。這不是用來穿去舞蹈會的奢華禮服，而是可供平時穿搭的實用取向服裝。
無論禮服或大衣，都是裝飾偏少的樸素設計，而這正是莫妮卡所需要的。
「哇～！……那個，這些，我真的可以收下……嗎？」
「是的，『就告訴她這是逮到維克托．松禮的獎賞。糖果與皮鞭都得運用自如，適時切換才行嘛～哈哈哈～』這是路易斯閣下交代我轉達的。」
後半段，應該是不要一起轉達比較妥當吧。
在為了琳的轉達方式苦笑的同時，莫妮卡將收到的新禮服與大衣交互與自己的身體比對。尺寸大小也正好合身。
（下次和拉娜一起上街購物時，就穿這個赴會好了。）
莫妮卡強忍不讓嘴角上揚得太明顯，向琳低頭鞠躬致意。
「呃——那個，真的非常謝謝妳。我現在，就來寫信向路易斯先生道謝，還請妳稍待一會兒。」
將禮服及大衣吊在掛架上之後，莫妮卡坐到書桌前，拿出筆記用具。
莫妮卡希望，能夠好好向路易斯先生清楚表達收到新衣服的感激。要變得能夠自然說出「謝謝」，這是打從剛來到這所校園的時候，就為自己設下的小小目標。

一面下筆，一面思索著該如何撰文時，琳來到了莫妮卡的身旁，站得直直地開口：

「根據日前報告，校園內似乎出現了假冒商會的入侵者。」

「是、是的……」

「有鑑於此，主人似乎提及，下次例行報告時，希望可提出校慶當日的警備方案內容。」

「警、警備方案，嗎……」

就算這麼說，莫妮卡在警備方面也是個純粹的門外漢。沒理由能夠隨隨便便想出什麼好主意。

眼見莫妮卡顯得不知所措，琳以新葉色的雙眼目不轉睛地望著她，繼續接話。

「好比說，倘若〈沉默魔女〉閣下現在是暗殺者，那會以何種方式下手暗殺第二王子？」

「假設我是暗殺者嗎……？唔～嗯……」

琳這句提問，讓莫妮卡雙手抱胸沉思了起來。

尼洛見狀，縱身跳上桌面，志得意滿地開口：

「如果莫妮卡是暗殺者，根本沒必要搞暗中潛入這種麻煩的小伎倆吧。只要遠遠地朝這所學校隨便來記威力超——強的攻擊魔術，瞬間就完事了。」

「……尼洛，我覺得那樣做不叫暗殺。」

聽到尼洛這種火藥味十足的構想，莫妮卡傻眼地望著他，道出以前路易斯告訴自己的說明。

「尼洛，我跟你說，這所學校設有防禦結界，從外部發動攻擊是無意義的。」

「是這樣嗎？」

「嗯，國內的重要設施，大多都被路易斯先生設下防禦結界了。所以應該用不著擔心來自外部的攻擊。」

路易斯・米萊。人稱〈結界魔術師〉。

一如其稱號所示，他最擅長的就是結界術。無論其規模、強度、精度，乃至持續時間，皆非其他魔術師所能望其項背。

這樣的路易斯耗費時間精力所設置的大規模結界，也存在這所校園。

「……我想，路易斯先生所設置的，應該是兼具感測術式效果的廣範圍大規模防禦結界。雖然平時不會啟動，但只要感測到來自外部的攻擊，就會瞬間展開防禦結界。恐怕是挑選了一般人難以察覺的場所，偷偷設置的吧。」

只不過，這種類型的結界，存在著幾個弱點。首先，雖然能應付來自外部的攻擊，卻無法因應在結界內發生的事。再者，一旦有內賊改寫結界的魔術式內容，結界本身就有失效的可能性。

莫妮卡提及這些懸念時，琳斬釘截鐵地斷言「這方面沒有問題」。

「關於結界內容遭改寫，基本上可以當作不會發生。」

「這、這是為什麼……呢？」

「從前，路易斯閣下曾在座椅上不可一世地這麼說——」

琳整肅儀容後，以不帶抑揚頓挫的嗓音，重現了路易斯的發言。

「『因為我設的防禦結界，都有埋下殺意滿滿的陷阱嘛～有本事改寫的話，就改寫來讓我瞧瞧啊。就是這麼回事。哈哈哈～』」

看到琳面無表情地重現路易斯的台詞，尼洛半瞇起眼睛問道：

「……為啥那傢伙要特地在結界裡埋下殺意啊？」

「似乎是從前，曾在別的建築物發生過入侵者打算改寫魔術式的事件。所以，路易斯閣下才會特地在魔術式內，加入一旦想改寫結界就會發動的陷阱，之類的。」

實在很像路易斯會做的事。莫妮卡正為此苦笑，這回換尼洛傻眼地抬頭望向莫妮卡。

「布滿殺意的結界什麼的，聽都沒聽過啦。果然七賢人就是一票感性異於常人的集團。」

「…………啊嗚～」

完全無從反駁。

✦第六章　不合時宜的一杯

順利通過社交舞補考，莫妮卡總算跨越一道危機。然而，她連撫胸慢慢鬆口氣的時間都沒有，下一道試煉便接踵而至。

那就是與社交舞並列為貴族子女們必備涵養的重要課程──茶會。

賽蓮蒂亞學園裡，有幾門貴族特有的課程，是一般學校不會開的。其中之一便是社交舞課，而只限女同學聽講的茶會課亦屬此類。

對於貴族千金們而言，茶會並不是什麼悠閒歡談的時光。那是一個講究如何款待客人，或如何接受款待，藉以彰顯自身品格的嚴肅社交場所。

茶會課的內容，不但會將應有的禮儀知識徹底鞭策到同學明白，還要在此前提下進行實技演習。

進行實技演習的方法，是在中庭實際舉辦茶宴。

屆時會將同年級的女同學以四～五人分為一組，共坐一張茶桌。組員再各自送上準備好的茶，彼此品評。

只不過，唯獨茶點是事先由教師指定。換言之，當準備好能與指定茶點配合的茶品時，演習就正式展開。

茶會課所使用的茶葉必須自行準備，而一般而言，每位千金小姐大致上都交由僕役購買。

可是，莫妮卡就連該上哪兒才買得到需要的茶葉都不清楚，只好求助於本次任務的協助者──柯貝可伯爵千金，自稱反派千金的伊莎貝爾．諾頓小姐。

「……就是這樣，那個～希望妳可以分點茶葉給我。」

造訪伊莎貝爾房間的莫妮卡說明事情原委後，伊莎貝爾臉龐染成了薔薇色，顯得感動無比。

「竟然能幫上姊姊的忙，太榮幸了！好的，沒問題，儘管包在我身上！就讓我使盡渾身解數，確保姊姊能平安無事通過這堂課吧！」

「非、非常謝謝妳……」

在低頭致謝的莫妮卡面前，侍女艾卡莎擺上了一杯紅茶。杯裡飄散出一陣與柑橘類似的芳香。

伊莎貝爾的隨身侍女中最年幼的艾卡莎，帶著一副可靠大姊姊的表情向莫妮卡笑道：

「紅茶的沖法，就由我負責指導吧。其實讓我陪同到場侍奉是最直接的……但這樣會導致莫妮卡大人在柯貝可家遭到排擠的設定出現矛盾嘛。」

課堂上要用的茶可以自己沖，也可以交由僕役幫忙。

話雖如此，大多同學都是理所當然地交給僕役處理。會自己動手沖茶的，都會被大家投以輕蔑目光，當成沒有僕役可帶的三流貴族。

偏偏莫妮卡背負著遭到伊莎貝爾霸凌的設定，還讓伊莎貝爾的隨身侍女幫忙實在過於不自然。

「有、有勞，多多，指導了……」

莫妮卡向艾卡莎也深深一鞠躬，艾卡莎趕緊要她「別這麼客氣，快請抬頭吧！」

伊莎貝爾也好，艾卡莎也好，這對大小姐與侍女的拍檔，處世實在周到有加。雖然在扮演反派千金時讓人會有點想保持距離就是了。

「呵呵，該幫姊姊準備怎樣的茶品才好呢……姊姊。老師有指定茶點了嗎？」

「呃——……好像說是有加奶油的蛋糕與輕食。」

伊莎貝爾唔唔唔唔地點頭稱是，手指添在下顎開始沉思。

根據指定茶點選擇適當的茶也是授課的一環。然而，莫妮卡並沒有喝紅茶的習慣。在父親的影響下，她以咖啡就口的經驗遠較茶類來得高。

「那、那個～像這種場合……應該選什麼茶，才是正確答案呢……」

「既然也包含輕食，選擇用新葉沖泡的清爽風味紅茶應該就很妥當了。調味茶最好還是避免。飲用時可以不加奶純飲紅茶，或許調成不加砂糖的奶茶也不錯……可是呢，姊姊——」

講到這裡，伊莎貝爾一本正經地望向莫妮卡，操著堅定語調斷言：

「茶品與茶點的組合方式，依每人的喜好各有不同，並沒有所謂明確的正確答案。但，明確的錯誤答案卻是存在的。」

明明沒有正確答案，卻存在錯誤答案，這是什麼意思呀？

莫妮卡感到一片混亂，這時，伊莎貝爾公布了謎底。

「那就是——和同桌的某人撞茶。」

「……啊。」

演習的授課要以數人為一組，每人各自帶來自己挑選的茶葉。要是和其他組員選到同一種茶，的確會很尷尬。

「尤其撞茶的對象如果又是立場比自己高的人，那可真的就糟透了。嚴格說來，就連參加茶會時的禮服、髮型、小飾品等等，都必須在配合當下流行的同時，又留意避免與他人撞衫……不過演習畢竟是穿制服進行的，現在就只專心考慮茶葉吧。」

必須注意到這種程度嗎……莫妮卡忍不住開始發抖。
身為七賢人之一，莫妮卡雖曾參列國家舉辦的各種儀式典禮，但七賢人的正式服裝是儀式用長袍，所以只要穿上國家發給的長袍赴會就行了。
也因此，莫妮卡以往從來不曾為了社交界的衣著問題煩心過。
看來貴族千金所參加的茶會，是遠超出莫妮卡想像的一場精神戰。
「最確實的作法，就是事前與同桌組員們確認各自要準備什麼茶品……到時要和姊姊同桌的，是哪幾位同學呢？」
「呃——……包含我在內共有四人。是同班的拉娜．可雷特小姐、隔壁班的凱西．古羅布小姐……還有一位我就，不是那麼，清楚。」
「這樣的話，想事先委婉確認茶品的種類，似乎有難度呢。」
「真、真對不起……」
拉娜與凱西肯定會乾脆地告訴自己到時想帶什麼茶來吧，可是另個與素昧平生沒兩樣的人，要莫妮卡直接去開口提問，實在是沒有那樣的勇氣。
更別提那第四名千金，連老家的爵位是什麼都不曉得，一個不好，莫妮卡擅自開口搭話，還會被當成不知禮數。在貴族社會裡，身分地位較低的人擅自向上位者開口，是一種禁忌。
「姊姊，那上茶的順序有決定了嗎？」
「有、有的。我的順序是最後……一位。」
「既然如此，我們就準備兩種茶品過去吧。這樣就絕對不會和人撞茶了。」
「非、非常感謝妳的幫忙……原來參加茶會，是這麼費神的事呀……」

莫妮卡已經感到筋疲力盡，伊莎貝爾也一臉困擾地點頭。

「是呀～就算已經事先把同席者的喜好、交友關係，乃至嗜好都調查完畢，依然不時會出現預料之外的發展……沒錯，就像明明為了生平第一次茶會，卯足全力作好萬全準備，卻還是因為反派千金使壞，導致一切都泡湯的女主角！」

後半段似乎是她最近讀到的小說內容。

莫妮卡苦笑著不知該作何回應時，侍女艾卡莎帶著正經八百的表情提出了建議：

「伊莎貝爾大小姐，莫妮卡大人在往後除了大小姐之外，或許還有機會直接面對其他反派千金。為了讓莫妮卡大人能有心理準備，是否該趁現在把反派千金會有何舉動，都在此沙盤推演一遍呢？」

「……咦？」

表情與動作都當場僵住的莫妮卡對面，伊莎貝爾「哎呀～！」一聲，伸手按住臉龐叫好，雙眼閃閃發光不停。

「說得對，真是好主意呀！誰教姊姊就是我的女主角呢！有朝一日，被我以外的反派千金邀請到茶會上欺侮，這樣的未來說不定會造訪呢……！」

這樣的未來，實在打從心底敬謝不敏。雖然敬謝不敏，但現狀就是難保沒有這種可能性。

再怎麼說，轉來才沒多久，莫妮卡就立刻獲選為學生會幹部，練舞時還讓菲利克斯幫忙指導，為此敵視她的女同學早就已經過半了。願意與她正常來往的同年級學生，大概就只有拉娜、凱西、古蓮，以及尼爾而已。

現在，周遭投向莫妮卡的視線，大致上可分為兩種。

一是輕蔑莫妮卡，明確表示敵意的視線；二是將她視為來路不明的詭異人士，想保持距離的視線。

多虧伊莎貝爾霸凌莫妮卡的演技逼真，才讓莫妮卡雖然言行舉止與平民無異，卻無人對她起疑，也沒有想多管閒事的人插手。可是，與人擦身而過時，被人在旁指指點點說閒話，或遠遠竊笑的經驗，已經不只一次兩次。

拜眾人都將莫妮卡認知為「伊莎貝爾的獵物」之賜，目前幾乎沒有直接對她採取攻擊行動的人……但，沒人能保證這樣的狀況會持續到將來。

「那麼，姊姊。為了有一天，姊姊與真正的反派千金對峙時，能夠順利脫困，就容我在此為姊姊解說反派千金的行動模式吧。」

俗話說得好，知己知彼，百戰百勝。

只要能夠在此弄懂何謂反派千金，有朝一日說不定就能派上用場……至於真心話，當然是希望這種日子盡可能不要到來。

就在莫妮卡挺直腰桿，準備洗耳恭聽伊莎貝爾解說的瞬間──

「喔～呵呵呵！」

伊莎貝爾將手添在嘴邊，擺出挺胸後仰的姿勢，高聲大笑了起來。

笑聲響亮到莫妮卡肩頭為之一震，隨後，伊莎貝爾收起笑容，俐落地回歸原始站姿。

「首先，這個就是反派千金的基本動作──高聲大笑是也。只要像這樣高聲大笑，就能向對手施壓，藉此牽制對手，同時還能當場扭轉形勢！」

「高、高聲大笑竟然有這樣的效果……」

面對發自內心驚訝的莫妮卡，伊莎貝爾似是而非地點頭。

「只不過，一旦使用得過於頻繁，效果就會減低，因此關鍵在於抓準致勝時機。」

原來如此，精準掌握使用時機，似乎是必殺技的重點。

在點頭稱是的莫妮卡面前，伊莎貝爾攤開了扇子。

「接著是基本動作其之二！『無言地嗤之以鼻』！」

伊莎貝爾以行雲流水般的動作舉扇遮口，露出作弄對手似的笑容。

這副無論看在誰的眼裡，都當場明白是在瞧不起對手的傲慢笑容，著實充滿了不下舞台女演員的演技與表現能力。

「原本發笑時以扇子遮住嘴邊就是種禮節，但這裡要刻意拉低扇子，讓對方瞧見自己上揚的嘴角。如此一來，就能強調自己正露骨地恥笑著對手！」

何等細膩的手法——莫妮卡再度遭到衝擊。

沒想到，反派千金竟然連這麼細微的動作都有經過深入計算！

「當然，確實遮好嘴巴可以表現出惹人厭的竊笑感，也是一種選擇。這裡最好根據千金本身的性格設定，選擇合適的作法。」

「原、原來如此……實在很深奧呢。」

「是呀，愈是打算窮究而深入鑽研，愈會了解到箇中精華有多麼深遠。」

必須再度強調，這是反派千金相關話題。

就這樣，遠較沖茶技巧更加賣力的反派千金講座一路持續到了深夜。

莫妮卡無從得知的是，這位投注渾身心血在如何詮釋反派千金的幹勁十足演技派大小姐，其實在高中部一年級的茶會課有著首屈一指的優異成績。

＊＊＊

高中部二年級的聯合茶會演習，是在中庭擺設數組桌椅，以茶宴的形式進行。

要在這場茶宴上品評的茶品，就在校舍一樓的茶會準備室沖泡。

基本上都是由僕役到這裡沖茶，至於沒有僕役的莫妮卡，當然只能自己動手。

莫妮卡上茶的順序是最後一位，到時候要趁茶會途中暫離，移動到這間準備室沖茶。話雖如此，也不能抱著茶葉罐出席茶會，所以莫妮卡決定事先把茶葉罐送到準備室。

準備室裡已經有好幾位僕役在進行相關準備。幾乎沒有半個穿學生制服的在場。

深感不自在的莫妮卡縮起身子，開始尋找能夠安置茶葉罐的場所，這時，忽然有人拍她的肩膀。

嚇得肩頭一震的莫妮卡回過身來之後，才馬上鬆一口氣。

原來拍她肩膀的人是凱西。

「莫妮卡，妳來放茶葉嗎？」

「是、是的。」

「我也是喔。一如所料，大家都是讓僕役負責沖茶呢～不過我家是鄉下的窮酸貴族嘛，沒有僕役可以帶來。」

說著說著，凱西將茶葉罐擺到架子上，還在罐子下夾了張寫有自己名字的紙條。原來如此，這樣就不怕其他人拿錯了。

「莫妮卡要用嗎？我有多帶些紙條喔。」

「非、非常謝謝妳……」

莫妮卡心懷感激地收下了紙條，並把其中一端反覆摺出蛇腹狀的摺痕。

如此一來，就算沒像凱西那樣寫名字，那獨特的摺痕也能當作標記。

將摺過的紙鋪好之後，莫妮卡擺上兩瓶茶葉罐。相信是萬無一失了才對。

「哇，妳準備了兩種茶葉啊？」

看到莫妮卡的茶葉罐，凱西瞪大了雙眼。

莫妮卡忸忸怩怩地搓著指頭回答：

「因為想說，萬一撞茶，會很傷腦筋……」

聽完莫妮卡的答覆，凱西欽佩不已地拍了拍手。

「啊～原來啊～的確有這種可能性嘛。哎呀～萬一跟人撞茶什麼的，我壓根兒都沒想過。莫妮卡好聰明喔。」

「哪、哪裡……」

事先幫她考慮到撞茶問題的人，是伊莎貝爾。

正當莫妮卡在心裡向伊莎貝爾鄭重道謝時，凱西望著牆上的時鐘開了口：

「糟糕糟糕，再不快走，茶會課就要開始了。我們快出發吧。萬一真的遲到，克勞蒂亞小姐又要酸個沒完了。」

「……克勞蒂亞小姐？那個，難不成她是，今天茶會的……？」

看來，那位克勞蒂亞小姐，就是今天茶會分組的第四名組員。

「那位克勞蒂亞小姐……呃——是位怎樣的同學呢……？」

凱西原想勉強擠出笑容回答莫妮卡的提問，但看來是失敗了，露出一臉不像她會有的苦澀表情。

「要說是怎樣的同學……啊～……嗯……這個嘛。她是個書蟲，很博學多聞喔。甚至有〈移動圖書館〉這樣的稱號呢。只不過，性格方面就有點……嗯，也罷，見面就知道了！」

能夠讓個性爽朗的凱西含糊其辭到這種地步，到底會是怎樣的大小姐。

（該、該不會……她就是伊莎貝爾大人說的那種，反派千金……？如果一見面就被她高聲大笑，要怎麼辦……）

總而言之，碰面前一定得做好心理準備……莫妮卡暗自嚥了嚥口水。

＊＊＊

秋高氣爽的晴空下，茶會課的實技演習在中庭展開了。

賽蓮蒂亞學園果真不負名門頭銜，就算只是演習，使用的桌椅也都是高級家具，每張茶桌都裝飾了色澤各異的美豔花朵。

除了桌椅之外，茶具與花器也全是比起宮廷茶會用具毫不遜色的逸品。要不是同學們都穿著制服，還真教人誤以為自己來到了宮廷。

女同學們各自品嘗著組員們帶來的茶，和樂融融地談笑風生，現場一片祥和。

教師前往各組評分時，話題雖然都圍繞著茶品、茶具，或時令花朵打轉，可每當教師離桌後，千金們的話題就馬上轉為近來的流行或戀愛八卦。

最常成為話題中心的人物，果然還是身兼學生會長的第二王子菲利克斯・亞克・利迪爾。

諾倫伯爵千金卡羅萊．希蒙茲甩著她的焦糖色褐髮，一臉陶醉地低聲說道：

「我想，殿下他肯定打算在求學期間決定婚約對象。」

卡羅萊這番發言，令其他少女都雀躍地跟著起鬨。

「與殿下最門當戶對的會是誰呢？」

「應該是廉布魯格公爵家的艾莉安奴大人吧？血統也比較相近。」

「同為學生會幹部的布莉吉特大人也很相配呀。」

她們所列舉的婚約候補者，無一不是君臨這所校園頂點的千金大小姐。

雖然有這樣的認知，但她們內心某處也暗自夢想著，自己能否成為那個雀屏中選的幸運兒。卡羅萊也不例外。只要是就讀這所學校的女學生，論誰都曾一度夢想成為王子的伴侶。

如果那位面容端正的王子殿下願意對自己嶄露笑容，如果願意在舞會朝自己伸出手來，啊啊~那該會有多麼美妙呀！

抱著這種夢想的她們，為了滿足自己的自尊心，在此舉出了最配不上王子的對象加以輕蔑。

「對了對了，說起同為學生會幹部……嗳，那丫頭的事，大家聽說了嗎？」

卡羅萊扇子下的語調陰沉了幾分，其他千金們也隨之露出險惡的視線。

那丫頭——明明是個插班生，卻獲選成為學生會幹部的少女。莫妮卡．諾頓。

「我聽說她竟然讓殿下指導舞藝呢。」

「是真的，我看到了！還讓希利爾大人陪她跳舞！」

「竟然勞駕殿下與希利爾大人雙雙給她指點……以為自己是誰啊，那丫頭？」

「一定是那個不知天高地厚的鄉巴佬，仗著殿下個性溫柔，硬是向殿下開口呀。」

「那丫頭，就連幫忙沖茶的僕役都沒有喔。難道不覺得羞恥嗎？」

「等著瞧吧，保證她在這堂課也同樣出盡洋相。」

以美麗的扇子遮掩惡意，卡羅萊等人竊笑了起來。

只要像這樣拿莫妮卡・諾頓當作笑柄，卡羅萊等人的心情就會稍微舒暢點。

（莫妮卡・諾頓。都怪那女的，害我被希利爾大人責備，甚至還得提交悔過書。）

莫妮卡剛插班入學的時候，曾發生一起莫妮卡・諾頓自樓梯上摔倒滾落的事件，卡羅萊被視為該起事件的加害者，遭到希利爾下達處分。

確實，卡羅萊在樓梯口推了拉娜一把，以間接波及莫妮卡的形式令她摔落樓梯。但，那當然要怪莫妮卡自己笨手笨腳不好呀。

（啊啊～真討厭。那種丫頭竟然能當上學生會幹部，肯定有哪裡弄錯了。絕對、絕對有問題……妳給我走著瞧。莫妮卡・諾頓。）

＊＊＊

莫妮卡就坐的桌席，正被異樣的氣氛所籠罩。

或者說，其中一位少女正不停醞釀出異樣的氣氛。令人吃驚的是，元凶並非莫妮卡，也不是拉娜，更不是凱西。

而是坐在這張茶桌最上座的黑髮千金——克勞蒂亞。

就算看在對美醜概念陌生的莫妮卡眼裡，克勞蒂亞也是一位出眾的貌美千金。

那一頭筆直的黑色長髮，配上有如鑲入瑠璃般的深藍色眼眸，再加上五官勻稱，堪稱造物主嘔心瀝血打造之最高傑作的臉龐。就算與學生會書記布莉吉特．葛萊安相比，也毫不遜色。

若要說一頭耀眼金髮、琥珀色瞳孔的布莉吉特是華麗的薔薇，克勞蒂亞就是散發神祕美感的鳶尾花。

這麼一位令人大開眼界的貌美千金，這會兒卻有如家中死人似的，散發出沉重不已的陰鬱氣場。

總算，待克勞蒂亞的侍女將茶分配給全組組員後，克勞蒂亞才在那感受不到生氣的蒼白臉龐浮現出一抹教人毛骨悚然的微笑。

「……請、盡、情、享、用。」

若要打個比方，就像是邪惡的魔女要慫恿一無所知的善良人士飲用下了毒的紅茶時露出的笑臉。

可沒想到，在下個瞬間，她又彷彿斷了線的人偶一般渾身脫力，變得面無表情。明明面無表情，卻只有陰鬱感及無精打采感不可思議地朝其他組員擴散，幾乎到令人欽佩的地步。

如果一見面就被她高聲大笑，要怎麼辦──莫妮卡這個煩惱到頭來只是杞人憂天。

歸根究柢，這位陰沉憂鬱的千金小姐，身上根本感受不出會想高聲大笑的霸氣與幹勁。那分明就是連開口講話都嫌麻煩的態度。

莫妮卡也常被人評為個性陰沉，但克勞蒂亞跟她完全不在同一個檔次。

再怎麼說，莫妮卡被評為陰沉的理由也是來自她極度怕生與絕望級的口才。而克勞蒂亞則是刻意令自己全身圍繞著讓人難以攀談的陰鬱氣場。

拜此之賜，就只有這張茶桌的氣氛比任何一組都來得陰濕沉重。

莫妮卡、拉娜，以及凱西，都只能默默舉起擺在面前的紅茶就口。

賽蓮蒂亞學園 2年級
克勞蒂亞

紅茶本身是香氣芬芳的好茶。偏偏卻受到這種莫名緊張的壓力影響，喝不出什麼滋味來。

（嗚嗚～好尷尬喔～……）

「好好喝的紅茶喔！噯～這茶哪裡產的？」

率先打破凝重沉默的人是凱西。

即使已經察覺現場微妙的氣氛，凱西還是想設法打開話匣子，於是帶著笑容向克勞蒂亞開口。

面對如此奮不顧身的凱西，克勞蒂亞依舊保持低頭望著茶杯的視線，嘰哩咕嚕地小聲回答：

「……是這個國家最普及的紅茶喔。這還用得著問嗎。」

「……」

凱西的笑臉凍結了。

這次換拉娜以格外開朗的聲音問道：

「噯、噯～我比較喜歡奶茶。有牛奶可加嗎？」

「……這種茶葉不適合泡奶茶。妳的舌頭遲鈍到連這都分辨不了嗎？」

「……」

拉娜的笑臉多了幾道青筋。

場面的氣氛教人愈來愈難待了。

莫妮卡啊嗚啊嗚地嘴唇抖個不停，啜飲著已經徹底食不知味的紅茶。

接著，在這種尷尬度滿點的氣氛下，第二棒凱西離席前往準備室，沖好帶來的紅茶為組員們一一送上桌。

凱西所準備的，是色澤偏濃的紅茶。這種茶葉的特徵是澀味較重，很適合做成奶茶。

接下來，第三棒拉娜帶來的是茶色明亮的紅茶。口感相當清爽，帶有一股水果般的甘甜與暢快。

「拉娜的紅茶，好美味喔。喝起來沒什麼負擔，我喜歡這個～」

莫妮卡聽了直點頭，對凱西的意見表示共鳴。拉娜見狀，得意地抬頭，將紅茶一飲而盡。

「還好啦，我可是特地調來了這個時節最高級的茶。當然好喝嘍。」

說著說著，拉娜一瞥一瞥地瞄向克勞蒂亞。克勞蒂亞準備的是再常見不過的茶，此舉無疑是在向她挑釁吧。

個性倔強的拉娜似乎很不中意克勞蒂亞的態度，從剛才起就不著邊際地對她針鋒相向。是多虧機靈的凱西一會兒「好嘛好嘛～」地安撫她，一會兒積極改變話題，才勉強維持住現場的和平。

說到底，在這種茶會，場面通常都是由地位最高的人負責主導才對。

莫妮卡不清楚克勞蒂亞的來歷，不過應該也是伯爵家以上的上級貴族。換句話說，本來理應由克勞蒂亞負責提供話題，主導茶會的走向。

然而克勞蒂亞本人卻一副有氣無力的模樣，偶爾開口就是在唇槍舌劍。雖然不到無法溝通，但實在稱不上有在對話。

就在這樣的狀況下，克勞蒂亞低聲喃喃自語了起來：

「……嘗過味道太強烈的東西，會讓舌頭麻痺。」

聽到這句話，莫妮卡突然驚覺克勞蒂亞準備的茶是什麼味道。

（口味平淡無奇，大家都已經喝慣的普及紅茶……之所以選擇這種茶，是為了不讓大家第一杯入口就麻痺舌頭味覺？）

也不曉得拉娜與凱西是否發現了同一件事，紛紛向克勞蒂亞投以驚訝的眼神。

成為眾人目光焦點的克勞蒂亞，則滿臉自己的發言怎樣都無所謂的表情，舉起拉娜準備的紅茶就口。

「……佛洛倫狄亞的黃金毫尖……在這個季節能取得的紅茶中，算是最為昂貴的紅茶吧。」

「是、是啊。」

拉娜不甘示弱地回嘴，克勞蒂亞果然還是望也不望她一眼，只垂下睫毛低語：

「換作款待貴人的場合，這想必是最佳選擇吧……可惜對這種茶會演習來說，明顯地不合時宜。」

「什麼？」

「自己一個人帶這種極端高價的茶品赴宴……看在其他參加者眼裡，就算當成是在侮辱自己也不奇怪呢。」

拉娜當場面紅耳赤，激動得渾身顫抖。

凱西趕緊出聲安撫拉娜。

「別、別擔心，我根本沒這麼想啦！對吧，莫妮卡？」

「嗯，是的……我也沒有，這麼想！」

莫妮卡鼓足全力擠出嗓音附和凱西，這時，克勞蒂亞緩緩地轉過頭來望向莫妮卡。

那無機質的瑠璃色雙眸，連眨眼都沒有，牢牢映著莫妮卡的身影。

「……朋友都這麼問妳了，當然只能點頭對吧。」

「唔咦？」

這種說法聽起來，不就像莫妮卡是被凱西逼著說出違心之論的嗎。

莫妮卡急得眼淚都快流出來，死命地搖頭。

「不、不是的，我、我……」

就在莫妮卡的嗚咽聲即將脫口而出時，拉娜一掌拍向了桌面。

「喂，妳給我差不多一點！開口閉口就只會酸來酸去！最讓人尷尬又最不合時宜的，分明就是妳吧！」

即使被拉娜如此憤慨地怒吼，克勞蒂亞仍是眉頭都不眨一下。

豈止如此，還依然故我地望著紅茶杯，彷彿連看都不屑看拉娜一眼。

「……所以妳覺得，自己有讓人主動開口攀談的價值是嗎。」

「啥——？」

拉娜氣得眉尾上吊，狠狠瞪向克勞蒂亞，克勞蒂亞則在等上整整數秒之後，才無精打采地開口：

「……關於〈沉默魔女〉，各位可曾有耳聞？」

莫妮卡心臟差點停止跳動。大概有一瞬間真的停了也說不定。

哪還有什麼耳聞不耳聞，她根本就是本人。

「年僅十五歲便就任七賢人的天才魔術師。她不但習得無詠唱魔術，在米妮瓦就學期間，更開發了二十種以上的新魔術式……而她最有名的，就是一度也不曾參加學會喔。」

那是因為害怕人多的場所，所以總是找理由推拖逃避。

「……不僅如此，〈沉默魔女〉就連在七賢人的就任儀式上，也完全不發一語。」

那是怕生而緊張到說不出話來所致。

參加儀式時因為莫妮卡實在過於派不上用場，還讓同期的〈結界魔術師〉路易斯．米萊代替她應付各種噓寒問暖。

一回想起當時的狀況，莫妮卡就渾身嘎答嘎答發抖，冷汗直流。克勞蒂亞則是繼續接著說道：
「……各位可曾讀過〈沉默魔女〉的論文？只要讀過，便能明白她的為人……她是位深富理性又聰明的知識分子。如果是她的話，肯定明白沉默的價值吧。」
（我既不理性又不聰明也不是知識分子，只是個怕生的陰沉ㄚ頭，對不起對不起對不起……！）
在滿臉鐵青發抖的莫妮卡身旁，拉娜絲毫不掩飾自己的不悅，瞪著克勞蒂亞開口：
「是喔～～～所以妳是想說，腦袋聰明的人不屑與笨蛋對話是嗎？」
（噫噫噫噫噫！）
拉娜這句話是針對克勞蒂亞說的，絕對不是在說給〈沉默魔女〉聽，但莫妮卡還是嚇得瑟縮發抖。
克勞蒂亞一副沒把拉娜的發言聽在耳裡的態度，斜眼瞧向莫妮卡。
「……這麼一提，〈沉默魔女〉名叫莫妮卡．艾瓦雷特……剛好和妳一樣呢，莫妮卡．諾頓。」
噫——莫妮卡整個人僵住了。
心臟狂跳的聲音怦怦怦地吵個沒完。冷汗也一顆接一顆冒個不停。
克勞蒂亞這次直直面向莫妮卡，露出一抹微笑。
「……妳從剛才起就一直沉默不語，是因為不想和笨蛋說話嗎？」
「我我我，茶，去沖、我去搓茶！」
隨著椅子與地面的摩擦聲，莫妮卡猛然起立，連滾帶爬地逃離現場。
那小小的背影，一直被克勞蒂亞那瑠璃色的瞳孔盯著不放。
打從這場茶會開始，始終低頭的克勞蒂亞唯一正眼看待的對象，就只有一個人。這件事實直到現在都還沒有人發現。

＊＊＊

在走廊快步行進的莫妮卡，伸手隔著制服按住自己激烈跳動的心臟。

（難、難道說，她注意到了？她注意到了？注意到我就是〈沉默魔女〉……）

自從當上七賢人，自己就幾乎沒公開亮相過，官方活動也只參加最底限必要的幾場，知道莫妮卡長相的人，頂多就同為七賢人的同期與前輩。

這麼說，難不成是在魔術師養成機構米妮瓦就讀時認識的？

可是，怕生的莫妮卡一天到晚都窩在研究室裡頭，況且克勞蒂亞這麼貌美的女性，只要曾經看過，肯定會留下印象。

（一、一定，只是碰巧……而已吧……）

碰巧，只是碰巧提到這個話題而已。一定是這樣。

如此說服自己的莫妮卡，打開了茶會準備室的門。相較於茶會開始前，室內的人少了許多。八成所有侍女都前往演習地點侍奉主人了吧。

室內人煙稀少讓莫妮卡鬆了口氣，她就這麼來到擺了茶葉罐的架子。

「……奇怪？」

抬頭朝架上望了望，卻怎麼也找不到茶葉罐，莫妮卡頓時呆住。

凱西的紅茶罐就在莫妮卡記憶中的位置。但，原本自己擺在一旁的茶葉罐卻不見了，徒留一處空蕩蕩的區間。

明明自己的確用凱西給的紙摺出了蛇腹狀的摺痕，鋪在架上後才擺好兩罐茶葉罐的。

一股不祥的預感，令莫妮卡感到渾身血液倒流。

莫妮卡並不是第一次面對這種狀況。正因如此，她立刻察覺了真相。

伸出顫抖的手，打開垃圾桶木蓋的莫妮卡，小小嚥下了一口氣。

混在使用過的茶渣內，尚未沖泡過的茶葉與兩罐空罐，就這麼被人倒在垃圾桶中。

就連摺有蛇腹狀摺痕的紙都不放過。

「……怎麼，這樣……」

莫妮卡渾身無力地癱坐在地。

少了茶葉，當然就無法沖泡紅茶。這樣根本回不了課堂演習。

（……該怎麼，辦……）

啾嚕——眼角泛起了淚光。無論莫妮卡是個再怎麼優秀的魔術師，都不可能令時光倒轉。

強忍嗚咽，吸著鼻子抽噎時，背後傳來了一陣熟悉的嗓音。

「莫妮卡，妳怎麼了？身體不舒服嗎？」

一起蹲到莫妮卡身旁，以手掌為她搓背的人，是凱西。

妳怎麼會在這裡——莫妮卡帶著微弱不已的聲調開口，凱西顯得有點尷尬，搔著臉回答。

「因為莫妮卡遲遲沒回來，我有點擔心，來看看狀況……抱歉，其實這只是藉口。老實說，是我在那邊有點待不太下去……」

原來如此，似乎是因為忍受不了拉娜與克勞蒂亞之間一觸即發的火爆氣氛，所以拿擔心莫妮卡為名目逃到這裡來。

看到散亂在垃圾桶裡的茶葉，凱西似乎察覺了狀況。皺眉瞪起了垃圾桶。

「太過分了……是誰幹的。」

接著，凱西拿手帕為莫妮卡擦拭眼角，帶著有如在向幼童說話的溫柔語調開口：

「噯，妳宿舍裡有備用的茶葉嗎？到這個地步了，就算是平時喝的也好，至少要能提出……」

「……我沒有，其他茶葉。」

莫妮卡平時沒有喝紅茶的習慣，所以也沒有給自己飲用的存貨。

拜託伊莎貝爾的話，她應該會再分自己一點，但她現在正在上課。

望著不停抽噎啜泣的莫妮卡，凱西稍作沉思後，伸手拿起了自己的紅茶罐。

「妳就用我的吧。雖然這樣會讓我們種類重複，但總比什麼都提不出來好。」

「……可、可是，這樣會連累，到妳……」

一旦同組組員撞茶，就會被評為雙方都事前準備不足。

如此一來不只莫妮卡，就連凱西都會被扣分。

然而，凱西卻若無其事地揮揮手。

「別在意那種事啦。茶會這種東西，管他茶的種類是什麼，喝起來美味聊起來開心，才是最重要的不是嗎。」

莫妮卡大力吸了一下鼻子，望向垃圾桶裡的茶葉。

的確如凱西所言。而且不管怎樣，一旦沒能準備好紅茶帶回茶桌，這堂課就要被當了。

（……可是——）

緊咬下唇，使勁握拳的莫妮卡，撐著顫抖的雙腳站了起來。

然後一個轉身，頭也不回地跑出準備室。

「莫妮卡？妳要上哪兒去！」

「對、對不起，我馬上就回來！」

留下這句話，莫妮卡開始朝宿舍的閣樓全速奔馳。

＊＊＊

瞪著克勞蒂亞的拉娜，一臉不耐地咀嚼著當茶點的蛋糕。

克勞蒂亞原本目不轉睛地目送莫妮卡離去，沒想到，當莫妮卡的身影從視線內消失，她就再度散發起陰鬱而無精打采的氣場。

那細長黑睫毛隨著眼皮下垂，低頭不語的姿態，在美麗容貌的伴隨下，顯得既夢幻又縹緲。

（……什麼嘛，什麼嘛，什麼嘛！）

拉娜咬著嘴唇，低頭望向自己準備來的紅茶。

父親雖然是位大富翁，卻非與生俱來的貴族。拉娜一家原本只是富裕的商家，是因為致力於城鎮發展的貢獻與功績得到認可，才在拉娜出生前不久獲封爵位。

從拉娜懂事以來，就已經在最高級奢侈品與流行洋裝禮服應有盡有的環境中長大。

無論是誰，都會異口同聲認為拉娜是個幸福的千金大小姐。

然而，拉娜卻是孤獨的。

在其他出自沒有爵位的家庭的孩童群體中，衣著華美的拉娜總是顯得格格不入，就像跑錯了地方。

沒辦法融入其他孩子的交友圈，不時就在背後被人說壞話，攻擊她只會炫富。

所以她一直認為，只要進入貴族子弟就讀的賽蓮蒂亞學園，就能交到與自己觀念相近的好朋友。

可是，在這所注重傳統與形式的校園，拉娜又成了「沒品的暴發戶千金」。到頭來，甚至還被人在背地裡說父親的爵位是用錢買來的。

不懂禮數，不成體統，絲毫就不明白貴族間的不成文規定……每當被人投以這種言論，拉娜就會頑固地鬧彆扭。

之所以會第一個去找莫妮卡攀談，只是拉娜一時興起。

只要關照下明顯無法融入班級的莫妮卡，拉娜的自尊心也能獲得些許的滿足。

更重要的是，莫妮卡明明成天唯唯諾諾地低著頭，每當拉娜向她伸出援手，她卻又會露出有如花朵綻放般的笑容。教她看了既開心，又忍不住想跟著開懷大笑。莫妮卡向拉娜投以尊敬的眼神時，總是能微微填補拉娜內心的渴望。

今天這場茶會，原本也應該能讓莫妮卡露出尊敬的眼神的。

正是為此，她才卯足幹勁選了這款茶葉，然而，卻被克勞蒂亞評為不合時宜，令拉娜的自尊心一敗塗地。

為什麼，總是會變成這樣呢。

（我明明只是……想讓好朋友，嘗嘗看我心中最美味的茶而已……）

小時候，招待到家裡玩的朋友享用最好的點心與茶，結果卻在背地裡被罵成「炫富」的記憶又在腦海內甦醒。

「哎呀～抱歉啊。久等，久等。」

身影。

拉娜正為了苦澀的回憶皺眉時，方才離席的凱西快步趕回來了。可是，在她身旁並沒看見莫妮卡的身影。

莫妮卡是怎麼了啊──拉娜以視線如此質問凱西，但凱西只是一臉傷腦筋地就坐。

「莫妮卡她～嗯──該怎麼說好……唉～應該很快就會回來啦。」

「凱西妳不是去幫她準備紅茶的嗎？」

拉娜繼續問道，但凱西只是「沒啦，其實……」地含糊其辭。

到底是怎麼了？莫妮卡出了什麼問題嗎？

就在拉娜準備起身去找莫妮卡時，身邊突然傳來一陣飄盪的燻香。不過，那並非紅茶會有的茶香。

「讓、讓大家，久等了。」

莫妮卡踩著教人不安的腳步，一步步朝茶桌走來。

她手上的托盤，擺了幾只空杯，以及一只陌生的金屬壺。

將托盤擺上茶桌後，莫妮卡「呼～」地一聲擦去額頭的汗水。看來，光是把托盤端到這裡來，對於莫妮卡這個運動白痴就已經是一件浩大的工程。

原本直到方才為止都興趣缺缺，低頭不語的克勞蒂亞，這會兒緩緩抬起了頭，凝視著莫妮卡帶來的金屬壺。

「……這香味不像紅茶呢。」

「這、這個是，咖啡。」

莫妮卡直直望向克勞蒂亞，操著顫抖不已的嗓音接話：

「克勞蒂亞大人剛才，是這樣說的。『嘗過味道太強烈的東西，會讓舌頭麻痺』……不過，我已經是最後了，所以就算是味道強烈的咖啡，也沒問題，才對。」

「……咖啡，是受男性喜愛的飲品。我不認為適合出現在女性的茶會上。」

克勞蒂亞所言不虛。在王國，咖啡的確已經普及到一定的程度，也四處開有咖啡廳營業，但享用咖啡的基本上都以男性為主。

更重要的是，咖啡帶有強烈苦味，並非人人皆可接受。拉娜也曾數度品嘗，可口味實在不大合。

沒想到，莫妮卡卻罕見地斷言道：

「不要緊的。我保證，絕對很美味……所以……」

說著說著，莫妮卡將壺內的咖啡注入杯裡，並只在其中三杯添加溫熱的牛奶。

「因、因為是當作飯後飲品，所以其實希望大家直接享用原味，不過也有人覺得這種苦味難以接受，所以這裡加了牛奶。還請依個人喜好添加砂糖，請用。」

將咖啡一一端給組員後，克勞蒂亞率先舉起了咖啡杯。

隨後確認杯中的香味，並順勢就口。

「……」

克勞蒂亞沒出現任何反應，令人有點害怕。

拉娜與凱西也在杯中撒入砂糖，戰戰兢兢地舉杯品嘗。緊接著，拉娜當場瞪大了眼睛。

「這是怎麼回事……完全沒有任何雜味或酸味。」

語畢，拉娜再度試喝。苦味在牛奶的濃郁包覆下顯得清爽無比。

這杯咖啡的口味，拉娜至今為止一次都不曾體驗過。

凱西似乎也驚訝萬分，一本正經地盯著咖啡杯不放。

「噯，我啊，今天生平第一次喝咖啡……但咖啡是這麼順口的飲料嗎？」

也難怪凱西會這麼說。咖啡不但苦味強，又帶有獨特的雜味與酸味，正因此，很容易出現難以接受的人。

直到前陣子為止，主流做法都是將磨碎的咖啡豆與砂糖一起煮成咖啡，不過近來開始流行虹吸壺這種器具，讓咖啡變得更容易去除雜味。

即使如此，莫妮卡所準備的咖啡，還是遠勝用虹吸壺煮出來的風味。

克勞蒂亞望著銀製咖啡壺開口低語：

「……咖啡萃取得愈費時，愈容易產生雜味或苦澀感。」

「是、是的……所以，才會透過這個壺，在短時間萃取完成。這只咖啡壺能夠運用蒸氣原理，讓萃取咖啡的時間縮短……」

「……從沒看過這種器具呢。就連在書上也沒看過。」

克勞蒂亞這句話，令拉娜與凱西都目瞪口呆了起來。

克勞蒂亞的家族，乃是有〈移動圖書館〉之稱的博學多聞一族。

就算說她是現場……不，說她是這所校園裡學識最淵博的人，也絲毫不為過。

竟然連這樣的她，都不曉得這只壺的來路！——想到這裡，拉娜也不禁凝視起莫妮卡的咖啡壺。

克勞蒂亞仰頭將杯中物一飲而盡，接著同樣以教人難以判讀感情的瑠璃色雙眸望向莫妮卡。

「……原來如此，就出人意料的角度而言算是不差。可是，現在是茶會課的演習喔？連茶都算不上的飲品自然是不在考慮範圍內。」

「說、說得，也是呢……呃——那個……」

莫妮卡低下頭，朝自己的杯子伸手。
就只有莫妮卡這杯咖啡，沒有添加牛奶。想必她早就喝慣了這種苦味吧。
「我、我只是……想讓我最喜歡的朋友，嚐嚐看這杯，我最喜歡的咖啡……所以說，那個……」
莫妮卡兩手抱著杯子，眉尾垂成八字形，不爭氣地笑道：
「……我才是這裡，最不合時宜的呢。」
看到莫妮卡害羞地「欸嘿嘿～」傻笑，拉娜腦中變得一片空白。
（什麼嘛，什麼嘛，什麼嘛……）
直到剛才為止，都認為自己與這場茶會最格格不入，但比起這樣的拉娜，莫妮卡卻帶來了更不合時宜的咖啡。明明這麼做，肯定要被扣分的說。
拉娜把手上的咖啡一口氣喝光。
「……真是太美味了……我喜歡，這種咖啡。」
強忍著想要放聲大哭的感覺，拉娜道出這句感想。莫妮卡聞言，就像朵小花綻放似地笑了出來。

＊＊＊

當晚，莫妮卡正在女生宿舍的閣樓寫報告。
在茶會演習上端出咖啡的莫妮卡，當然遭到了扣分。
雖然拉娜與凱西幫忙向老師求了許多情，讓她免於被當，但取而代之的是，莫妮卡被吩咐要提交相關報告。

就在莫妮卡撰寫報告時，一旁的黑貓尼洛以前腳抱著咖啡杯，一頭鑽進了杯子裡。
「嗯哼嗯哼～這玩意兒還挺不賴的嘛。原來如此，這就是大人的滋味嗎。」
都已經加了滿滿的砂糖與牛奶，真虧尼洛還有臉扯什麼大人的滋味。
撰文完畢之後，莫妮卡將羽毛筆插回筆座上，呼～地喘了口氣。
浮現腦海的，是被扔進垃圾桶裡的茶葉。那並非偶然，明眼人都看得出，是有人刻意扔掉的。
（……要是，這一切都是什麼地方搞錯了，該有多好……）
莫妮卡帶著苦澀的表情，垂頭喪氣地低語。
「今天雖然只是紅茶茶葉被扔掉就了事……可今後是不是會遇到更過分的事情呢……」
「不想幹了嗎？要捲起尾巴逃回山間小屋去嗎？」
「……我想要，再努力一下。」
面對尼洛揶揄般的發言，莫妮卡小小聲地咕噥回應，這讓尼洛瞇起金色的貓眼笑了起來。
「喔～？換作不久前的妳，不是應該會『我受不了了～辦不到～我要回家～』這樣哭鬧嗎？」
「嗚……可能是……這樣沒錯，但……」
莫妮卡忸忸怩怩地搓著指頭，這時，尼洛跳上莫妮卡的膝蓋，以前腳朝她的大腿使勁猛拍。看起來，就像是人類在拍熟人肩膀時的動作。
「這樣很好呀？如果妳能多少對這個地方產生一點感情，那肯定不是壞事。」
「是這樣子，嗎？……嗯，或許是這樣。」
一如尼洛所言，對莫妮卡來說，這所學校已經不再是只充斥難過回憶的場所了。
雖然為數不多，但已經交到了朋友。遇到困難的時候，也有人會對自己伸出援手。

對於以往都拒絕與人交流的莫妮卡而言，這樣的每一天都新鮮無比。

……可是，內向又不善言辭的女學生莫妮卡．諾頓只是她塑造出來的身分。

總有天任務結束之後，莫妮卡會離開這所校園，回歸在山間小屋的生活。

屆時，在這所學校認識的人們，恐怕就再也沒有以莫妮卡．諾頓這個身分相會的一天了吧。因為莫妮卡是七賢人之一——〈沉默魔女〉莫妮卡．艾瓦雷特。

苦悶地認識著這件事實，莫妮卡開始為了明天的授課作準備。

自敞開窗口所吹進的風，與山間小屋的秋風不同，帶有一股花壇的香氣。

✶ 第七章　苦紅茶帶來的夢

茶宴結束以來，這星期莫妮卡簡直傷透了腦筋。

午休時間一到，莫妮卡就在鐘響的同時迅速離開教室。雖然已經搶在第一個出門，仍然不能掉以輕心。

莫妮卡四處張望，保持警戒地來到外頭。

（這、這樣子應該，不要緊……了吧？）

就在抱著這種想法抬頭的瞬間，坐在花園長椅上的黑髮千金隨即映入眼簾。莫妮卡當場「噫」地倒抽一口涼氣。

長椅上的人，是克勞蒂亞。

她就彷彿一個擺設物，文風不動地保持手腳併攏的姿勢坐在長椅上，就連注意到莫妮卡之後，也只扭動脖子轉頭，目不轉睛地朝這兒瞧。

這星期每天都是這種發展，無一例外。

莫妮卡所到之處，克勞蒂亞總是出現在隔了段距離的位置望著她不放。

而且就只是這麼望著。既不主動靠近，也不開口攀談。這種詭異的舉動，反倒凸顯出一股陰森感。

（該不會，她已經發現，我就是〈沉默魔女〉……）

結果，莫妮卡為了甩開克勞蒂亞，繞了校舍一圈之後才往教室移動。

回到校舍內的時候，午休已經快要結束了。莫妮卡就這麼錯失吃午餐的機會。

偶爾也好想安安靜靜地悠閒吃午餐喔～莫妮卡按著薄薄的肚皮嘆氣。這時，教室前出現了幾位女同學擋住莫妮卡的去路。

「噯，方便打攪一下嗎？莫妮卡小姐。」

向莫妮卡搭話的，是有著一頭焦糖色褐髮的諾倫伯爵千金——卡羅萊・西蒙茲。害莫妮卡從樓梯上跌下來的罪魁禍首。

不敢放鬆戒心的莫妮卡，反射性地退了幾步，豈料卡羅萊竟帶著諂媚似的肉麻語調開口：

「別露出那麼害怕的表情嘛。我呢，只是想邀妳參加茶會而已呀。」

「參、參加……茶會嗎？」

「是呀～今天會比較早放學不是嗎？所以呢，在妳去學生會辦公前，先和我們一起喝杯茶吧。畢竟，我也很想聊聊妳不慎摔落樓梯時的事嘛。」

卡羅萊家世顯赫。若沒有什麼正當的理由，莫妮卡基本上無法拒絕她的邀約。

（社交舞和茶會，都得好好表現才行……因為，我是學生會，幹部。）

莫妮卡握住別在制服上的幹部章，在內心鼓勵自己。

卡羅萊在茶會上一定又會說些壞心眼的話找碴吧。即使如此，也只要忍到茶會結束就行了。

雙手使勁握拳，莫妮卡下定決心抬起了頭。卡羅萊見狀，瞇起眼睛露出一抹微笑。

「所以妳願意，來參加我的茶會吧？」

「只、只要是在，不對學生會工作造成影響，的範圍內……」

「當然了～放心。花不了妳多少時間的。」

卡羅萊開心地笑著，向跟班的女同學們「對吧，各位？」並使了使眼色。

跟班們一邊附和卡羅萊，一邊以打量似的眼神望向莫妮卡。

眼神中露骨地夾雜著輕蔑之意。「瞧妳這窮酸鄉巴佬」——少女們不停以視線如此表達。

（不要緊，不要緊，只要安分地喝茶，好好開口回應就行了。只要不主動提些多餘的事，一定不要緊，沒問題……）

拚命在心中說服自己的莫妮卡，並沒有發現，有一對瑠璃色眼睛正緊緊望著自己的背影。

＊　＊　＊

卡羅萊指定的地點，是茶會課用來舉行實技演習的中庭茶桌。

天氣晴朗的日子，這裡常會有千金小姐舉行茶會。除了莫妮卡被帶往的茶桌之外，現場還設了許多其他桌椅，供好幾組同學在此享受午後時光。

現場有這麼多觀眾，應該不至於遭到太明顯的暴力相向，也不用擔心被人家拿茶潑臉了才是。

為此稍稍鬆一口氣的同時，莫妮卡抵達了指定桌。

在茶桌就坐的，包含莫妮卡與卡羅萊在內共四人。卡羅萊坐在莫妮卡的正對面。

卡羅萊是個雙眼又大又圓的千金小姐。雖然與莫妮卡同年，卻渾身散發成熟的奢華風範。

（……啊咦？她的眼睛……）

豔陽高照的秋高氣爽午後，莫妮卡在卡羅萊身上感受到了一股小小的不協調感。

不過，就在莫妮卡言及那份不對勁之前，卡羅萊搶先開了口：

「呵呵，今天特地讓妳在百忙之中赴會，真是非常感謝。莫妮卡小姐。」

「非、非常……謝謝妳邀請我。」

聽到莫妮卡的不流暢回應後，卡羅萊大方地點頭。

「先前真難為妳了，出了那種『不幸的意外』，從樓梯上跌下來……噯，妳沒有受傷吧？」

「是、是的，我沒有，受傷。」

「哎呀～那太好了！」

卡羅萊笑得滿面春風，瞇起那雙大眼睛，以低沉的語調說道：

「那麼，可以請妳主動找希利爾大人解開誤會嗎？向他說明，那只是場意外。」

「………咦？」

莫妮卡頓時語塞，其他少女們也口徑一致地擁護起卡羅萊。「對呀對呀，那只是意外嘛」、「根本不是卡羅萊大人的錯呀」等等。

看來，這似乎就是今日茶會的主題。

卡羅萊想唆使莫妮卡向希利爾作證，表示會從樓梯上摔下來只是場意外。

「噯，莫妮卡·諾頓小姐。那件事是場意外對吧？我根本就沒有動拉娜·可雷特半根寒毛……對不對？」

卡羅萊那對彷彿要將莫妮卡整個人吸進去的大眼睛，正強烈散發著「給我點頭」的威壓感。

好想乾脆屈服在這股威壓之下，點頭任她擺布。如此一來，大概就能從這個場所解放了。

（……可是，可是……）

莫妮卡跌下樓梯後，明明沒有任何人拜託希利爾，他卻挺身向在場人士打聽了事發經過。要是莫妮卡聽命於卡羅萊，同意那只是場意外，希利爾的努力就全白費了。

握緊制服的胸口，莫妮卡顫抖地打開嘴唇：

「要、要我推翻，先前的發言，會給艾仕利大人造成困擾……我不要，這樣。」

說了。說出來了。

卡羅萊沒有回應。忐忑不安的莫妮卡窺伺起卡羅萊的狀況，只見她正以令人毛骨悚然的冰冷眼神瞪著莫妮卡。

「……是嗎。」

總算出口的回應，夾雜著沉重的怒意。正當莫妮卡被那股怒意嚇得渾身顫抖不已，卡羅萊又突然收起了怒氣，再度往臉上擺出和藹可親的笑容。

「哎呀，真是糟糕。聊著聊著就忘了時間。再這樣下去，難得準備的紅茶都要涼掉了……來，請用吧？」

「好、好的……」

喝完這杯紅茶就離席吧——如此決定的莫妮卡伸手拿起茶杯。這時，卡羅萊等人同時舉起了扇子遮住嘴巴。

（啊，這個是……伊莎貝爾大人提過的，反派千金的基本動作……！）

從扇子底下輪流傳出的竊笑聲，其精度已經卓越到令人懷疑是否經過特殊訓練。

笑聲既不明顯，也不至於聽不見，以一種恰到好處的絕妙刺耳音量，將惡意送入莫妮卡耳中。

原來如此，真高明……在內心湧現這種無謂欽佩感的同時，莫妮卡舉起了茶杯就口。

豈料入口的紅茶苦得詭異。並不是澀，是純粹的苦。

（這種紅茶原本就這樣的味道嗎？）

苦歸苦，倒也不至於喝不下去。

平時就已經習慣喝黑咖啡的莫妮卡，雖然感覺這杯紅茶有點不對勁，還是咕嘟咕嘟喝個不停。

緊接著，卡羅萊等人臉色大變。

（……？她們是怎麼了？）

卡羅萊與跟班們露出一種既驚訝又戰慄，好似看到駭人光景的眼神望向莫妮卡。

該不會自己失了什麼禮數吧？感到焦急的莫妮卡，為了掩飾內心的驚慌，仰頭就把這杯苦味異常的紅茶一飲而盡。

啊——卡羅萊小聲地嘀咕。

（……啊，咦？）

心臟怦通不停的鼓動聲聽起來莫名吵耳。眼前突然亮晶晶閃個不停，見到的光景開始逐漸朦朧。

「她喝掉了？」

「不會吧？明明那麼苦耶？」

「討厭啦，本以為她頂多就嗆到了事……」

卡羅萊一行人顯得狼狽不堪，七嘴八舌地爭論不停。

明明聲音確實都傳進了莫妮卡耳裡，卻不知怎地，腦袋沒辦法把言語認知為言語。周遭的聲音，都成了無意義的聲響，左耳進右耳出。

（怎麼，回事？）

世界的輪廓軟趴趴地扭曲。變形、滲開、霧化、溶解，染成一片紅茶色。

……不對。這種赤紅色不是紅茶。

是火，是火紅色。

隨著啪嘰啪嘰聲響，火粉四處飛散，火焰搖曳不已。在火焰後方，一道人影映入眼簾……

「爸，爸……？」

被綁在樹木上的父親，逐漸消失在火焰中。

一股令人不快的氣味傳來，那是人肉燒焦的味道。

圍著父親的人們，異口同聲地開口：

『混帳異端者！該死的異端者！觸犯禁忌的罪人！』

「……不對，不是的，爸爸他，並沒有錯！」

火粉突然飛濺，劇烈燃燒的火焰中被扔入了某種物品。

那是數量龐大的資料。是父親生前，賭上自己一切撰寫完成的，重要的重要的重要的……

「住手……不要……不要燒掉這些……不要燒掉這些──……」

要被燒掉了，要被燒掉了，經年累月構築出來的美麗數字與紀錄，在短短一瞬間便化作灰燼。

（記起來，快點記起來，爸爸留下來的數字，我必須全部記起來！）

把被煙燻痛的眼睛睜大到極限，莫妮卡奮力凝視著扔進火中的資料。

莫妮卡那不可靠的動態視力所能辨識到的，就只有龐大資料中的片段數字。

即使如此，莫妮卡還是連眼皮都不眨一下，將映入眼中的數字全部刻進腦海。

（不記起來不行，就算只有一點點也好，我一定得記住，爸爸留下來的紀錄。）

烙印在眼底的數字是父親的遺產。怎麼可以忘記。絕對不能忘記。那些數字就是父親曾經活在世上的證明。

「一八四七三七二六，三八五，二零九八五點七二六，二九四零五點八四七三九……」

『滿嘴數字嘀嘀咕咕的噁心死了！給我閉嘴！』

嘴中咕噥著數字的莫妮卡，先聽到一聲咒罵，隨即遭到揮下的酒瓶痛打。

「叔叔對不起叔叔對不起對不起對不起……」

『大哥搞那什麼蠢研究，害我也跟著被拖下水！就因為家裡出了個犯罪者，我就得被鬧到連生意都沒得做？開什麼鬼玩笑！』

「不是的……爸爸他，沒有錯……爸爸他……」

『妳有種到外頭去扯這些鬼話試試看！小心老子拿火耙打死妳！』

「叔叔對不起不要打我不要打我對不起對不起對不起我不會在別人面前亂講話了我會乖乖不講話不要打我不要打我對不起對不起對不起……」

＊＊＊

中庭引起了一陣騷動。

原本在茶桌用茶的莫妮卡・諾頓，突然從椅子上翻倒，倒在地上掙扎。

一臉鐵青的莫妮卡，帶著不自然的急促呼吸朝喉嚨猛搔，期間還反覆喃喃自語著意義不明的辭句。

無論是同桌的卡羅萊還是兩個跟班，都沒有出手幫忙扶起莫妮卡，只是帶著望向詭異光景的眼神，任由她倒地不起。

就在這時，一位大小姐不發半點聲響地來到了卡羅萊等人的桌邊。

那是渾身散發陰鬱氣場的黑髮千金大小姐——克勞蒂亞。

克勞蒂亞單膝就地，默默蹲在莫妮卡面前確認她的狀況。

「……妳讓她喝了什麼？」

克勞蒂亞的質問，令卡羅萊猛力搖頭，激動地高聲尖叫：

「不知道！不知道啦！我什麼都不知道！」

「…………」

靜靜起身的克勞蒂亞，有如一條悄悄接近獵物的蛇，迅速湊近卡羅萊，將手伸進她的口袋。

隨後，四處摸索的手指，在口袋內碰觸到了某種物品。

「……眼藥？」

「不要！還給我！誰準妳亂碰的！……唔！噫——？」

嚷嚷不停的卡羅萊，被克勞蒂亞一言不發地從下顎一把揪住。

隨後更將另一隻手伸往卡羅萊眼角，撐開那經過化妝的彩紋眼皮，仔細觀察她的眼珠。

「……瞳孔有放大現象……是顛茄嗎，或類似的毒素嗎。」

「這個就只是，讓眼珠看起來比較大的眼藥啦！」

「這是毒。」

克勞蒂亞一句話直接否決卡羅萊的說詞。

她目不轉睛地直直盯著卡羅萊放大的瞳孔，以含意深遠的低沉嗓音開口：

「妳，對那個女孩，下了毒。」

「才沒……我只不過……我只是，想讓她被苦紅茶嗆到，當眾出糗而已……這怎麼能怪我，正常誰會想得到，有人能把那麼苦的紅茶喝下肚！是她自己不好啊！」

絲毫不搭理歇斯底里的卡羅萊，克勞蒂亞再度蹲到莫妮卡身邊。接著扶起莫妮卡的上半身，用指頭伸進她的嘴裡。痙攣中的莫妮卡馬上出現了反胃現象。

「……啊、啊嗚……嘔……」

「吐出來。」

即使被克勞蒂亞刺激著喉嚨深處，莫妮卡還是沒能順利嘔吐，只是不斷低聲呻吟。

克勞蒂亞冷靜地向保持距離圍觀的人們下令。

「來人，拿淡食鹽水過來。另外，去聯絡醫務室與學生會幹部。」

＊＊＊

回想起父親時，率先浮現的總是那身著白衣的細瘦背影。

（……爸爸，爸爸……）

莫妮卡的父親是研究者，是個幾乎一天到晚都與書桌為伍的人。

希望父親多少回頭一下都好，年幼的莫妮卡舉手朝父親的背影伸去……然後，立刻又放了下來。

她知道，父親正在處理很重要的工作，不希望自己打攪父親。

但，那天的父親，就彷彿聽見了莫妮卡的心聲似的，停下寫字的手，轉身望向了莫妮卡。

滿是鬍鬚的臉上，戴著一副小巧的圓眼鏡。眼鏡下的雙眸既溫和，又充滿知性。無論何時，父親都是個沉穩溫柔的人。

莫妮卡放下的手，被父親以兩手包覆的方式握了起來。父親的手又大，又溫暖。

「……欸嘿嘿……爸爸……」

來自父親手掌的暖流，為莫妮卡臉頰添上了笑容。這時卻不知為何，一道嗓音自頭上響起。

那道嗓音，並不是回憶中的父親所發出的……

「嗯──我看起來有那麼老成嗎？」

「殿下，這種小丫頭的夢話沒必要一一放在心上。」

「不過，你竟然不開口說要打醒她呀？」

「那是……因為……她、她現在是病患。」

隨著微弱的呻吟聲，莫妮卡抬起了沉重的眼皮。

看來這兒似乎是醫務室的病床。以前也曾被抬到這兒來。

在莫妮卡就寢的病床旁，可以看到兩道人影。在窗口透進的夕陽光線照耀下，金銀兩色秀髮正鮮明地閃閃發光。

「……殿下……跟，艾仕利大人……？」

莫妮卡的手掌握在菲利克斯手中，希利爾則是在一旁仔細觀察著莫妮卡的臉。

為什麼他們倆會跑到這種地方來？為什麼，菲利克斯會握著莫妮卡的手？

慢慢清醒過來的大腦，令莫妮卡朦朧地回想起方才的經緯。

（……記得我應該，是在茶會上喝了一杯苦紅茶，然後眼前就天旋地轉……）

接下來的記憶有點曖昧。不過，總覺得自己做了一場很可怕的夢。

「妳呀，在茶會上被諾倫伯爵千金下毒了。毒藥讓妳陷入了嚴重的錯亂狀態。」

「……唔！」

莫妮卡頓時臉色發青，把手掌自菲利克斯的手中抽離。

緊接著，她連滾帶爬離開床面，硬是動起還不太能使力的身體，額頭貼地跪拜。希利爾見狀，忍不住驚愕地大喊：

「妳在幹什麼？」

莫妮卡維持著跪拜的姿勢，使勁擠出嗓音，用不聽使喚的嘴唇，顫抖不已地開口：

「……給大家，添麻煩了……真的……真的是，非常，對不起……」

光是擠出這麼句話，都讓她產生嘔吐感。

即使如此，莫妮卡搞砸茶會，引起騷動依然是不爭的事實。必須得鄭重道歉才行。

「虧我是幹部……卻沒能好好表現，真的很抱歉……」

舞蹈課已經一塌糊塗，至少茶會得要不負學生會應有的風範，原本明明是這麼想的。

到頭來，莫妮卡又再度為學生會添上了一記汙點。

謝罪之聲泛起嗚咽，鼻酸感油然而生，眼底湧現一股熱潮。

比平時更加鬆懈的淚腺，就這麼滴下一滴滴淚珠，在地上渲染開來。

「諾頓小姐，把頭抬起來好嗎？」

菲利克斯單膝就地，蹲著向莫妮卡這麼說。但是，莫妮卡沒辦法這麼做。

（大家一定都很失望。明明是學生會幹部，卻連場茶會都沒法表現得落落大方。）

自責的言論，要多少都想得出來。

就在莫妮卡羅列出無盡自責話語，令內心飽受煎熬時，一雙手突然毫無前兆地伸到左右側腹旁。

然後，那雙手就好似抱起小貓咪似的，把莫妮卡整個人抬起來。

「夠了沒！勞煩殿下為妳屈膝，這是成何體統！」

抬起莫妮卡的人是希利爾。

啊啊～又惹艾仕利大人生氣了。都怪自己沒有好好表現……莫妮卡不停低聲抽泣，希利爾則是細心周到地將她按回病床上。

接著替她蓋上毛毯，高聲怒斥起來：

「妳這傢伙，知道自己是被害者嗎！哪有被害者卻要低頭賠罪的道理！」

「可……是……」

「滿臉蒼白的病患少在那邊多嘴！再給我擅自下床試試看。我保證拿繩子把妳綁回床上去！」

希利爾眉角上吊地宣言些火爆的內容，就在這時——

「……哎呀，你這是在醫務室大聲嚷嚷些什麼？……兄、長。」

分隔病床的遮簾動了起來，一張美麗的臉龐從遮簾中探頭。真的就只探出頭。

把身體藏在遮簾後，宛若飄在半空中的頭顱一般，用這種毛骨悚然方式登場的，是面容出眾又散發陰鬱氣場的貌美千金——克勞蒂亞。

（……兄長？）

希利爾大吃一驚，面帶不悅地凝視克勞蒂亞，不再發言。

菲利克斯則完全相反，笑容滿面地向克勞蒂亞開口：

「克勞蒂亞．艾仕利小姐，多虧妳急救處置得宜，拯救了一位同學的性命。作為學生會長，在此發自內心向妳道謝。謝謝妳。」

聽到菲利克斯致謝，克勞蒂亞露出彷彿目睹世界末日般的絕望表情，滿臉不耐地低聲回應：

「……不客氣。」

要是一個不好，這種態度難保不會被視為對王族不敬，希利爾瞪向克勞蒂亞開口斥責：

「妳可是榮獲殿下開口褒獎了。還不給我表現得開心點。」

「……哎呀，意思是要我效法某人，搖尾乞憐得活像條被誇獎的忠犬？」

說著說著，克勞蒂亞表演了一手明明面無表情卻用鼻子笑人的絕活。

鮮少正常人在看了這種挑釁後還能保持冷靜，希利爾當然不意外地遭到激怒。

「妳說誰是狗！」

「……我可沒說自己是在暗指兄長呀。哎呀，兄長的表情怎那麼僵硬？明明打算把昏睡的莫妮卡．諾頓一路抱到醫務室，卻因為體力太差而在途中力竭，改由會長代勞的兄、長？」

這一連串毫無抑揚頓挫，只以平淡語調道出真相的發言，起先激得希利爾面紅耳赤，再逐漸轉為發青，最後一臉慘白。教人除了同情之外不知該做何反應。

「……對、對不起……都怪我，太重……」

莫妮卡卯足了勁想緩頰，卻讓希利爾皺起眉頭，咬牙切齒不發一語。好可怕。

（怎、怎麼辦，艾仕利大人生氣了……都怪我體重太重……）

才剛狼狽起來，菲利克斯就探出身子，摸了摸莫妮卡的臉頰。

「妳一點也不重喔。倒不如說是輕得嚇人。最好還是多吃點東西比較好。」

為莫妮卡重新蓋好毛毯之後，菲利克斯轉頭望向希利爾。

「好了，一直待在病患身邊也不妥吧。我們差不多該離開了。」

希利爾老實地同意菲利克斯這番話，朝莫妮卡狠狠一瞪說道：

「今天妳不用到學生會室來。就算來了，也沒有工作要妳做。」

「可、可是，校慶的準備工作明明就很多……」

製作要交給業者的文件、重審社團的預算，有好幾件工作是必須在今天之內完成的。

可是，希利爾卻斬釘截鐵地說「沒問題」。

莫妮卡繼續追問，這回換菲利克斯望向莫妮卡，露出溫柔的微笑。

「妳回宿舍去，好好養病休息喔。」

語調雖然溫和，卻帶有一股不由分說的強悍。

確認莫妮卡把到口的反駁嚥下之後，菲利克斯與希利爾離開了病床邊。

克勞蒂亞從口袋裡取出手帕，裝模作樣地向兩人甩著道別。全程面無表情。

希利爾的太陽穴青筋暴露，一顫一顫地抽搐。

「克勞蒂亞。盯緊那個小丫頭，別讓她離開醫務室，跑到學生會室來工作。」

「……哎呀，擔心的話老實說不就得了。趁莫妮卡・諾頓昏睡時一直觀察人家的睡臉，擔心到手足無措的兄、長。」

希利爾激動到渾身顫抖不停，菲利克斯則是望著這對兄妹的互動嗤嗤地笑著，離開了醫務室。

兩人走出房門後，醫務室突然安靜了下來。下定決心的莫妮卡，轉頭朝克勞蒂亞搭話：

「那、那個，勞煩妳幫我做急救處理……真的是非常謝謝妳。」

「……失去意識前的事，妳還記得哪些？」

「就只到喝下紅茶，為止……」

之後還記得的，頂多就只有做了恐怖的夢而已。就這樣，等回過神來，自己已經躺在醫務室的病床上。

一度離開病床的克勞蒂亞，帶著裝了牛奶的茶杯返回，遞向莫妮卡。

「一點一點喝也無妨，拿去。效果可能聊勝於無，但能夠保護胃黏膜。」

莫妮卡接下後，舉起茶杯就口。克勞蒂亞也在一旁的椅子坐了下來。

「……混在紅茶裡的，是有散瞳作用的眼藥。」

「眼、眼藥？……啊，所以，卡羅萊大人才會明明待在明亮的場所，瞳孔還……」

在中庭茶宴與卡羅萊面對面時，莫妮卡在她身上感受到了一股不協調感。

通常來說，待在明亮的場所時，為了調節進入眼中的光線量，瞳孔會自動收縮。然而，卡羅萊的瞳孔卻依然保持著放大的模樣。

「那、那個，卡羅萊大人她……難道是患有，眼疾嗎？」

「……點這種眼藥的目的在於美容。瞳孔愈大、眼睛看起來愈炯炯有神，就顯得愈美麗——盲從這種想法的笨蛋，就是會不顧危險接觸這種眼藥。」

卡羅萊持有的眼藥，原本應該是用來檢查眼睛是否有異狀時使用的。

遵守用量使用時不會有問題，可一旦搞錯用法就會成為毒藥，引發幻覺或中毒症狀。

然後，卡羅萊將這種藥滴進了莫妮卡的茶杯裡。

「……這種眼藥混有許多物質，苦味相當強烈。她們的盤算是讓妳喝加了這個的紅茶，讓妳苦得嗆到，把妳當作笑柄。」

正因此，卡羅萊的茶會地點才沒選擇個人室，而是在眾人群聚的中庭。

這樣才能讓莫妮卡在大庭廣眾之下被紅茶嗆得出盡洋相。

然而卡羅萊千算萬算卻算不到，莫妮卡竟然若無其事地喝光了整杯紅茶。

「那個……呃——……因為味道雖然苦，但也沒到真的難以下嚥的程度……」

「……妳以為生物為什麼會有味覺？那可不是用來享受美食的。是為了透過味道判別毒物，藉此迴避危機。」

也就是兜著圈子在斥責莫妮卡危機意識不足，莫妮卡無從反駁。

也許真的太掉以輕心了。既然卡羅萊明顯對自己抱有惡意，就實在不應該把送上桌的東西一股腦兒吞下肚。

按克勞蒂亞所言，因為沒辦法順利吐出毒物，還先餵莫妮卡喝了淡鹽水，再硬是施行催吐。

「……催吐後妳的胃袋幾乎是淨空的。就妳的年齡而言，體重似乎也過輕了些，感覺不太出來妳有意思想維持生命呢。」

「…………嗚～」

今天之所以沒吃午餐，實際上是為了擺脫克勞蒂亞的追蹤。

話雖如此，平時的進食量不足也是事實，已經不是第一次被這樣指責了，實在無從反駁。

面對垂頭喪氣的莫妮卡，克勞蒂亞繼續以鬱鬱寡歡的語調開口：

「身材愈是矮小的人，毒素致死所需的量就愈少……有些毒對於標準體型的成人不至於致命，卻能毒死幼兒體型的人。妳可真是撿回了一條命。」

「幼、幼兒體型……」

莫妮卡無意間凝視起克勞蒂亞。

雖然苗條又高䠷，該凸該翹的地方卻絲毫不馬虎，實在看不出來與莫妮卡是同個年紀。

原本對自己的體型並沒有過度糾結，可自從與拉娜及凱西成為好朋友之後，莫妮卡就開始變得會對自己孩子氣的外貌稍微感到在意。

就在莫妮卡暗自在心裡受到一點打擊時，克勞蒂亞突然探出身子望起莫妮卡的臉。

「……哎呀，妳怎麼了，幼兒體型？怎麼那樣盯著人家不放呀幼兒體型。話先說在前頭，勸妳今天別再攝取流質以外的食物。包妳吃了就吐喔幼兒體型。」

「不、不必那麼，幼兒體型、幼兒體型地強調也無所謂吧……」

「……有什麼辦法，我又不想被妳當成救命恩人道謝。」

克勞蒂亞的發言令莫妮卡睜大了眼睛。

這麼一提，菲利克斯向她道謝時，她也是一臉不耐的表情。

莫妮卡當然感謝克勞蒂亞，也想開口向她道謝。可是，克勞蒂亞被人致謝時的表情，感覺不像在掩飾難為情，而是發自內心感到不愉快。

「那個……妳之所以不想聽我道謝……是因為……妳討厭我嗎？」

聽到莫妮卡帶著顫抖的嗓音這麼問，克勞蒂亞縮回上身，正襟危坐。

臉上依然宛若木偶般面無表情。可是，在那對瑠璃色眼眸的深處，感覺上似乎搖曳著有別於惡意的昏暗情感。

「……我並不討厭妳……雖然也不喜歡就是了。」

克勞蒂亞答得有氣無力，莫妮卡乾脆打破砂鍋問到底。

「那、那……如果是這樣，妳這週，又是……為什麼，要跟蹤我？」

莫妮卡猜測，克勞蒂亞恐怕是在懷疑自己就是〈沉默魔女〉。

還在等待回答，克勞蒂亞就像蛇一般無聲無息地湊近面前，在極近距離下望著莫妮卡的臉。

「……因為，妳想拐騙我的未婚夫。」

「……欸？……咦？……咦咦？」

莫妮卡驚訝得差點鬆手讓牛奶摔落在地，克勞蒂亞則語調平淡地接話：

「……若只是同為學生會幹部也就罷了，竟然連社交舞都一起練習……沒可能放過妳吧。明明就連我，都沒與他共舞過幾次。」

學生會幹部，共練社交舞。

這兩則關鍵字，讓莫妮卡首先聯想到的，是菲利克斯與希利爾。

但，既然希利爾與克勞蒂亞是兄妹，答案必然只剩下一個。

（難、難道說！克勞蒂亞大人是……殿下的未婚妻？）

自己的身分並沒有被克勞蒂亞看穿，這點值得慶幸。

然而，沒想到竟然會被菲利克斯的未婚妻，誤會自己在跟菲利克斯搞曖昧！

莫妮卡抱頭苦惱了起來，不知該怎樣才能解除克勞蒂亞的誤會，這時，從遮簾後來傳來兩人份的腳步聲。

「莫妮卡——！咱們來給妳探病哩——！」
「噓！噓——！不可以在醫務室大聲嚷嚷啦。」
這耳熟的熱鬧嗓音，是古蓮與尼爾。
古蓮一聲都沒吭就拉開了遮簾，大手大腳地走向病床。
「莫妮卡，妳還好嗎！唔哇，滿臉鐵青耶妳！啊，這邊給妳送探病禮來，吃肉妳沒問題吧？」
「古蓮，出現中毒症狀的患者不可以吃肉啦。」
忙著糾正古蓮的尼爾，注意到坐在病床邊的克勞蒂亞後，立刻端正姿勢，露出僵硬的笑容。
「啊，呃——克勞蒂亞小姐，午安。」
「…………」
克勞蒂亞依舊面無表情。但，身上纏繞的氣場明顯出現了變化。
直到方才為止都散發不停的陰鬱而無精打采的氣場，消失得一乾二淨。
看到克勞蒂亞毫無反應，尼爾略顯困擾地眉尾下垂。
「呃——那個……啊，我聽學生會長說了。好像是妳幫諾頓小姐進行急救處置的嘛。」
「…………」
還是一樣，克勞蒂亞不發一語又面無表情。就連應一聲都不應。
尼爾這下也慌了，無意義地揮動雙手，試圖接話。
「真、真不愧是克勞蒂亞小姐！好厲害！」
「…………是嗎。」
這瞬間，莫妮卡確實看到了。

克勞蒂亞開口回應時的嘴唇，雖然只是些許……但嘴角的確上揚了。

連被菲利克斯誇獎都一臉不耐的克勞蒂亞，現在卻散發出一股喜悅的氣場。

（難、難道說，克勞蒂亞大人的未婚夫是……）

「呃——這邊這位是莫妮卡的朋友嗎？尼爾也認識她？」

尼爾都還沒開口回應古蓮，克勞蒂亞就以更快的速度搶先貼到莫妮卡身邊開口：

「是呀，沒錯……我們是，很要好的朋友……對吧，莫、妮、卡？」

前所未聞的情報。真要說，剛剛才被給過「不討厭，但也不喜歡」的評語。

眼見莫妮卡一臉茫然，不知該做何反應，克勞蒂亞睜大瑠璃色的雙眸緊緊盯向她。

這記無言的施壓馬上令莫妮卡就範。

「是、是的……」

莫妮卡渾身顫抖地點頭，克勞蒂亞馬上轉頭望向古蓮與尼爾，補了一句：「看吧。」

「我是高中部二年級的克勞蒂亞．艾仕利，同時也是尼爾的未婚妻喔……請、多、指、教。」

「咦？未、未婚妻？尼爾有！未婚妻——？」

尼爾向高聲叫喚的古蓮回以曖昧的笑容。

「呃——關於這點，婚約只是我們彼此的雙親擅自決定的……」

「……哎呀，對我有不滿嗎？」

克勞蒂亞用她木偶般的撲克臉望向尼爾。她五官本就端正美麗，面無表情時更因此帶有一股詭異的威壓感。

尼爾表情頓時凍結，驚慌地左右甩頭。

「不是的，那個，我不是這個意思，該說是覺得自己高攀不上克勞蒂亞小姐，實在很過意不去嗎……」

尼爾的眼神，不斷游移在克勞蒂亞的頭頂附近。

從那視線的走向，莫妮卡立刻察覺了尼爾在意的問題是什麼。

相較於同年齡的少年們，尼爾的身高來得偏矮。而克勞蒂亞正相反，她以女性而言算是非常高䠷。兩人站在一起時，克勞蒂亞明顯會高過尼爾。

更別提克勞蒂亞還出身名門侯爵家，尼爾卻只是下級貴族的男爵家公子。實在稱不上門當戶對。

莫妮卡還在默默思考，克勞蒂亞已經忽地從病床上起身，伸手勾住尼爾的手臂，露出陰沉的微笑。

「……噯，莫妮卡。我跟尼爾，明明看起來就很登對嘛？……是吧？」

矮小的尼爾與高䠷的克勞蒂亞，這樣挽著手排排站，更彰顯出兩者的身高差異。

但是克勞蒂亞的低沉嗓音施壓再度令莫妮卡當場屈服，連思考都來不及就瘋狂點頭附和。

「你、你們非常，登會。」

「你看，連好朋友莫妮卡都在祝福我們喔。」

所以沒有任何問題對吧？克勞蒂亞的這股言下之意，尼爾只能回以一臉乾笑，古蓮則小聲咕噥著「好強的壓力」。

突然間，醫務室的門被猛力打開。

馬尾甩個不停，使勁奔跑的凱西衝進了醫務室。

「莫妮卡！我聽說妳被送來醫務室，妳還好……」

話都還沒說完，就被摟著尼爾手臂的克勞蒂亞震撼到語塞，無法別開視線。

然後在短暫沉默之後，凱西一臉困惑地開口：
「噯，我說，這什麼情況？」
「……一看就知道吧。我接下來就要聊起我跟尼爾怎麼熟識的故事了。」
「不，抱歉。這個怎麼看都看不出來。」
傻眼的凱西，令莫妮卡露出一臉苦笑。

＊＊＊

走在走廊上的菲利克斯罕見地收起了他柔和的笑容。不帶笑容的他，更加凸顯出那搶眼的俊美。
也許是感受到菲利克斯身上那股沉默的焦躁了吧。走在後頭的希利爾，也露出一臉反常的表情。
菲利克斯正一面邁步，一面靜靜地與自己內心的煩躁感對峙。
（……唉～真傷腦筋。我明明是不浪費怒氣主義的。）
內心那股名為憤怒的感情，應該是只在必須的時刻，向必要的對象釋放才對。不是可以在這種地方隨隨便便發洩掉的廉價品。
即使如此，莫妮卡額頭貼地謝罪的姿態，還是勾起了菲利克斯往昔的記憶。
——虧我是幹部……卻沒能好好表現，真的很抱歉……
渾身顫抖的少女身影，與年幼少年的身影重合。
——虧我是王族……卻沒能好好表現，真的很抱歉……
因自己的無力而淚溼眼眶低頭顫抖，等待責罵的少年。

（啊啊～她果然實在，非常相似呢……）

靜靜確認過這件事之後，菲利克斯開了口：

「這次的事件，讓我有點怒不可遏。」

菲利克斯較以往都更加冰冷的發言，令希利爾頓時繃緊顏面。

「目前已安排主謀者諾倫伯爵千金以及兩名跟班，在接待室待命準備接受質問。此外……」

說到這裡，希利爾環望周遭，確定四下無人，湊到菲利克斯嘴邊小聲接話。

「柯貝可伯爵家的伊莎貝爾・諾頓小姐潛入了學生會室，表示想與諾倫伯爵千金談談……」

「伊莎貝爾小姐？喔喔，小松鼠的妹妹嗎？」

「似乎要算是無血緣關係的姪子。」

嗯哼～了一聲，菲利克斯嘴角微微上揚。

「來得正好。既然如此，就請伊莎貝爾小姐也一同出席吧。」

美麗的五官上浮現教人毛骨悚然的冰冷笑容，菲利克斯開口宣言——

「好，開心的茶宴就要開始了。」

✦ 第八章　反派千金的壓軸高聲大笑

受命在接待室等候的諾倫伯爵千金——卡羅萊．西蒙茲正坐在沙發上，焦躁地把玩扇子與流蘇。

坐在身旁的兩位友人，正以忿忿不平的眼神望著自己，這點也著實教人光火。

（妳們倆分明也躍躍欲試不是嗎！）

卡羅萊原本只是打算，出手教訓下最近太過得意忘形的莫妮卡．諾頓，讓她明白自己的立場罷了。

那種打扮窮酸到教人難以相信是個貴族，言行舉止又不堪入目的野丫頭，不知為何竟被選為學生會幹部。

不僅如此，甚至還讓菲利克斯與希利爾親自指導她社交舞。

那兩位可是校園的風雲人物。去年校慶後的宴會上，卡羅萊也費盡了心思想接近他們，卻不得其門而入。

因為菲利克斯與希利爾身旁，總是聚集著許多群眾，別說是想讓他們邀舞了，卡羅萊就連攀談的機會都沒有，只能遠遠地望著他們乾瞪眼。

（明明如此……憑什麼，憑什麼那個小丫頭就可以！）

掌中的扇子隨著使勁緊握開始發出凹折聲。

一切的一切，都怪莫妮卡．諾頓不好。自己不過是送上稍微苦了點的紅茶給她而已。

這麼小一件事，卻被她鬧成那麼大的騷動，害卡羅萊出盡洋相。多麼可恨的小丫頭！

（全都是、全都是、全都是那丫頭的錯！）

掌心小小啪嘰一聲，扇子被折出了裂痕。

（啊啊～壞掉了，這把扇子我很中意的說。得請父親大人幫我再買支新的。）

不要緊，父親一定會幫自己想辦法。父親那麼溺愛卡羅萊，還向學校獻上了鉅額的捐款。不可能演變成退學處分的。

「失禮了。」

敲門聲響起，兩位學生進入了接待室。

柔順飄逸的金髮，加上有如在水藍色瞳孔中點綴一滴綠色水彩，散發神祕感的碧綠色眼眸。那是身上總纏繞著一股沉穩祥和氣場的第二王子——菲利克斯．亞克．利迪爾。

有如在冬日雪花內摻雜少許蜜意的銀髮，還有那對深藍色眼睛。那是冠有冰之貴公子響亮稱號的海恩侯爵公子——希利爾．艾仕利。

在這所校園就任學生會會長與副會長的他們倆，就是立於學生頂點的存在。

菲利克斯在卡羅萊對面的位子就坐，將手交疊置於膝上。希利爾則站在他身後待命，以冰冷的視線俯視著卡羅萊等人。

希利爾表情雖然明顯透出嚴峻的神色，菲利克斯卻一如往常地浮現柔和笑容。

（啊啊～殿下果然是個明事理的人！知道錯不在我身上！）

卡羅萊正為此放下心中一顆大石頭，菲利克斯便帶著柔和的笑容向她開口：

「卡羅萊．西蒙茲小姐。關於莫妮卡．諾頓小姐的毒殺未遂事件，可以讓我聽聽妳的說詞嗎？」

毒殺——這麼短短兩字，便讓卡羅萊與兩位跟班當場臉色大變。

無論貴族或庶民，殺人都是重罪。即使只是未遂，也會被追究相應的刑責。

「這是誤會，殿下！那只是小小的惡作劇！明明如此，莫妮卡・諾頓卻自顧自地把騷動鬧大……肯定是那丫頭為了讓我出糗而耍的把戲！」

「妳因為想惡作劇，就在同學的杯裡下毒嗎？」

菲利克斯依舊保持著沉穩的嗓音。然而拋出的言詞卻冷漠無比，感受不出一丁點慈悲。

卡羅萊眼角泛著淚水，竭盡心力懇求。

「那並不是毒啊！只是普通的眼藥！因為味道很苦，我聽說還可以用來當作提神劑……沒錯，所以說，我以為正好拿來讓那畏畏縮縮的小丫頭清醒清醒……」

後半段只是剛好想到順勢胡謅的。賣她那種眼藥的旅行商還半開玩笑地告誡過她——雖然味道很苦，但可別因為這樣就拿來當提神劑用啊。

在當時，卡羅萊原本還嗤之以鼻，以為哪有傻子會幹這種喝眼藥的傻事。可都到這個關頭了，只要能夠脫罪，要她怎麼講都無所謂。

就在卡羅萊滔滔不絕地找藉口時，希利爾從口袋中掏出一只用手帕包著的小瓶子。

那是在進入接待室時沒收的，卡羅萊的眼藥。

「按舍妹克勞蒂亞所言，妳所攜帶的眼藥，原本是在眼球手術時會用上的藥劑。若不具醫師或國家認可的藥劑師資格，基本上是禁止持有的。」

希利爾的藍色雙眸自眼底透出光芒，冷冷地睥睨卡羅萊。

「不但持有這麼危險的藥物，到頭來還餵他人飲用。這要是稱不上殺人未遂，那該算是什麼？」

希利爾的妹妹——克勞蒂亞・艾仕利是流有〈識者家系〉血統的正當繼承人。有〈移動圖書館〉之稱的龐大知識量，就連大人也自嘆不如。既然是由這樣的克勞蒂亞所斷言，就絕對不會有錯。

卡羅萊雖然臉色泛青，仍卯足了全力想尋求開脫之道。

「那是……是因為，我根本就不曉得這種眼藥如此可怕呀。我只聽說這是普通的眼藥而已……啊啊，殿下，拜託請相信我吧！」

流著豆大淚珠不停求情，菲利克斯終於露出一抹柔和的微笑。

「這樣啊，所以妳對此一無所知，只是抱著惡作劇的心態，把那瓶眼藥滴在莫妮卡．諾頓小姐的茶杯裡。」

「是的！一點也沒錯！」

「而妳的目的是要讓諾頓小姐出糗。」

這句靜靜拋向自己的發言，令卡羅萊咬緊了嘴唇不再作聲。

菲利克斯將手肘靠在扶手上托腮，瞇起他的碧綠眼眸。

「該不該加上一條妨害名譽罪呢。」

「……唔……」

理由應該找得夠巧妙了。明明如此，菲利克斯的發言為什麼一點也沒有要袒護卡羅萊的意思呢。為什麼，菲利克斯不願意幫自己呢。

直到現在，卡羅萊還發自內心認為，只要自己對此一無所知的說法說得通，就能夠脫罪。

就在這時，叩叩兩下敲門聲響起。

菲利克斯開口回應「請進」之後，一名女同學走進了接待室，行了記優雅的鞠躬。

那是位留有橙色長捲髮的一年級同學，五官略帶精悍的美少女，身上散發著一股英姿凜然的氣息。

「我是柯貝可伯爵家的伊莎貝爾．諾頓。感謝殿下准許我參與這次會談，在此誠心向殿下致謝。」

聽說，莫妮卡．諾頓是柯貝可伯爵家的養女。

既然如此，身為柯貝可伯爵家的千金，伊莎貝爾會出面到此聽取質詢也是理所當然的。

（……不要緊。柯貝可伯爵千金自己也很討厭莫妮卡．諾頓，還不時欺侮她啊。）

實際上，卡羅萊就親眼看過伊莎貝爾叱吒莫妮卡的場面。

（不可能因為莫妮卡．諾頓出了什麼事情，就氣得跑來怪罪我才對。）

在希利爾接待之下就坐的伊莎貝爾，帶著滿臉的歉意別開視線低頭。

「聽說本次為了我們家那位掃把星，給大家添了莫大的麻煩。作為柯貝可伯爵家的一員，實在深感過意不去。」

菲利克斯與希利爾沒有任何回應。但，卡羅萊已經暗自在內心發出喝采。

（看，我就說吧！對柯貝可伯爵家來說，就算捨棄莫妮卡．諾頓這種小卒子，也完全不痛不癢啊！）

既然伊莎貝爾痛恨莫妮卡，一定會站在自己這邊——卡羅萊在內心竊笑了起來。

伊莎貝爾朝這樣的卡羅萊一瞥，露出了可愛的笑容。

「或許這點小意思連聊表歉意都稱不上……但我請侍女為各位準備了茶。大家談到現在，想必嘴都乾了吧？還請別客氣，儘管用。」

伊莎貝爾向門外出聲，她的侍女便靜靜地入房，將盛有茶杯的托盤擱在她的面前。

為什麼不直接將茶杯一一送上呢？卡羅萊正為此感到不解，伊莎貝爾就從口袋中掏出了小瓶子，用指頭夾著舉起，讓卡羅萊等人也能看清楚。

看到那個小瓶子，卡羅萊與兩位跟班都瞬間渾身僵硬。

因為，那與卡羅萊持有的眼藥瓶實在太過酷似了。

「對了對了，反正機會難得，想請卡羅萊大人們試一下這個。這是我近來向旅行商購買的藥……聽說對於美容非常有幫助喔。」

說著說著，伊莎貝爾將小瓶子內的液體滴進了三只茶杯中，接著讓她的侍女將茶杯分送給全員。

伊莎貝爾、菲利克斯、希利爾拿到的是什麼都沒加的茶杯。卡羅萊與跟班拿到的是下了藥的茶杯。

卡羅萊帶著僵硬的表情瞪向茶杯時，伊莎貝爾舉起了扇子遮住嘴邊竊笑。用那種明明遮著嘴巴，卻能明確感受到滿滿惡意的笑法。

「來吧，請用茶？」

卡羅萊凝視著茶杯。裡頭飄來的就只有紅茶的味道。但，那種眼藥的確也是無臭的。

（那只小瓶子，和我的眼藥一樣嗎？為什麼，柯貝可伯爵千金會有那種東西？）

柯貝可伯爵千金會這麼剛好，身上帶著和卡羅萊同樣的眼藥，再怎麼想都太不自然了。是偶然，一定只是瓶子偶然長得像罷了。

坐在一旁的兩位友人，都露出了請示般的眼神望向卡羅萊，絲毫不敢碰茶杯。

（別這樣好不好！妳們那種態度，豈不等於承認了我帶的眼藥是毒藥！）

這不可能是同樣的眼藥。肯定只是虛張聲勢。

卡羅萊望著茶杯裡的紅茶，做好覺悟之後，舉杯啜了一口。

口腔內立刻充滿紅茶的芳香。不一會兒，強烈的苦味與刺激感便開始刺痛舌頭。

「……唔噗？嗚！嘔噁噁噁噁！」

卡羅萊馬上吐出了紅茶。垂著唾液吐到口中不留半滴茶水，帶著殺氣騰騰的視線瞪向伊莎貝爾。

「有毒！這女的在我的紅茶裡下了毒！」

「……哎呀～」

伊莎貝爾嗤嗤地竊笑，打開小瓶子的蓋子，滴進了自己的茶杯。

然後一臉稀鬆平常地，將杯中物一飲而盡，微笑著回應。

「方才不也說過了嗎？這是對美容很有幫助的藥喔。喔喔，因為有點苦，害妳嚇一跳了嗎？」

「妳、妳這……！」

「呵呵，話雖如此，也犯不著吐得滿地都是呀，真教人不堪入目……就連那女的，不都把妳送上的苦紅茶好好喝光了嗎？」

那女的——根本不用說，當然是在指莫妮卡．諾頓。

呼～——伊莎貝爾滿臉愁容地嘆了口氣。

「真是的，那女的雖然沒教養，在我們家也四處惹人嫌……但不管送上的紅茶多難喝，她都硬著頭皮喝光了，單就這點，還是得為她作為客人的舉止給出正當的評價。而妳甚至在她之下是嗎？在殿下面前，這也未免太不像樣了。」

語畢，伊莎貝爾扭了扭扇子，露出扇子下的嘴巴，以鼻子哼了幾聲。

打算讓莫妮卡在眾人面前大出洋相的卡羅萊，卻偏偏在菲利克斯面前出了這麼大的糗。

（這算什麼，這算什麼，這到底算什麼啊！）

菲利克斯依然什麼也不說。只是，他微妙地露出了一種看好戲的神情，觀望著伊莎貝爾與卡羅萊的互動。

伊莎貝爾很享受地喝著第二杯紅茶，並突然接上一句「對了對了」，以有如在閒話家常一般的語調開口：

「關於事件詳情，就容我向父親回報一聲了。再怎麼說，本次也是冠有諾頓家姓氏的成員險些遭到毒殺。這是理所當然的吧？」

「……唔！」

演變至此，卡羅萊才總算察覺自己闖下的禍有多大。

伊莎貝爾再怎麼討厭莫妮卡，莫妮卡身為諾頓家一員的事實依舊不變。

換言之，卡羅萊此舉，等於是和柯貝可伯爵家結下了梁子。

「說起來我們柯貝可伯爵家，原本和卡羅萊大人的老家……諾倫伯爵家親交頗深的說，實在教人遺憾呢。」

柯貝可是利迪爾王國東部占地最廣的領地。其規模絕非可以小瞧為鄉下貴族的等級。

更重要的是，東部山岳地帶常有龍出沒，以東部為領地者總是為龍害所苦。

向王都申請救援時，龍騎士團雖然會即刻出動，但從王都抵達東部為止的時間過於漫長，所以在東部持有領土的貴族，基本上都養了自家的士兵。

其中，士兵團規模最為突出的，就是柯貝可伯爵家。

因此，每當東部遭受龍害，龍騎士團趕不及時，東部貴族們大多會向鄰近的柯貝可伯爵家求援。就連卡羅萊的老家——諾倫伯爵家也不例外。

領地遭受龍害時，好幾度拯救了諾倫伯爵家的，都是柯貝可伯爵家的士兵。

這麼大的恩情，如果諾倫伯爵家的女兒這會兒卻恩將仇報，會有什麼下場？

萬一，柯貝可伯爵從此捨棄諾倫伯爵領地呢？
軍事力孱弱的諾倫只怕將再也抵禦不了龍害，最糟的狀況下，可能走向滅亡。
「啊、啊啊，不是、不是的……等等……我並沒、並沒那種意思……並不是那個意思……」
將頭髮抓得亂七八糟，開始找藉口搪塞的卡羅萊，被伊莎貝爾投以一道冷冷的視線。
伊莎貝爾的年紀比卡羅萊小一歲。但，身上卻散發了一股卡羅萊所沒有的，壓倒性強悍的威壓感。
粉碎卡羅萊自尊心的這名美少女，高傲地開口宣言：
「妳輕率的舉動，將導致妳的故鄉走向滅亡……這才是所謂的社交界，對吧？來，等妳回了宿舍，記得好好向其他朋友們好好大肆宣揚一番……讓大家都知道，和我們柯貝可伯爵家為敵，會有怎麼樣的下場！」
宣言後，伊莎貝爾舉起扇子，「喔～呵呵呵！」地高聲大笑起來。

* * *

伊莎貝爾・諾頓的個人獨秀結束後，卡羅萊・西蒙茲與兩位友人在希利爾的冰冷視線守候下，被教師帶往了別的房間。
雖然尚未正式定案，但實際下手的卡羅萊強制退學，另兩名友人自主退學，這樣的處分應該是最妥當的了。
卡羅萊直到最後，都不打算承認自己的過錯。豈止如此，還將責任推到莫妮卡頭上，打算設法為自己開脫。莫妮卡從樓梯上摔下來時，卡羅萊也是這副德性。

（……蠢女人。）

不久前被下達退學處分的前任會計也是如此，這些男男女女，對於自己隨時處於社交界的延長線上這件事，真的一丁點自覺都沒有。還以為不管出了什麼事，都能讓家裡出錢解決。

（信用要是能用錢買，哪還需要那麼辛苦……膚淺也該有個限度。）

卡羅萊離開房間後，伊莎貝爾端正了坐姿，向菲利克斯與希利爾低頭賠罪。

「抱歉失禮了，竟然在殿下面前，上演這種不成體統的戲碼。」

恭敬到與方才高聲大笑的態度判若兩人。女人真夠可怕，希利爾不禁如此心想。

不過，菲利克斯倒是沉穩地微笑以對。

「我看得挺開心的喔。話說回來，妳認為令尊會因此與諾倫伯爵斷絕來往嗎？」

菲利克斯這道提問，伊莎貝爾的答案是搖頭。

「不會的。家父柯貝可伯爵不是一個感情用事的人。要他為了私情捨棄他族領地，甚至因此對王國帶來損害，都是不可能的。我敢在此發誓。」

諾倫伯爵領地乃物流重要通路之一。要是因為龍害導致通路斷絕，絕不是王國所樂見的事。

也罷，畢竟是那個老謀深算的柯貝可伯爵。這回的事件，恐怕會被他當作將來與諾倫伯爵家交涉的籌碼吧。

柯貝可伯爵是利迪爾王國東部最具影響力的大貴族。

利迪爾王國東部的龍害橫行霸道，又與包含帝國在內的幾個國家鄰接，戰亂之際永遠都是最前線。所以，東部貴族們具備足以匹敵王都的軍事能力。

正因如此，若要問哪方貴族謀反最令王國恐懼，自然就是東部地區。

模。

據說，中央貴族們因為害怕東部貴族謀反，與中央兵戎相向，竟然還打算縮小東部貴族們的軍隊規模。

然而，「鄰國」與「龍」這兩種危機時時刻刻形影不離，東部貴族們當然也無法隨意縮減軍力。

（雖然曾聽說，柯貝可伯爵算是既非第一王子派，亦非第二王子派的中立派……）

希利爾小心謹慎地觀察伊莎貝爾，而菲利克斯則以閒聊般的口吻向伊莎貝爾搭話：

「對了對了，說起柯貝可……沃崗的黑龍那件事，真的難為你們了呢。」

「當時，多虧有王都派遣龍騎士團前來支援……實在由衷感謝國王陛下迅速又寬大的處置。」

伊莎貝爾回答得畢恭畢敬，菲利克斯卻半開玩笑地回嘴：

「我看就算龍騎士團沒到，單憑伯爵家的部隊也就綽綽有餘了吧？」

伯爵家的士兵已經慣於抗龍，在龍騎士團抵達前就將龍成功擊退的案例也不在少數。

所以說，派遣龍騎士團什麼的，只怕是多此一舉吧——面對菲利克斯這兜圈子的說法，伊莎貝爾高聲表示：「殿下太抬舉了！」

「我們柯貝可伯爵家，確實有著幾百年來持續與龍抗戰的歷史。可即使是這樣的我們，與黑龍對峙的經驗，也僅僅只有兩百年前這麼一回。之所以能擊退沃崗的黑龍，除了多虧龍騎士團諸位的捨身協力之外，也是託了〈沉默魔女〉的福呀。」

七賢人之一——〈沉默魔女〉。

這大名希利爾也聽過。那是兩年前年僅十五歲便就任七賢人的年少天才魔術師。

雖然不曾親眼拜見過，但據說〈沉默魔女〉即使出席參加各種儀式典禮，也總是將長袍的頭罩深蓋過眼，不向任何人展露她的廬山真面目。

（隱瞞長相的，魔術師……）

希利爾的手指，無意識地伸向了衣領的胸針。

內心鼓譟不停的希利爾耳裡，傳進了興奮之情溢於言表的伊莎貝爾嗓音：

「我親眼看到了！〈沉默魔女〉大人短短一瞬間就擊落黑龍所帶領的那群翼龍！」

希利爾的胸口頓時小鹿亂撞。

（……瞬間擊落成群結隊的翼龍？……那種事根本不可能！）

龍雖然有著畏懼寒冷這種弱點，但身體既頑強，對魔力的抗性又高，尋常的魔術基本上都不管用。

若是想打倒龍，就必須瞄準眼球或眉心，但要針對移動中的標的，精準擊中眉心或眼球，即使讓上級魔術師來動手，仍舊是困難至極。

（可是……）

希利爾腦裡閃過的，是幾週前某個夜裡發生的事。

瞬間擊落所有冰箭，精密到令人害怕的高難度魔術。

當時那攻擊完全沒有給對手詠唱的餘地。明明如此，那人物卻在讓希利爾先手出招的狀況下，展開了那樣精緻的魔術。

——文靜的，怪物。

若是那名人物，是不是就能像擊落希利爾的冰箭一樣，轉眼間打下成群的翼龍？

聽著伊莎貝爾熱情如火地談論〈沉默魔女〉，希利爾靜靜地按捺心中的動搖。

＊＊＊

離開接待室的伊莎貝爾，與侍女艾卡莎在走廊上共步。
同學們的視線，都一瞥一瞥地瞄向伊莎貝爾。其中大部分都是恐懼與敬畏。大概是卡羅萊已經散布過伊莎貝爾對她的所作所為了吧。
「大小姐，這樣沒關係嗎。」
「無所謂，我早有覺悟了。」
一旦踐踏了某人，當然會因此樹敵。即使明知如此，伊莎貝爾還是執意要報復卡羅萊。
別向柯貝可伯爵家出手——只要在校園內形成這個不成文規定，就不會有人敢動莫妮卡了。
〈沉默魔女〉莫妮卡．艾瓦雷特，是柯貝可所有居民的恩人。
發現黑龍出現在領土內時，柯貝可所有居民們都陷入了絕望。
龍是種災害。其中最令人恐懼的就是黑龍。
黑龍的鱗片能夠反彈各式各樣的魔術，吐出的火焰是連防禦結界都會燃燒殆盡的冥府之焰。過去還曾留下僅僅一隻黑龍就消滅了某個國家的傳承。
在眾人如此絕望之中，英勇的〈沉默魔女〉卻隻身一人潛入黑龍棲息的沃崗山脈，成功擊退了黑龍。這若稱不上奇跡，該算是什麼才好。
對於柯貝可伯爵家而言，〈沉默魔女〉就是位偉大的救世主。
但〈沉默魔女〉也不顧自己打出的成果多麼偉大，在沒接受任何款待的情況下，就離開了柯貝可。
所以，當〈結界魔術師〉路易斯．米萊開口拜託自己支援〈沉默魔女〉的時候，伊莎貝爾就下定了決心——

一定要奉獻自己所有的一切，向〈沉默魔女〉莫妮卡・艾瓦雷特報恩。

返回宿舍，關上房門的伊莎貝爾，悠閒地觀察這間個人房，伸手按在下顎，「唔姆」地沉思起來。

「嗳，艾卡莎。這間房間，應該還容得下多一張床鋪吧？」

「是的，當然。」

機靈的艾卡莎，立刻就明白了伊莎貝爾打的主意。

伊莎貝爾鼓起幹勁用鼻子哼了一聲，緊緊握起拳頭。

「那麼，馬上去張羅床鋪。莫妮卡姊姊應該會為了療養暫時請假。可是，在閣樓根本沒辦法好好照護她。別被其他同學發現，暗中把她帶來吧。」

「謹遵吩咐，這就著手處理。」

「謝謝妳。呵呵……和姊姊同房生活……憧憬以久的情境呀……啊啊～姊姊一定為了這次事件身心受創，我可得好好慰藉她才行！不曉得姊姊喜不喜歡戀愛小說？好想把我推薦的系列叢書借她啊。然後如果能一起聊聊小說情節就棒透了……啊，還有睡衣！艾卡莎，也幫姊姊準備好睡衣！要準備跟我成對的，特～別可愛的那種！」

面對雙眼閃閃發光撒嬌的伊莎貝爾，能幹的侍女艾卡莎自信地點頭，回了一句「包在我身上」。

＊＊＊

和教師們結束與卡羅萊懲處相關討論的菲利克斯，動身前往了醫務室。他想探望下莫妮卡。可是，來到醫務室卻不見莫妮卡人影。看來她已經返回了宿舍。

雖然掛心莫妮卡那身體狀況，是不是真有好好回到房間去，但既然有克勞蒂亞在，應該不會放任莫妮卡亂來吧。

這麼一提，莫妮卡似乎是住在女生宿舍的閣樓。會這麼安排，聽說是柯貝可伯爵千金的意思。

（雖然我其實是想好好叮嚀伊莎貝爾小姐，請她別太欺負那姑娘的。）

但若開口質疑伊莎貝爾欺負莫妮卡的理由，恐怕會被判斷為王族插手介入柯貝可伯爵家的家務事。

柯貝可伯爵家是中立派的大貴族。即使貴為第二王子，也不是菲利克斯可以隨便干涉的對象。

也罷，萬一莫妮卡被伊莎貝爾欺負得哭了，自己再把她被欺負的份好好寵回來就行了。

有個明確的黑臉在，才比較容易讓那隻小松鼠親近自己。

（原本是期待希利爾能擔起這個角色的……偏偏他最近可寵她的了～）

決定把莫妮卡送往醫務室的時候，率先抱起她的人就是希利爾。唉～雖然在中途就力竭交棒了。

搞不好，希利爾意外地將莫妮卡當成妹妹看待呢。畢竟，實際上的妹妹是那副德性。

一想起那對兄妹鬥嘴的互動，菲利克斯又嗤嗤地笑了出來。這時，前方出現了一位熟面孔。

靠在走廊牆壁上雙手抱胸，閉著單邊眼睛，以睜開的下垂眼望著自己的人，是學生會書記——艾利歐特．霍華德。

「嗨，艾利歐特。艾柏特商會的事有順利解決了嗎？」

艾利歐特將背部自牆面抽離，小小地點頭。

「嗯，已經講好外人進入校內時的手續要更加嚴格了。」

冒充艾柏特商會的竊盜犯，偽造了進入校園所需的許可證。因此，才能大大方方地從正門闖進來。

偽造的根源，有可能來自艾柏特商會。艾利歐特稍稍暗示過這點之後，商會方面就乾脆地吞下了學生會的要求。

艾柏特商會是少數經手煙火及表演用火藥的業者。沒辦法說換就換，因此就菲利克斯而言，對方能點頭也相當令人感激。

「近來，犯罪組織偽造文書的技術也提升了嘛。手續能盡可能嚴格最好不過了。」

「嗯，是啊。」

回應菲利克斯之後，艾利歐特揚起了嘴角，露出壞心眼的笑容。

「管他的，反正不管那幫人在文件跟馬車怎麼動手腳，做好表面工夫，只要實際動手的傢伙演起戲來像個大棒槌，就全白費工夫了。」

「後續就請你用文件提出報告好嗎？我差不多想回房去了。」

正打算從艾利歐特身旁走過時，艾利歐特「噯」了一聲，喚住菲利克斯。

菲利克斯止步回頭，只見艾利歐特一臉有口難言的感覺，掙扎了會兒才開口：

「……諾頓小姐，好像又在茶會上闖禍了是吧。」

「她是被害者喔。有錯的人是諾倫伯爵千金。還是說，你打算主張『怪平民自己不知天高地厚去參加茶會才會這樣』？」

菲利克斯這番發言，令艾利歐特表現得略顯心寒，搖起頭來用鼻子哼了哼。

「貶低客人，還在客人茶裡下毒的行為，身為貴族都該引以為恥吧。我才沒打算袒護加害者。」

艾利歐特輕薄地聳聳肩，明明如此，卻又隱約表現出糾結的態度，補上一句：「只是……」

「會向諾頓小姐幹類似勾當的人，今後也少不了吧。再怎麼說，她一看就出身平民，卻被選為了學生會幹部啊。」

雖然佯裝得個性輕薄，艾利歐特的本質卻是比誰都更加貴族。

艾利歐特絕非輕視庶民。只是對於無意克盡己身使命的人，絕對無法饒恕罷了。無論對方是貴族，還是庶民，他就是這樣的男人。

前任會計的舞弊行徑，比誰都憤慨的人正是艾利歐特，這點菲利克斯心知肚明。

「艾利歐特，你以前這樣說過吧──『每個人都有與生俱來的使命。貴族如是，平民如是。大家都應該各自完成符合自己定位的職責』……」

「嗯，是啊。所以我才想問清楚。」

艾利歐特瞇起他的下垂眼，以銳利的眼神望向菲利克斯，開口提問：

「為什麼，你要指名莫妮卡．諾頓當會計？」

「正因為我不明白她的定位呀。況且，你應該也隱約察覺到了吧？」

這番回答，令艾利歐特賭氣似地嘴角下垂，默不作聲。

菲利克斯用一如往常的沉穩語調接話：

「要說她只是個普通人，那實在過於非凡。賦予她會計這個使命，說不定就有機會看穿她的定位了吧？」

這則理由聽來冠冕堂皇，但艾利歐特好像還是顯得難以接受。

他皺起平時總帶著輕薄笑容的臉龐，苦澀地低聲怨嘆：

「我認同莫妮卡．諾頓是個非凡的人。可是，這並沒改變她不知天高地厚的事實。」

艾利歐特用鼻子哼了一聲，嘴角再度浮現夾雜諷刺的笑容。

「話說回來，你知道比起不知天高地厚的人，我更討厭怎樣的人嗎？就是不打算完成自己使命的人。不管是王族還是平民都一樣。」

面對這唯恐被視為對王族不敬的態度，菲利克斯卻未顯任何不悅，沉穩地回答：

「當然，既然已經以菲利克斯．亞克．利迪爾自居，我就會完成這名號應盡的使命。」

——沒錯，在以這個名號自居的期間。

帶著一股有如瞭望遠方的眼神，在內心悄悄如此低語後，菲利克斯便起步走過了艾利歐特身邊。

而這次，艾利歐特沒有再喚住他。

菲利克斯返回自己的房間，關上房門後，白色蜥蜴俐落地從胸前口袋溜了出來。

蜥蜴沿著菲利克斯的身體向下爬至地面。隨後身影變得一片朦朧，化成一位正伸手撫著略帶水藍的白髮的侍從。

化身成人類的精靈威爾迪安奴，低頭向菲利克斯一鞠躬。

「本日實在是，那個……各方面都辛苦了，主人。」

威爾迪安奴顧及心情的問候，讓菲利克斯滿意地點了點頭。

「還好，託你的福，現在心情好點了。再怎麼說，今天也是久違地聽見了她的名號。」

「敢問……『她』是指？」

菲利克斯嘴角緩緩上揚，對一臉狐疑的威爾迪安奴笑了笑。

然後，就像光是要道出那則名號，就令他喜不自勝似地，以高亢的語調開口：

「〈沉默魔女〉艾瓦雷特女士。」

在接待室裡，伊莎貝爾．諾頓雙眼閃閃發光地這麼說——

『我親眼看到了！〈沉默魔女〉大人短短一瞬間就擊落黑龍所帶領的那群翼龍！』

簡短回應伊莎貝爾這番話的同時，菲利克斯也在心中如此低語——

是啊，那則光景我也看到嘍。

在當時，菲利克斯因故隱瞞身分，前往東部地區。

但，東部正因黑龍騷動陷入一片大混亂。捨棄村莊城鎮逃難的人塞滿了街道，菲利克斯被逼得在此停下了腳步。

萬一身分穿幫會惹上麻煩，他只得避開人潮移動，結果不幸地來到了翼龍群正前往的地點。

他就在那兒看到了。

一群幾乎將天空掩蓋殆盡的翼龍，正發出震耳欲聾的嘎嘎叫喚，喚聲裡充滿攻擊性，翼龍們顯然正心情不悅。

其中一隻翼龍臨時起意地滑空飛行，單是被龍爪擦過，粗壯的樹木就應聲折斷。

這根本就是帶有自我意識的災害。每隻翼龍的體型都遠較民家來得大，是大型翼龍。這樣的翼龍成群結隊於空中漫舞，簡直是惡夢般的光景。

然而，下一瞬間，天空卻開門了。

召喚風之精靈王謝費爾德的大魔術。自敞開門扉中投下的耀眼白光化作刺槍，精準地貫穿了翼龍的眉心。

墜往地面的翼龍屍骸在燦爛白光的包覆下，有如雪花般輕柔地飄落地面堆積成山，甚至沒發出一點聲響。

這光景令菲利克斯看得入迷，幾乎忘記要呼吸。

——啊啊，何等文靜，何等美麗的魔術啊。

菲利克斯曾數度在儀式典禮相關場合上看過〈沉默魔女〉。但，她總是將長袍的頭罩披得深蓋過眼，因此沒能拜見她的長相。

不僅如此，〈沉默魔女〉還從不在公開場合露臉。所以，她也被流傳是七賢人中最不起眼的一個。

（……沒想到，這樣的她竟然是個能使用如此美妙魔術的魔術師！）

放任在柯貝可伯爵領地撞見的光景馳騁腦海，菲利克斯用鼻子哼著歌，從口袋裡掏出了鑰匙。接著打開抽屜的鎖，取出一疊論文。

看到這疊論文，威爾迪安奴緩緩地眨了眨眼。

「那是〈沉默魔女〉大人，在學生時代撰寫的論文嗎？」

「是啊，我拜託熟識的古書店，特地幫我調來的。這是以非常高難度的魔術相關位置座標及變動為主題的論文……」

講到這裡，菲利克斯有點遺憾地垂下了眉尾。

「啊，你們精靈是和魔術無緣的吧。」

「是的，我們精靈是透過感覺在運用魔力……所以，透過編織術式構築而成的魔術，我們無法理解。」

就與人類伸手拾起桌上的物品一樣自然，精靈行使魔力不需要什麼道理。

不過，人類運用魔力的方式不如精靈那般靈巧。正因如此，才必須編織魔術式，以「術」的形式來行使魔力。

菲利克斯陶醉地撫摸著論文的封面低語：

「關於〈沉默魔女〉艾瓦雷特女士的無詠唱魔術原理，至今都尚未公布。不過，她肯定是個思維相當聰明的人。這份論文雖然是艾瓦雷特女士在學生時代撰寫的，但自從發表之後，廣範圍術式的常識可以說是因此遭到了顛覆。魔術的命中精度也獲得了驚人的提升。」

「……我們精靈以攻擊魔法瞄準某個目標時，就只是不經意地瞄準，再不經意地釋放魔力罷了。」

「人類沒有辦法像這樣『不經意地』使用魔力喔。必須理解架構，以符合理論的形式編織術式，以『魔術』這種形式才有辦法運用。」

好比要以火系魔術攻擊敵人時，魔術師為了生火，首先必須先決定好火的溫度、大小、形狀、持續時間等各式各樣的要素。

接著為了射向敵人，更必須計算速度、角度、飛行距離，再考慮氣候與風向的影響進行微調。

如果不將這些資訊正確地組進魔術式內，魔術就無法正確發動。最糟的狀況下，是火球會在手邊引爆，引發大慘劇。

「對魔術而言，龐大的計算是必須的。人類之所以詠唱，就很類似在解開複雜的數學問題時，需要有途中的算式當輔助。熟練者雖然多少能夠省略，但看到複雜的數列，不可能一下子直接浮現出解答對吧？……而世上卻僅有一個人辦得到這種事。」

將複雜難解的魔術式瞬間導出答案——因而不須詠唱的天才魔術師。那正是〈沉默魔女〉。

回想起典禮儀式上的長袍身影，菲利克斯臉頰無意識地泛紅，微微揚起嘴角。

「可能的話，真想再親眼看看……她那既文靜又美麗的魔術。」

槍。

闔上雙眼後，於眼皮下復甦的，是劃裂雲層的巨大魔法陣、於天空敞開的門扉、悽惶燦爛的風之白

遭到風槍貫穿眉心，身亡墜地的翼龍們，幾乎不流一滴血便當場喪命。

那極致地無慈悲、殘酷、又美麗無比的光景，當場奪走了菲利克斯的心。

望向〈沉默魔女〉的論文，菲利克斯「呼～」地嘆出一聲甜美的喘息。

「啊啊～那時候，擊落翼龍的魔術式是怎麼計算出敵方座標軸的呢。就算是編組了追蹤術式，以現在的追蹤術式性能，明明就還無法正確狙擊眉心才對呀……若是〈沉默魔女〉自行研發了新的追蹤術式當然也不稀奇，但那時，在翼龍眉心上方有看到魔法陣出現，所以應該不是追蹤術式。這樣的話，就代表她正確地算出了二十四隻翼龍的位置，並瞬間發動召喚精靈王的魔術，再貫穿眉心，可要精準掌握二十四個位置，還同時釋放那種威力的攻擊魔術，這根本不尋常。〈沉默魔女〉恐怕具備著能高度掌握空間的能力，而且能力強得駭人……」

菲利克斯連呼吸都忘記，只顧滔滔不絕地分析，威爾迪安奴一臉困擾地插嘴：

「那個，主人……我準備了紅茶……」

「啊，嗯，謝謝你。幫我放在那邊就好。」

遵循這隨口交代的指示，威爾迪安奴擺好了紅茶。

然後，正經八百的威爾迪兒奴，發自內心感到抱歉地說：

「……恕我知識淺薄，無法理解主人的發言，實在萬分抱歉。」

「不，該道歉的是我。畢竟沒有其他能聊這種事的對象，害我忍不住愈聊愈起勁。」

菲利克斯啪啦啪啦地翻頁，快速地讀著論文。

這本論文既高難度又複雜。但，反覆讀上好多遍，甚至讓紙頁都出現摺痕的影響，讓他光是快速過目，都能簡單吸收到論文的內容。他早已反覆讀到滾瓜爛熟，甚至已經數不清多少次了。

「我覺得自己跟伊莎貝爾小姐，應該能以〈沉默魔女〉粉絲的身分，好好相處才對……」

面對自己開口道出粉絲宣言的菲利克斯，威爾迪安奴一臉複雜地進言：

「主人，那個，在外頭關於魔術的話題……」

「嗯，當然，我會自重的。表面上，我必須得裝成對魔術一竅不通才行嘛。」

如此低語之後，菲利克斯帶著略顯寂寥的笑容，將手邊的論文抱在胸前。

簡直就像是，將心上人的情書抱在胸口似的，一臉不捨地瞇上雙眼。

✦第九章　巧克力的隱情

遭到卡羅萊．西蒙茲下藥而送往醫務室，決定請假一週左右的莫妮卡，目前正在伊莎貝爾的房間療養。

就莫妮卡而言，要在閣樓靜養也完全不是問題，但伊莎貝爾在自己房間已經連床鋪都幫忙張羅好了，實在也難以開口回絕。

坐在柔軟的床墊上，穿著借來的絲綢睡衣，雖然覺得投向自己的熱情視線令人有點尷尬，莫妮卡還是動手翻閱著伊莎貝爾借她的小說。

就這樣，在讀過最後一頁，伸手揉了揉疲勞的眼睛時，坐在床邊的伊莎貝爾雙眼閃閃發光，微微前傾身子向莫妮卡問道：

「怎麼樣？看完馬羅尼．菲利爾的代表作——《白薔薇少女於花園沉眠》的感想如何！」

「呃、呃——……」

莫妮卡頓時語塞，視線游移徬徨起來。

「敘、敘述手法……很獨特，呢……」

「就是說呀，馬羅尼．菲利爾那種詩情畫意的用詞真的美極了，尤其在針對情景與女主角內心戲的描寫更令人拍案叫絕！不過不過，故事的發展也無以倫比呢！不管怎麼說，讀了第三章別離的場面都不可能不落淚呀！」

剛好在那第三章沒有落淚的莫妮卡，不知為何浮現了種非常過意不去的心情。
莫妮卡從小就沒有閱讀故事類書籍習慣，對於這類創作物特有的敘述方式甚感棘手。
什麼白瓷般細滑的柔肌啦～溶解黑檀再撒上寶石粉末般的黑髮啦～野莓般嬌滴滴的雙唇啦～看了也只讓她忍不住覺得寫成「白色的肌膚、黑色的頭髮、紅色的嘴唇」不就好了。
話雖如此，要否定人家熱情推薦的東西也實在令她躊躇，莫妮卡只好帶著曖昧的笑容尷尬回應。
這時，伊莎貝爾的侍女——艾卡莎拘謹地開口：
「大小姐，差不多該是用餐時間了。」
「哎呀，已經這麼晚啦。姊姊，那我稍微去餐廳一趟。姊姊的份我會請艾卡莎準備的。」
「非、非常謝謝妳。」
伊莎貝爾離開房間後，這位隨身服侍伊莎貝爾的年少侍女便送上了盛有餐點的餐盤。
「餐點就為您先擺在這邊了。需要整理時，還請搖響桌上的鈴鐺。」
「……真、真的非常，感謝，妳。」
艾卡莎露出甜美的微笑，鞠躬行禮之後也跟著離去。顧及到莫妮卡八成不善於在有外人的場合下用餐，並刻意如此安排的用心，實在令人感激。
莫妮卡下了床，往椅子上就坐。
桌上的餐盤裡擺了柔軟的麵包、起司、蔬菜燉魚，以及熬煮甜蘋果。
似乎每道都是艾卡莎為了莫妮卡特地借用餐廳下廚製作的。
在為了伊莎貝爾與艾卡莎的體貼表達感謝的同時，莫妮卡撕開一片麵包就口。軟綿綿的白麵包口感既柔順，又帶有微微的甘甜。

這麼軟的麵包，在山裡根本沒有吃到的機會。莫妮卡平時在山間小屋吃的，都是硬得跟石頭沒兩樣的黑麵包。雖說那種麵包只要泡在湯裡，搭配起司一起食用，也同樣有獨特的美味。

咀嚼口中的麵包，懷念著山間小屋的生活時，窗口突然被摳得嘎哩嘎哩作響。轉頭一看，尼洛正從窗外舉著貓爪。

莫妮卡起身打開窗戶，尼洛便俐落地進入房間，鼻子嗅個不停。

「挺香的嘛～」

「有魚肉喔，要吃嗎？」

「本大爺不喜歡魚啦。肉才是我的最愛。尤其是鳥肉，鳥。」

跳上桌面的尼洛知道沒有肉類後，一臉不滿地皺眉，說「這次就拿起司將就吧」。

盛了起司的小碟子擺到面前後，尼洛便靈巧地以雙手抱起起司，嘎哩嘎哩地啃個不停。

「啊～真棒。如果再有塊肉就更完美了。我看，今晚就去打個獵吧。」

「……以前，是誰嚷嚷著自己被鳥骨頭卡在喉嚨，鬧得雞犬不寧呀？」

「那是所謂的年少輕狂。有智慧的生物就是要這樣反覆經歷失敗，才會日漸成長。」

講得頭頭是道，自己點頭稱是的尼洛，注意到莫妮卡床邊擺著小說，睜大了他金色的貓眼。

「這可真稀奇，妳竟然會看小說……啊，我懂了。是那個橙色捲捲頭姑娘推薦妳的吧。」

橙色捲捲頭——指的應該是伊莎貝爾的髮型吧。尼洛基本上就是沒打算花力氣去記人類的姓名。

「尼洛，你對伊莎貝爾大人太失禮了吧。」

把莫妮卡的指責當耳邊風，尼洛咬著起司，凝視起小說的封面。

「這作家本大爺沒聽過啊。嗳，好看嗎？」

「……我不是很明白。」
「是怎樣的故事？」
莫妮卡撕著麵包，開始反芻方才剛看過的故事內容。
「……有男人和女人登場。」
「喔。」
「……發生了許多事。」
「喔喔～」
「……他們結婚了。」
「然後呢？」
「……結束。」
尼洛一口吞下正在咀嚼的起司，仰頭向莫妮卡投以陰沉的視線。
「這下我清楚得很了，這本小說，連一丁～～～點都沒感動到妳。明明那個『發生了許多事』才是最重要的部分吧。幹什麼把這幾萬字的核心省略掉啊，喂。」
「有什麼辦法，我對這些真的不是很明白啊……」
小說中描述的，是懷才不遇的女主角與名門貴族青年邂逅，對他一見鍾情。
然而，青年本身已有婚約。他的未婚妻千方百計策畫著要趕跑女主角，而兩人則跨越這些障礙，最終共結連理……就是這樣的故事。
不過，莫妮卡對於女主角與貴族青年陷入情網的理由始終無法理解。歸根究柢，青年早就有婚約了，還變成這種發展，未婚妻會憤慨不是理所當然的嗎。

莫妮卡面無表情地低頭俯視小說封面，低聲咕噥道：

「……為什麼，有辦法像這樣，為了某個人忘情陶醉呢。」

劇中的登場人物，全都為了自己的心上人如痴如醉，對於心上人的追求與渴望，幾乎到了其他東西全進不了眼裡的地步。

好想愛人，好想被愛，希望對方選上自己，希望對方渴求自己……就算會因此失去其他一切，心意也不變。

這種生存之道，令莫妮卡想起自己剛進入這所學校時被捲入的風波。那起事件的犯人——瑟露瑪．卡許小姐，也是為了婚約對象而失控，打算加害於菲利克斯。

瑟露瑪希望能得到未婚夫的愛。只要是為了這個，她肯定什麼都下得了手吧。就算是要傷害他人也一樣。

這種為情所困的模樣，在莫妮卡眼中，顯得莫名可怖。

「……為什麼，可以對他人抱持期待到這種地步呢。」

見到望著小說封面的莫妮卡眼神黯淡，尼洛尾巴晃個不停開口：

「妳呀，還是個小鬼頭，當然不懂啦。一旦陷入了所謂的戀愛，就會這樣……心臟像給人揪——住一般啊。像給人揪住一般。」

莫妮卡嘟起嘴唇，瞪向擺出一副萬事通表情的尼洛。

「那，尼洛就明白什麼叫戀愛嗎？」

「喔，當然啦。順帶一提，本大爺喜歡的是尾巴性感的雌性。」

「……尾巴。」

「本大爺對於沒有尾巴的雌性，可真～起不了興致，所以妳根本不在考慮範圍內。放心吧。」

這是沒有尾巴的莫妮卡無從理解的世界。

說不定，就像生來就沒有尾巴一樣，莫妮卡也是打從一開始就不具備戀愛這種感情。

對於這個結論感到滿意的莫妮卡，將撕下的麵包放進了口中。

問題遠出在什麼戀不戀愛不愛之前。膽小內向的莫妮卡，根本就不對任何人抱持期望，無法對人抱有期待。

想要沉浸在其中的，只有從未背叛自己的數字，這樣就夠了。

＊＊＊

經過一週的療養，恢復元氣的莫妮卡決定在當晚回歸自己的閣樓。

伊莎貝爾雖然表示要繼續當室友也無妨，但表面上自己畢竟是被伊莎貝爾欺負的身分，也不能一天到晚都這樣窩在她的房間。

帶著用布巾包裹藏起來的尼洛，莫妮卡朝最頂層的置物室移動。

只要爬上置物室的梯子，推開天花板的頂門，那兒就是莫妮卡平時生活的閣樓。

要抱著尼洛爬梯有點難，所以莫妮卡先將尼洛擱到腳邊，再向梯子伸手。

這時，尼洛突然「嗳～」了一聲，抬頭望向莫妮卡。

「本大爺感覺好像忘了什麼，是我多心嗎。」

「咦？忘了什麼？」

這麼說起來，感覺好像真的忘記了什麼事情。

莫妮卡「唔嗯——」地爬梯，推開天花板的頂門。

「到底是忘了……什麼呢……感覺應該沒有什麼忘在伊莎貝爾大人房裡的東西……」

「兩位好。我是被遺忘的聯絡員。」

推開頂門後，出現在頭頂低頭俯視自己的，是貌美女僕琳。

「嗶呀啊？」

嚇一大跳的莫妮卡頓時發出怪叫。

驚嚇過度之下，手不小心放開梯子的莫妮卡，身體就這麼傾斜到半空中……不過，卻沒有順勢摔落地面，而是停在一陣輕柔的風上。原來是琳操縱風接住了莫妮卡。

琳輕輕抬起一隻手，莫妮卡與尼洛的身體便緩緩升起，降落在閣樓的地板。

莫妮卡冷汗直流地抬頭望向琳。

「真、真對不起……那個……請問琳小姐，是從幾時開始，待在這裡……」

「大約從三日前開始。」

噫了一聲，莫妮卡滿臉鐵青地向琳低頭賠罪。

「對、對不起！非常對不起！我從一週前，就一直待在伊莎貝爾大人房裡……呃——我被人給下毒，為了療養才……」

忸忸怩怩地搓著手指辯解時，琳的頭突然歪了大概九十度。

雖然應該是想歪頭表示不解，但那幾近直角的歪法活像個斷頭娃娃，直教人毛骨悚然。

「明明是站在負責護衛第二王子的一方，何以〈沉默魔女〉閣下卻險些遭到毒殺呢？」

「……是為什麼呢。」

莫妮卡自己才想問。

回想起來，這一個半月，才剛插班入校就差點被盆栽砸死，又抓了使用準禁術的魔術師，還偷偷討伐地龍，打算制服入侵者卻害馬匹失控，更差點被同學毒殺……實在有夠高潮迭起。城市好可怕啊。

「那個，呃──真的很抱歉，我馬上來寫報告……麻煩再稍等我一下。」

莫妮卡慌忙坐上椅子開始撰文，琳這會兒又砰地一聲敲起手掌，好像想到什麼似的，朝女僕服的口袋裡摸索個不停。

「〈沉默魔女〉閣下出外的這段期間，有幾封密文送到了這間閣樓。」

「密、密文？」

「是的，送達時夾在門縫，我已將其回收。請看。」

琳所遞出的，是幾份簡單對折過的紙張。

莫妮卡緊張得渾身僵硬。

她想起從前，還在魔術師養成機構米妮瓦就讀時，房間裡曾被人塞進寫滿壞話的紙張。被痛苦回憶逼得愁眉深鎖的莫妮卡，打開了對折的紙。

紙上所寫的，並不是充滿惡意的言論。略顯圓潤的文字所描述的內容，是隔天課堂的變更處與需攜帶物品等聯絡事項。

而且還不忘備註「快給我好起來啦」、「有沒有好好吃飯啊？」等話語。

雖然沒有署名，但莫妮卡認得這個筆跡。

（是拉娜的字……）

從紙張的數目看來，這整週，她每天都不間斷地送來吧。

嘴邊忍不住微微上揚，莫妮卡伸手按住泛紅的臉頰。

「……欸嘿嘿。」

莫妮卡用心地讀過每張信紙，打開了上鎖的抽屜。

專放貴重物品的這個抽屜裡，原本只裝了父親遺留下來的咖啡壺。

莫妮卡將拉娜手寫的信放進抽屜內，為抽屜上了鎖。

＊＊＊

隔天，莫妮卡睽違一週到學生會室露臉，幹部們已經全員到齊。

在請假療養之前，艾利歐特就已經為了替假艾柏特商會事件善後而四處奔波，因此算是相當久違地見面。

給大家添麻煩了——莫妮卡低頭如此說道，菲利克斯隨即帶著關切的態度望向莫妮卡。

「嗨，諾頓小姐。身體已經不要緊了嗎？」

「是、是的……」

「那太好了。本週起，校慶要使用的資材相關搬入作業會更頻繁，我想可能會較往常忙碌些，但妳記得千萬別勉強自己。」

資材搬入作業——這個關鍵字，聽得莫妮卡表情僵硬起來。

不久之前，冒充艾柏特商會的竊盜犯才剛入侵過。要是又出現同樣的狀況……想著想著，莫妮卡表情嚴峻起來。這時，艾利歐特聳了聳肩。

「也罷，外部人士出入時，文件與紋章的相關檢查都已經更嚴了，還全面禁止攜帶刀刃入校，所以不太會出什麼問題就是啦。」

「切忌掉以輕心。」

正經八百的希利爾向語調輕率的艾利歐特狠狠一瞪，艾利歐特一臉不耐地回了句「知道啦」。就好像要為他們倆打圓場似的，菲利克斯開口插嘴：

「那麼，開始處理今天的業務吧。諾頓小姐，妳休養的期間，工作都已經由希利爾代勞了，今天只要專心交接就好。」

「好、好的。」

點頭後，莫妮卡側眼望向希利爾。

最後一次與他碰面，是在莫妮卡服毒倒下後的醫務室。

敢下床就拿繩子把自己綁回床上什麼的，從這句火藥味十足的怒斥以來，就沒再見過他。

希利爾今天也一如往常滿臉嚴肅。發現莫妮卡正一瞥一瞥望著自己，他雙手抱胸用鼻子哼了一聲。

「這一週休息的份，我會好好把妳狠操回來。給我做好覺悟。」

「……好的。」

給人添麻煩的份，得好好彌補回來——如此鼓起幹勁，準備面對工作的莫妮卡，卻發現這一週的工作全都處理得一乾二淨，根本沒有要交接的東西。一如菲利克斯所言，希利爾全代勞了。

雖然希利爾說什麼狠操，但莫妮卡所做的，結果就只是確認希利爾代為處理過的文件而已。拜此之賜，莫妮卡得以專注處理校慶預算案的工作。

這些預算案，希利爾也以已經把各社團提出的文件過目，將有問題的一一退件了。無微不至到讓人想問「狠操到底是指什麼」的程度。

總算，其他幹部們的業務也告一段落時，希利爾向菲利克斯開口建議：

「殿下，我與諾頓會計還有事要留下來處理。門窗就由我關吧。」

「這樣嗎？那就交給你了……別留得太晚喔。」

「是。」

希利爾點頭後，其他幹部們一一離開了學生會室。留在房內的人，就只剩希利爾與莫妮卡。

（……要留下來處理的，是什麼事呢？）

還有什麼事非得兩個人留下來加班不可，莫妮卡實在想不出來。

（該不會，其實是要說教……之類的？之前茶會那件事，我也給他添了不少麻煩……）

堂堂學生會幹部卻連參加場茶會都沒法好好表現成何體統！光是想像如此怒斥的希利爾，莫妮卡就坐立難安得在膝蓋上搓起指頭。

就在這樣膽戰心驚的時候，希利爾雙手帶著什麼東西回來了。

他手上握著的，是白色的杯子。不是茶會用的那種時髦造型，而是純白樸素，有點胖胖的厚杯子。

希利爾將其中一個杯子擺在莫妮卡前，自己在莫妮卡對面的位子就坐。

「喝吧。」

莫妮卡望向擺在眼前的杯子，裡頭盛滿了茶色的飲料。色澤比咖啡淡上一些，隱約有一股甘甜香。

雖然只有一次，但莫妮卡曾經聞過這種香味。

「這個是……巧克力，嗎？」

「沒錯。」

巧克力是在貴族之間風行的嗜好品。將名叫可可的豆子磨碎，與砂糖及牛奶攪拌而成的飲料。帶有獨特的風味，屬於比咖啡還昂貴的高級品。

莫妮卡從前曾讓人請喝過一次巧克力，那時的巧克力是一種更加濃稠的飲品。

忐忑不安地舉起杯子時，杯內的液體馬上隨之搖曳。看起來，似乎比莫妮卡從前喝過的更稀、更容易飲用。

希利爾若無其事地舉杯喝了起來。莫妮卡也從善如流，舉起杯子就口。

「…………！」

入口的巧克力，教莫妮卡驚訝地睜大了眼睛。

這種清爽的口感與柔美的甘甜滋味，與從前喝過的巧克力有著天壤之別。一點也不濃稠，可可特有的酸味也減輕了許多。

巧克力是種準備起來比咖啡更加費工的飲料。

咖啡豆就算磨碎了，在某種程度上也依然適於保存，但可可豆的脂肪含量高，無法在粉碎狀態下保存。換言之，每當要飲用巧克力，就必須當場仔細研磨才行。正因為多了這道手續，巧克力才不如咖啡那般普及。

然而，這杯巧克力裡頭，卻感受不到脂肪特有的那種濃稠口感。

「這杯巧克力的……脂肪含量，特別低？」

「沒錯。是用了以最新技術去除脂肪，再磨成粉末狀的可可豆泡成的。」

如果能將可可豆以磨成粉狀的形式保存，那便是非常劃時代的發明。不但較以往更容易儲藏，也可以省去飲用前磨粉的手續，直接泡進水或牛奶中，令飲用變得更方便。

莫妮卡正暗自感到欽佩，希利爾就睜起半邊眼睛瞄向莫妮卡。

「我聽克勞蒂亞說，妳這傢伙，似乎把下了毒的苦紅茶一飲而盡是吧。」

「……咦？啊，是的……」

回想起當時的狀況，莫妮卡又緊張了起來。希利爾接著以強硬的語氣開口：

「就因為妳平時都沒吃什麼像樣的東西，才會變成這樣。妳這傢伙，給我把舌頭養精點。要是又鬧到像上次那樣，勞煩殿下動手幫妳，那可不成。」

「是、是的……非常抱歉……」

「換句話說，這都是為了殿下。明白嗎！」

「是、是！」

莫妮卡瘋狂點頭，希利爾才回了聲「明白就好」，再度舉杯就口。

「殿下相當看好妳的能力……可既然如此，難保不會出現第二、第三個為此心生嫉妒的人，引發像諾倫伯爵千金那樣的事件。」

正如希利爾所言。明明莫妮卡的立場原本應該是要護衛菲利克斯的，卻反過來被菲利克斯所幫助。

「至少給我學點自衛手段。別一一勞煩殿下幫忙。」

「……是。」

莫妮卡在垂頭喪氣回應的同時心想——

希利爾是不是也一樣，身處遭人嫉妒的立場呢。

（……不可能沒人嫉妒吧。）

擔任第二王子的側近，就代表肩負周遭的羨慕於一身。對此嫉妒者絕對不在少數。

然後，莫妮卡現在也處於同樣的立場。

「那個，艾仕利大人。非、非常感謝你。除了之前的事，呃——還有這杯巧克力……」

一如往常，希利爾用鼻子哼了一聲，低聲回以「喝的時候記得好好品味一番」。

莫妮卡點點頭，仔細地、用心地品嘗這杯溫熱的巧克力。

希利爾帶著就像在瞪人般的眼神，凝視著這樣的莫妮卡，然後，忽然浮現想起什麼事情似的表情。

「先和妳說清楚，今天這件事務必向殿下保密。尤其是——關於這杯巧克力的事……」

「那、那個～艾仕利大人……」

莫妮卡戰戰兢兢地插嘴，希利爾皺起眉頭瞪向莫妮卡。

「幹什麼。」

「殿下他，那個……」

「殿下他怎麼了。」

「……就在，後面……」

希利爾的臉色瞬間發青。

滿臉笑容的菲利克斯，就靜靜地站在希利爾背後。那消除氣息的本領，就連暗殺者都要自嘆不如。

「竟然偷偷餵食小松鼠，太狡猾了吧，希利爾。」

「殿、殿殿、殿下！」

「真沒想到，這種殿字連發的喚法，竟然會從諾頓小姐以外的人口中聽到呢。」

「啊，不是的，那個，這是……」

狼狽不堪的希利爾一瞥一瞥地望向手上的杯子。那模樣簡直就像是，想向菲利克斯隱瞞巧克力的存在一般。

面對這樣的希利爾，菲利克斯回以和平時如出一轍的沉穩笑容。

「用不著瞞我也無妨的說。難道我看起來像會在意這種事嗎？」

「那、那個……可是……」

希利爾倉皇失措的程度，完全就與持有違法藥物之事穿幫的犯罪者如出一轍。到底為什麼，他會動搖到這種程度呢？

「我也想來杯這種巧克力呢。可以幫我準備嗎？」

聽到菲利克斯這麼說，希利爾一副鬆了口氣的表情，「是！」地大聲回應，快步離開了房間。

守候他的背影離去後，菲利克斯滿臉傷腦筋地嘆了口氣。

「其實根本不必顧慮我的。」

搞不懂菲利克斯與希利爾究竟為何會如此互動，莫妮卡只好膽怯地向菲利克斯開口：

「那、那個……請問這杯巧克力，難道其實是不能隨便喝的，東西嗎？」

「不會呀？沒有這種事喔。這在我國貴族之間是很流行的飲料耶。」

既然如此，希利爾到底為什麼會這麼狼狽？

莫妮卡正歪頭不解，菲利克斯就若無其事地接話：

「自可可豆裡去除脂肪的技術呢，是蘭道爾王國的學者發明的。」

蘭道爾王國，那是位於東方，在利迪爾王國與帝國之間的小國。

出身蘭道爾王國的學者發明了劃時代的巧克力，這與希利爾的動搖有什麼關係？面對依舊一頭霧水的莫妮卡，菲利克斯繼續解釋道：

「我的長兄，萊歐尼爾的母后就是蘭道爾的公主啦。」

總算，莫妮卡明白了希利爾想向菲利克斯隱瞞巧克力的理由。

利迪爾王國有三位王子，母親各自不同。

第一王子萊歐尼爾的母親是蘭道爾的公主。既然如此，第一王子派當然會有不少人重視與蘭道爾方面的關係。

希利爾恐怕是擔心，會不會因為自己愛喝來自蘭道爾最新技術製作的巧克力，而被誤會成第一王子派人士吧。

「就因為這樣，即使我到茶會上露臉，也沒人敢為我送上用蘭道爾技術製作的巧克力呢。明明美食無罪的說。」

說著說著，菲利克斯從莫妮卡手上抽走杯子，啜了一口巧克力。

王子親自拿人家喝過的杯子就口，這畫面希利爾要是看了，只怕眼睛都要凸出來。

但，看在莫妮卡的眼裡，菲利克斯現在這個舉動，是一種意思表明。

這個人，一定根本沒有把這種小事放在心上，覺得在意這些無聊透頂吧。

「……王族，也真是難為呢。」

「是啊，一點也沒錯。」

如此低語的菲利克斯，側臉失去了以往的沉穩，飄散著一種睥睨一切的冷漠。

第十章　幸福的約定

在賽蓮蒂亞學園，中午到校舍內的學生餐廳用餐是比較普遍的作法。雖然也有同學會將餐點送至宿舍自己房間享用，但終究只是少數。大多同學還是會選擇去餐廳吃。

……說是這麼說，但實際上，莫妮卡就連一度也不曾在學生餐廳吃過飯。

理由相信無須多言。因為餐廳人太多很可怕。

所以每到午休，莫妮卡總是會找個沒人的地方，自己啃著口袋裡的樹果。

而這樣的莫妮卡，今天卻在凱西與拉娜的邀約下，一起到餐廳吃午餐。

首次造訪的餐廳，令走在凱西與拉娜之間的莫妮卡緊張到滿臉僵硬。

提到學生餐廳，莫妮卡首先會憶起的，就是從前就讀的魔術師養成機構——米妮瓦的餐廳。

米妮瓦的餐廳經營方式，是在收銀台選擇想吃的菜色，結帳並收下寫有菜單的木牌。再將木牌交給櫃台，換取裝有餐點的托盤。

因此，莫妮卡原本以為，賽蓮蒂亞學園的學生餐廳八成也是這麼運作吧。然而現實卻與她的想像大相逕庭。

打個比方說，賽蓮蒂亞學園的餐廳就是所謂的高級餐廳。光是來到餐廳，就有服務生負責帶位入座，接受點餐，再幫忙把餐點送到學生的座位上。

帳款則是與學費一並收取，不需要在現場結算。

而如果想在宿舍房間用餐的同學，餐廳方面還可以協助送餐，服務可說是周到得無微不至。

（好、好厲害喔～……）

從前就讀的米妮瓦同樣有大量貴族子弟入學，因此設備也算是一應俱全，但與賽蓮蒂亞學園可說是完全沒得比。這兒總歸一句話就是奢華至極。

在服務生的帶領下，莫妮卡忸忸怩怩地在陌生的餐廳入座。

隨後，身旁有人靜靜地坐了下來。

不是拉娜就是凱西吧——一直低著頭的莫妮卡如此心想，豈料頭抬了才發現，拉娜與凱西都坐在莫妮卡正面的位子。

……這樣的話，身旁這位又是？

動作僵硬地扭起脖子轉頭一看，映入莫妮卡眼簾的，是渾身散發陰鬱氣場的黑髮千金——克勞蒂亞·艾仕利。

「為什麼妳也跑來湊熱鬧啊！」

瞪著克勞蒂亞的拉娜怒斥起來，克勞蒂亞立刻湊到一旁的莫妮卡身上。

「……哎呀，有什麼辦法，誰教我們是好朋友呢。對吧，莫、妮、卡？」

莫妮卡渾身嘎吱嘎吱顫抖不已，嘴裡啊嗚啊嗚地咕噥不停。

克勞蒂亞舉起套著白手套的手指，撫摸莫妮卡的臉頰，為什麼感覺會像是有蛇從臉上爬過呀。

「……我是莫妮卡的救命恩人對吧？」

「是、是的。」

「……妳很感謝我對吧？」

「是的。」

「……那，我們是好朋友嘍？」

「沒錯！」

看到莫妮卡猛點頭，確定自己勝利的克勞蒂亞露出一抹微笑。

拉娜額頭頓時青筋暴露。

「不准逼她講那種違心之論！」

凱西「乖～乖～」地安撫怒吼的拉娜，遞出手上的菜單。

「好啦，來，別在那兒唇槍舌劍了，趕快點餐吧？」

「……哎呀，我可沒在唇槍舌劍喔。是那個女的自己亂吼亂叫而已……對吧？」

被克勞蒂亞這麼明顯地挑釁，拉娜恨恨地咬牙。凱西交互望著兩人，一臉受不了的表情接話：

「妳們倆也收斂一點，趕快幫莫妮卡介紹菜色行不行。啊，莫妮卡。我推薦的呢～是這道炸魚排。這道的特製沾醬真的有夠棒。啊，魚的話，這道奶油煎魚也不錯。」

「那、那就，這道吧……」

說實話，七賢人身分讓莫妮卡收入還算頗為優渥，並沒有金錢方面的煩惱。

所以，菜單上的料理不管要點哪道都無所謂。不如說，因為對飲食方面的關心程度有限，所以有人推薦餐點，等於幫她一個大忙，讓她省去選擇的煩惱。

不一會兒，服務生送上了餐點。莫妮卡面前擺上了煎得恰到好處，色澤令人垂涎的嫩煎白身魚、麵包與湯。

魚肉上傳來檸檬與奶油的香味。戰戰兢兢地試著咬一口，柔軟的魚肉隨即在口中崩解。

說起住在山裡的莫妮卡吃過怎樣的魚，幾乎都是鹽漬或煙燻這類便於保存的。食用時要不就用火炙烤，再不就泡在湯裡吸回水分當成湯料吃。

所以，嫩煎魚肉這種口感對她而言相當新奇。濃厚的奶油香在口中滿滿擴散之後，有如點綴般的檸檬爽朗清香更是堪稱絕妙。

「……魚肉，好好吃喔。」

莫妮卡忍不住低聲讚嘆，正在撕麵包的拉娜也一臉深有同感地表示贊同。

「畢竟柯貝可那邊，不太有機會吃到海水魚嘛。」

「對、對呀……」

實際上莫妮卡並不是住在柯貝可，不過柯貝可同樣也是內陸，所以算相去不遠吧。

莫妮卡動作生硬地點頭，凱西也立刻跟上這個話題。

「我懂～我老家也是離海很遠，說起有什麼魚，基本上都只能抓河裡的來烤。」

說著說著，凱西將麵包一分為二，將蔬菜與炸魚夾進中央，痛快地大口一咬。

見到這種吃法，克勞蒂亞不禁皺起眉頭。

「……妳那個，是勞動階級的吃法喔。」

「我們家都趁農務休息時間這樣吃啊。唉～雖說在老家夾的不是炸魚而是青椒啦。」

克勞蒂亞雖然一臉傻眼，但凱西並不在意。

這種能夠不畏外人視線的堅強，令莫妮卡好生羨慕。

大口嚥下麵包後，凱西用餐巾擦了擦嘴，若無其事地說道：

「況且，在我老家那邊，不管貴族還是勞工都沒有什麼差別喔。要是大家不一起工作，就通通沒飯吃了。」

「……真虧妳這樣，還有辦法來這間學校就讀呢。」

「妳大可直說『真虧那種窮光蛋貴族還付得起這兒的學費』喔。畢竟，我也是這麼想的。能夠進入這裡就讀，真的是運氣狠好。剛好有緣受到親切的人士支援。」

凱西並不顯得自卑，態度依舊大方。想必她絲毫不認為自己的境遇有什麼不幸。

只是，或許她不喜歡讓周圍的人顧忌她吧，只見她隨口笑著轉變了話題。

「話說回來，下個月就是校慶，大家有決定要逛哪了嗎？」

克勞蒂亞帶著陰鬱的表情，回應凱西提起的話題。

「……我要在房間待到舞會開始。」

以陰鬱沉悶的氣場，當場粉碎凱西特地想轉換氣氛的用心，這就是克勞蒂亞・艾仕利。

臉頰抽搐的凱西，無奈地乾笑起來。

「哈哈……哎呀～就算是我也實在想不到有這種答案呢……不過，這樣啊～畢竟克勞蒂亞小姐很受歡迎嘛。不愧是校園三大美女。」

校園三大美女。

這個陌生的字眼，令正在咀嚼麵包的莫妮卡歪頭不解，拉娜於是小聲地為她解說：

「高中部三年級的布利吉特・葛萊安小姐、高中部一年級的艾莉安奴・凱悅小姐，還有那邊的克勞蒂亞小姐。校園三大美女指的就是這三人。」

莫妮卡雖然不認識艾莉安奴小姐這號人物，但布莉吉特與克勞蒂亞的確是豔冠群芳。

濃豔金髮與琥珀色雙眸，華麗貌美的布莉吉特，再加上烏黑秀髮與瑠璃色瞳孔，氣質神祕的克勞蒂亞。這兩人若同台登場，想當然會是萬眾矚目吧。
賽蓮蒂亞學園的學生大多是貴族子女，所以有婚約在身並不稀奇。就連三大美女之一的克勞蒂亞也是如此。
然而，即使有婚約在身——又或者說，正因為有婚約在身，才至少想在學生時代享受自由戀愛的樂趣，抱有這種想法的人似乎也不在少數。對於這些人而言，美麗動人的克勞蒂亞想必是憧憬的目標吧。
也正因為這樣，去年在校慶後的舞會上，據說想邀克勞蒂亞共舞的男同學多到要排隊。
「……尼爾學生會的工作很忙，白天幾乎沒有能夠自由活動的時間。既然如此，我也沒有參加校慶的意義。」
「喔——難以置信耶！說起校慶，看戲當然是必經活動之一不是嗎！」
克勞蒂亞的發言，令拉娜嘟起了嘴唇。
「今年的戲服可真是出色好嗎！再怎麼說，也是由我負責指導的。就算說單憑服裝就值得一看也不為過。況且表演時還用上了煙火。這還不夠豪華嗎！」
眼見拉娜挺胸介紹得如此志得意滿，凱西苦笑著向她回應：
「哎呀～歷史研究會的同學與拉娜的苦戰，真的是有夠精彩呢……」
話劇畢竟是校慶的招牌項目，榮獲起用為服裝負責人的拉娜，據說與歷史研究會的同學為了服裝相關問題上演了一場火熱的爭論。
歷史研究會會長堅持必須基於傳承重現衣著，拉娜則主張應融入流行的華麗服飾，雙方的討論一連長達數天，最後兩人似乎帶著有如面對戰友般的表情握手云云。
賽蓮蒂亞學園每年校慶都會遵循傳統，上演初代國王的建國傳說話劇。

只要是這個王國的居民，無論誰都曾在兒時聽過這樣的故事——

遠在一千多年前，利迪爾王國的初代國王拉爾夫為了替遭龍作亂的土地帶來和平，與火、水、土、雷、風、光、暗等七位精靈王締結契約，借助爾等之力討伐了邪龍。

就這樣，國王在這片重新取回和平的土地上建國……這就是建國傳說。

這齣話劇在賽蓮蒂亞學園的校慶，好像是最熱門的表演。

「嗳，莫妮卡，凱西。校慶時我們一起去看戲吧！……某位大小姐似乎要關在房間裡無所事事就是了。」

最後那句話是想用來攻擊克勞蒂亞的，但克勞蒂亞滿臉沒當一回事的表情。

望著克勞蒂亞的拉娜悻悻地轉過頭去，繼續接話。

「話劇看完後，還可以到音樂社聽演奏，或者逛逛義賣跳蚤市場喔。啊，這麼一提，凱西好像要拿刺繡去跳蚤市場賣嘛？」

「嗯，是啊，就像這樣的。」

凱西點點頭，從口袋裡掏出一條手帕。上頭繡有小小的黃色花朵。

拉娜聚精會神地端詳刺繡，然後露出一臉內行商人的表情說「工夫真好」。

莫妮卡也望著刺繡，直率地發表感想：

「我覺得，這個繡得，好可愛。」

來自拉娜與莫妮卡的讚美，讓凱西不好意思地搔了搔臉頰笑道：

「啊哈哈，謝謝妳們。刺繡我還算滿拿手的喔。在我老家那邊，黃色的花是幸福的象徵嘛，所以常會繡黃花。等慈善義賣需要的量繡完，我再繡些東西給莫妮卡如何？」

「那個，可是……」

見到莫妮卡一臉過意不去地低頭，凱西眉尾不由得垂了下來。

「啊，妳不喜歡花？」

莫妮卡趕緊搖頭。

「選修課，都已經讓妳答應要教我騎馬了，現在又害妳費心……感覺有點，不好意思。」

選修課下周就開始正式上課，莫妮卡已經約好要在課堂上請凱西教自己騎馬。

都已經這麼麻煩她了，要是又連刺繡都仗著她的好意麻煩她——想著想著，莫妮卡再度低下頭去，

這時，凱西從桌上探出身子，伸手大把大把地摸了摸莫妮卡的頭。

「不要顧慮這種事啦！不管騎馬還刺繡，我都是自己喜歡才動手的嘛！」

「好、好的……」

點頭之後，莫妮卡搓起指頭喃喃自語：

「騎馬、刺繡，還有校慶……全部，都讓人……好期待……」

在魔術師養成機構米妮瓦就讀時，說起校慶內容，就是以各自發表研究成果為主。

莫妮卡身為免除學費的特等生，當然必須發表與待遇相符的成果，因此總為了製作論文與資料東奔西走。

那時期，參展也只是準備好參展物，校慶當天自己一樣窩在研究室裡頭，因此對於校慶是何種氣氛，莫妮卡本身並不瞭解。

但，現在比起當時，更能感受到來自周圍的興奮感與高亢感。

莫妮卡很不善於應付人多的場所，其中又以慶典為最，但……

（……我或許，有一點興奮期待，也說不定。）

雖然並沒有抱著校慶時要做什麼之類的目標，但她希望校慶能夠成功。能夠平安無事，順順利利地舉辦。

「諾頓會計。」

無意間聽到喚聲抬頭，便看到希利爾正朝自己走來。

反射性挺直胸膛時，希利爾朝自己遞出了一張紙。

「有業者傳來連絡，表示今日放學後要進行資材搬入作業。我們學生會幹部必須到場陪同，放學後到東側大門來。這張是資材的清單。記得好好記熟。」

「東側的，大門嗎？」

那兒平時是封鎖的，不太有機會打開。

聽到莫妮卡的提問，希利爾輕輕點頭。

「因為資材的數量龐大，所有業者都走正門的話會妨礙同學進出。」

按希利爾所言，光是今天好像就有三家業者要來。分別是服裝等要用的布料、煙火以及木材。

似乎因為木材最占空間，所以請業者改從東門搬運。

「煙火方面殿下與霍華德書記會處理，布料相關交由葛萊安書記與梅伍德總務點收。我們倆負責木材的項目。」

「好、好的。」

莫妮卡點頭後，坐在身旁的克勞蒂亞啜著紅茶小聲咕噥起來：

「……竟然把學生會幹部的預定洩漏給第三者，真夠大意呢。」

克勞蒂亞的指責令希利爾柳眉直豎，轉頭瞪向妹妹。

「我們的預定讓其他同學知道，會引起什麼問題嗎。」

「……尼爾他，要與布莉吉特．葛萊安兩人一起監督業者是嗎……竟然要跟我以外的女人兩人獨處……不妨礙他們怎麼行。」

「還不住手！」

聽起來像是個惡劣的玩笑，卻真的有可能實行，這就是克勞蒂亞．艾仕利。

更別提，她的未婚夫尼爾牽涉其中時，可能性更加翻倍。

「點收流程會有業者在場。根本算不上兩人獨處。不准妨礙我們的工作！……還有，諾頓會計。我們負責的木材數量龐大。放學後要記得馬上到場。」

「好的，艾仕利大人。」

莫妮卡正忙著點頭，一旁卻突然出現兩隻修長的手臂，纏住她圓滾滾的腦袋。是克勞蒂亞的手。

克勞蒂亞自身後抱住莫妮卡的頭，在她耳邊細語道：

「……哎呀，真傷腦筋。我也是艾仕利大人唷。」

「啊，呃——克勞蒂亞大人是克勞蒂亞大人……所以，呃——……」

「……哎呀呀，你沒能讓人家直呼名字呢，兄長。我跟莫妮卡是好朋友，所以能以名字互稱，但兄長只是認識的人，所以人家不願意直呼你名字對吧。既然只是認識的就沒辦法了呢。得不到學妹傾心的可憐兄、長。」

克勞蒂亞帶著微笑仰望希利爾，只見他臉部一抖一抖地抽搐。

從以前就這麼覺得，但這對兄妹，感情好像不太融洽。

拉娜與凱西也都一臉傷腦筋地守候著這對兄妹的互動。

莫妮卡則是急了。再這樣下去，希利爾就會成為得不到學妹尊敬的可憐學長。

「那、那個，艾仕利大人……呃——當兄長的艾仕利大人，工作時不但能幹，又是很厲害的人，我、我深感尊敬。」

聽到莫妮卡卯足全力的緩頰，希利爾轉動他深藍色的眼珠瞪向莫妮卡。好可怕。

「那、那個，非非非非常對不起……對喔，我只要喊副會長就解決了嘛，真的是非常抱歉，艾仕利副會長。」

希利爾其實是一臉苦澀地瞪向克勞蒂亞，但看在莫妮卡眼裡，只會以為對象是自己。

眼見莫妮卡淚眼汪汪地渾身發抖，希利爾深深嘆了口氣。

「……叫希利爾就好。」

「是、是的……希利爾大人。」

莫妮卡小小聲地回應後，克勞蒂亞又在她耳邊嗤嗤地笑起來。

「哎呀哎呀。交情只停在認識程度的兄長，不過是要人家直呼名字，就得鬧這麼大風波呢。」

「妳竟然有交朋友，這我可第一次聽說呢。克勞蒂亞。」

「有呀，當然了，我們可是感情融洽的姊妹淘呢。對吧，莫、妮、卡？」

莫妮卡猛點頭的反應，讓希利爾眉間又多了一道皺紋。

「諾頓會計，妳不是被逼著陪克勞蒂亞演戲吧？」

「不、不是的，沒有那回事……」

這回改成搖頭，克勞蒂亞貼莫妮卡貼得更緊了。

克勞蒂亞身上傳來一股莫名的芳香，明明如此，為什麼卻令人絲毫也安不下心呢。

「……哎呀，真過分。竟然懷疑我們的友情……兄長你這人，看我跟莫妮卡這麼要好，心生嫉妒了是吧。」

「妳說誰嫉妒……！」

「……有帶鏡子嗎？你現在一臉就是被嫉妒蒙蔽心志的表情，不如自己確認確認如何？」

暴露的青筋數量愈來愈多，已經瀕臨怒意爆發邊緣。

莫妮卡慌忙扯開喉嚨大喊：

「希、希利爾大人的表情，就跟往常一樣！沒問題的！」

再怎麼說，與莫妮卡相處時的希利爾，總是怒著一張臉。因此這不算扯謊，確實與往常一樣。

「……哎呀，兄長也真是的。原來你不分對象，時時刻刻都在嫉妒呀。」

「噫噫噫！我、我不是，那個意思……」

「諾頓會計！如果克勞蒂亞給妳添了麻煩，就給我直說！」

「不是的，那個，呃——……」

「……添麻煩什麼的，妳才沒這麼想對吧？莫、妮、卡？」

「是、是的～～～～……」

夾在銀髮與黑髮的英俊貌美兄妹之間，莫妮卡已經快要昏倒。

正在品嘗餐後紅茶的凱西，傻眼地低語：

「……那邊的，全都被克勞蒂亞小姐要得團團轉呢。」

無論希利爾還是莫妮卡，全都逃不出克勞蒂亞的五指山。

性格太惡劣了吧——拉娜伸手添上眉間，嘆了一口大氣。

＊　＊　＊

莫妮卡的黑貓使魔尼洛，白天大致上就是在校舍外無所事事地閒晃。

當然，身為優秀的使魔，尼洛不可能只是像條蠢貓只是閒閒沒事耍廢曬太陽。

他正在窗外偷聽講課的內容，學習跟人類有關的知識，同時眼尖地來回觀望，確認第二王子身邊有沒有出現什麼可疑人士。

尤其今天好像會有外部人士出入，所以放學後，尼洛對菲利克斯周圍的警戒程度比平時來得更高。

（……也罷，那個王子好像有契約精靈跟著，八成不會出什麼大事吧。）

擅長感測魔力的尼洛，知道菲利克斯的口袋裡總是躲著一隻化身為白蜥蜴的精靈。那恐怕是水系的高位精靈。

這麼一提，根據最近偷聽的課堂內容，能和精靈締結契約的，好像只有上級魔術師等級的對象還怎樣的……

（這樣的話，那個王子是魔術師嗎？）

像這種事就是問莫妮卡最快。

再怎麼說，莫妮卡也是君臨王國魔術師頂點的七賢人之一。魔術相關知識能超越莫妮卡的人，基本上並不多見。

這幾天再找機會向莫妮卡請教與精靈締結契約的相關知識吧——正當尼洛如此心想時，忽然被某種東西勾動了他的感覺。
尼洛一顫一顫地抖著鬍鬚，開始集中意識。
那是微弱的魔力反應。這所學校有課程是在指導實戰魔術的，會出現魔力反應本身並不稀奇。
但是，這次的地點太不自然了。
（……那兒是倉庫嗎？看來是在搬進某種東西啊。）
位於校園西側的大倉庫，正有幾位業者在搬運木箱進出。嗅覺敏銳的尼洛，馬上察覺到木箱裡裝的是火藥類物品。
（莫妮卡說過搬入校園的是校慶要用到的資材……人類在慶典時會用上火藥嗎？是有要搞爆破工程嗎？）
沒看過煙火的尼洛，一臉狐疑地望著不斷被搬入倉庫的木箱。
負責導引搬入作業的，是身為護衛對象的第二王子。他身邊還跟著那個沒事就開口挖苦莫妮卡，深褐色頭髮的下垂眼。
（王子跟下垂眼……好像沒注意到倉庫裡有出現魔力反應啊。）
尼洛對魔力的反應靈敏所以能發現，但人類看來就沒辦法了。
這麼一提，以前莫妮卡好像有說過。人類想要感測魔力，必須使用專司感測的魔術才行。
倉庫內的魔力反應極為薄弱。但不曉得是否自己多心，總覺得那魔力微妙地隨著時間經過不停膨脹。
（……總覺得，有不好的預感啊。）
尼洛跳下樹枝，朝莫妮卡所在的東側大門奔去。

＊＊＊

放學後，莫妮卡來到指定地點東側大門時，資材的搬入作業已經展開了。

希利爾正在東側倉庫旁向業者不停下達各種指示。

莫妮卡死命發揮她的慢郎中跑速趕到現場，希利爾隨即豎起眉尾破口大罵：「太慢了！」

「希利爾，大人，非、非常，對不……咳咳……」

對於體力孱弱的莫妮卡來說，光是跑這麼段路就足以令她上氣不接下氣。

明白她腳程有多慢的希利爾，低頭望著氣喘吁吁的莫妮卡，伸手按上自己的眉間。

「快給我把妳那不堪入耳的呼吸調勻。資材才剛要開始搬。今天的流程一時半刻可結束不了。」

「好、好的……」

「然後，今天應該有負責舞台美術的人員會來確認資材……」

說著說著，希利爾開始環顧四周，將視線鎖定在一個從校舍前來的人影。

「看來是到了。」

朝希利爾的視線方向看去之後，莫妮卡不敢置信地眨了好幾下眼睛。

正在朝倉庫走來的，是將一頭明亮茶髮紮在後腦，看起來朝氣十足的少女——凱西。

「抱歉久等了！我是高中部二年級的凱西．古羅布。舞台美術的負責人與時代考證組展開了議論……感覺短時間之內不會結束，所以由我代理。」

「嗯，反正只需要確認數量，有代理人就行了。」

「好的，請多指教嘍！莫妮卡也請多指教喔。」

被凱西點名問候，莫妮卡猛力點頭。

說實話，莫妮卡也沒辦法和初次碰面的人好好交談，所以看到來的是凱西，她鬆了一大口氣。

對於怕生的莫妮卡而言，若是處理數字相關工作，不管分量有多少都不覺得辛苦。可要是換作報告或下達指示這類講求人際關係交流能力的工作，難度就會一口氣攀升。

面對暗自撫著胸口安心的莫妮卡，希利爾開始發號施令。

「我要去向業者指示資材擺放的地點。諾頓會計就比照清單，確認有沒有遺漏的項目。」

「好，好的。」

點頭之後，莫妮卡的肩頭突然被凱西拍了拍。

「我也來幫忙莫妮卡。這樣就可以一起確認資材了。」

「非、非常謝謝妳。」

凱西快活地笑著回應「不客氣」，並伸手拿起清單。

接著，看到清單上羅列的資材名稱與數量，凱西臉上的笑容瞬間消失。臉頰還微妙地抽搐起來。

「唔哇，滿滿的數字……」

莫妮卡是看到滿滿數字就會感到心頭雀躍的類型，然而大多數人似乎並非如此。不例外地屬於大多數人的凱西，一臉嚴肅地將清單向莫妮卡遞出。

「……我來清點現物數量，與清單比對的工作就交給妳了好嗎？」

「好的！」

像這類比對的作業可說是莫妮卡的強項。

凱西苦笑著交還清單，朝已經運來的資材跑去。

運來現場的，幾乎都是已經加工完畢的木材。有裁切成薄板狀的，也有棒狀的，樣式五花八門，其中還有已經組合成某種形式的。相信都是要在舞台上使用的吧。

凱西一一確認木材的種類與數量，再由莫妮卡對照清單上的內容。

在反覆進行這樣的作業時，莫妮卡無意間抬頭，發現視線範圍內並沒有凱西的身影。

「……奇怪？凱西？」

莫妮卡開始環顧四周尋找凱西。緊接著，一聲「我在這——！」便從木材後方響起。

原來是倉庫深處的資材已經差不多檢查完了，既然如此，自己或許也跟著凱西往入口移動比較好。

這麼心想的莫妮卡，拿著清單起步朝凱西的方向走去。就在這時，噗嘰——一道某種東西斷裂的聲音傳進耳裡。

（咦？）

下個瞬間，原本以繩索固定的縱置木材開始傾斜。

斷掉的東西原來是固定木材的繩索。

「莫妮卡，我在這邊！」

木材傾倒的方向，正好是凱西的所在地。而她並沒有發現木材正倒向自己。

「快躲開！」

倉庫外的希利爾立刻開口警告，並迅速詠唱咒文。

他恐怕是想用魔術救凱西吧。但，木材已經迫近到凱西的頭上。詠唱下去一定來不及。

……沒錯，一旦詠唱就來不及。

（拜託要趕上……！）

莫妮卡情急之下，無詠唱發動了風之魔術。

從木材的位置與角度，換算出傾倒的落點，以最低限需要的力道微微調整了木材倒下的位置。

「呀啊啊啊啊？」

嘎啦嘎拉接連響起的木材倒地聲，與凱西的哀號重合。

莫妮卡感覺到自己背部冷汗直流。

（……趕上了，嗎？）

「妳們倆，沒事吧！」

希利爾臉色大變地趕來。莫妮卡猛力點著頭，舉著顫抖的腳步前往凱西身邊。

癱倒在地的凱西，沒有明顯可見的外傷。木材全部符合莫妮卡的計算，倒向了與凱西身體有點距離的位置。

即使如此，只要弄錯一步，凱西就會當場成為木下亡魂。凱西見狀，也不禁臉色泛青地發抖。

「凱西，妳還好，嗎……」

聽到莫妮卡開口關切，凱西臉部緊繃地點頭。

「妳們兩個！有沒有受傷？」

總算趕到的希利爾，交互望向莫妮卡與凱西，確認她們的傷勢。

莫妮卡自是不用說，連凱西也毫髮無傷。然而為了安全起見，希利爾還是吩咐她們務必去醫務室報到。

「這邊我會負責善後。畢竟，關於意外發生的原因，依情況而定，搞不好得向業者究責。妳們就到醫務室休息去。」
「好、好的。」
莫妮卡朝癱倒在地的凱西伸手，問她：「站得起來嗎？」
凱西點了頭，握住莫妮卡的手，搖搖晃晃地起身。
瞥了眼固定木材的繩索，莫妮卡緊咬嘴唇，牽著凱西的手走出倉庫。

＊＊＊

凱西是個總是露出開朗笑容的少女。
像個大姊頭，愛照顧人又可靠，永遠牽著莫妮卡的手走在前頭帶路。
這樣的凱西，現在卻走得有氣無力，宛若依偎在身旁的莫妮卡手臂上。連握緊的手掌都冷汗直流，感覺得出她還在稍稍地顫抖。
看到莫妮卡緊緊望著那隻手，凱西表情蒼白地露出虛弱的笑容。
「對不起啊，總覺得，好像讓妳看見了不像樣的一面。」
「不、不會，畢竟是遇到那種事……換作是誰，都會有同樣的反應。」
「哈哈，這樣說來，也是喔～」
凱西笑得生硬無比，感覺就像是想要像往常那樣大笑，卻失敗了一般。
這樣子的笑法，還有那蒼白的臉色與虛弱地顫抖的手……無一不刺痛著莫妮卡的心。
兩人就走在校舍東側的走廊。距離醫務室，還有一小段距離。

一度緊咬嘴唇之後，莫妮卡緩緩開口：
「綁著木材的繩索上……有一道被刀刃，劃開的痕跡。」
「咦？那，剛那場意外不是偶然的……難道說，繩索一開始就有切痕？是業者在覬覦某人性命？」
莫妮卡搖搖頭，否定凱西的說法。
「不是的，仔細觀察繩索的切痕，可以知道那是只切至途中，接著就等繩索自然斷裂的手法。我計算過了。按照切痕的深度，到繩索斷裂為止需要多少時間……」
由於不清楚木材正確的重量，因此只是大略估算的數字——加上這句前提之後，莫妮卡道出答案：
「大約是，五秒至十五秒。」
從向那條繩索下刀之後，經過大約十秒左右，繩索就會完全斷裂。
換言之，繩索並非在帶進校園之前就是先切開，而是在現場的某人動手割裂的。
然後莫妮卡很清楚。由於先前的入侵者相關騷動，現在凡是有外部人士想進入校園，都必須接受持有品檢查。
外部人士無法攜帶刀刃入內。有需要使用時，都必須向校方提出申請借用。
「……業者沒辦法把刀子帶進來，所以絕對沒辦法在繩索上，刻出切痕。」
凱西臉上的表情消失了。
莫妮卡就像打嗝似地哽著喉嚨，繼續開口：
「……是凱西妳，把繩索切開，的嗎？」
從莫妮卡的手中，凱西的手溜走了。
凱西走到超前莫妮卡幾步的位子，停下腳步，俐落地回過身來。

她臉上所浮現的，是一如往常的開朗笑容。

「啊哈哈，穿幫啦～……嗯，沒錯，是我做的。」

直截了當地承認，態度乾脆到令人驚奇。緊接著，凱西從口袋裡掏出一把小刀，現給莫妮卡看。

啊啊——莫妮卡不成聲地開口：

「……為，什麼？」

「因為我討厭妳啊，想說惡作劇一下。其實啊，那些木材是以莫妮卡為目標的。沒想到卻搞砸朝自己的方向倒來。哎呀～真受不了。」

那語調，那笑法，凱西很想假裝得一如往常吧。

然而，其中卻帶有無論如何都掩飾不了的演技成分。凱西的發言，散發出一股不協調感，就像是照本宣科朗讀事先準備好的台詞一般。

出口的話語比平時更流利迅速，同時她又始終不與莫妮卡四目相接。

凱西她，正在說謊。

「……這是，騙人的。」

「沒騙妳喔。我啊，打從第一次遇見妳，就一直很討厭妳啦。」

凱西的言詞化作刀刃，不斷切割莫妮卡的心。換作平時的她，或許早就淚眼汪汪地低下頭去了。

但，現在在莫妮卡心中湧現的，是比這更強的不協調感。

「凱西妳，在瞞著我什麼事嗎？」

「討厭啦～才沒什麼好瞞的呢。我討厭妳。所以呢，想要惡作劇整妳。就只是這樣。」

凱西揚起嘴角，擺出一臉壞心眼的表情望向莫妮卡。

「茶會課的時候，莫妮卡的紅茶被人丟掉的事，還記得吧？」
「……是的。」
「那個啊，其實是我幹的。」
若無其事的語調，毫無罪惡感的態度。
明明是這樣，莫妮卡內心卻並未感受到絲毫憤怒。就只是純粹地，持續湧現不協調感與悲傷。
莫妮卡低下頭，小聲地說道：
「……我，知道。」
「咦？」
面對驚愕地眨眼的凱西，莫妮卡緊揪著裙子繼續接話：
「……我以前，曾經，有被霸凌的經驗……東西常被人藏起來……所以我在私人物品，不會，寫自己的名字。」
將紅茶罐擺上架子時，凱西給了莫妮卡用來作記號的紙。
凱西雖然在紙上寫了自己的名字，莫妮卡卻怕被人發現後動手腳，不敢寫姓名。
所以才會將其中一端摺成蛇腹狀，當成只有自己認得的記號。
「那時候，看到我把紙摺成蛇腹狀的人……就只有，凱西而已。」
膽小而慎重的莫妮卡，無論在摺紙的時候，還是在架子上擺紅茶罐的時候，都徹底以自己的身體掩飾，不讓任何人看見。
……也就是說，知道那兩罐紅茶是莫妮卡所有物的人，就只有凱西。
然後，沒帶僕役的凱西為了沖自己的紅茶，比莫妮卡早先一步離席前往準備室。她就是趁那個時候，把莫妮卡的紅茶扔進垃圾桶的吧。

莫妮卡這番說詞，凱西雖然一臉驚愕，但最後還是撥起了瀏海，空虛地笑了起來。

「啊哈哈，妳腦筋果然很好。這樣啊～……從那麼久以前就穿幫了嗎～」

「可是，凱西每次、每次都在幫我的忙……所以說，我一直覺得，是不是有什麼地方弄錯了……」

紅茶葉被扔進垃圾桶，遭受重大打擊時，凱西提議可以用她的紅茶沒關係。

不僅如此。練舞時凱西也有幫忙，也曾主動開口邀吃中飯，每次每次，凱西都主動表達關心，助莫妮卡一臂之力。

所以，莫妮卡才會始終不願直視真相。反覆說服自己，一定是有什麼地方弄錯了。

看到莫妮卡眼淚彷彿隨時都會奪眶而出，凱西娓娓開口：

「其實啊，我很想當殿下的新娘，成為將來的王妃。於是我心想，要是跟殿下看好的莫妮卡打好關係，是不是就能增加接近殿下的機會。所以才會對莫妮卡表現溫柔的一面，假裝跟妳是好朋友……哈哈，很差勁對吧？」

敘述時的嗓音，明明是莫妮卡所熟悉的凱西，卻不知為何莫名地空泛。

凱西的回答，乍見之下似乎解釋得通。但莫妮卡內心那股令人生厭的不協調感，還是揮之不去。

莫妮卡很不善與人應對。所以，至今為止，都不太會好好去觀察身在面前的人。

可是，來到這所學校後，莫妮卡開始接觸各式各樣的人，讓她稍稍學會了點「試著瞭解他人」的感情。

正因如此，她可以肯定——凱西正在隱瞞著某件事。

只是，那個「某件事」是什麼，目前還是難以捉摸，莫妮卡心急地握緊制服的胸口。

（……凱西到底，是在隱瞞什麼？）

要是不趕快察覺，只怕後果會變得不可收拾。

就在這種預感糾纏著莫妮卡時，走廊的窗口突然猛力開啟，一名男子朝她飛撲過來。

「莫妮卡！」

雖說只是一樓，但從窗口跳進來這種背離常識的舉動，在這所賽蓮蒂亞學園裡，沒有一名同學會這麼做。

那也是當然的，因為從窗口飛撲而來的人，是黑髮青年──化身成人類的尼洛。

總是身著老派長袍的尼洛，現在身上的卻是賽蓮蒂亞學園的男同學制服。

「……尼、洛？那衣服，你是怎麼了？」

「喔，很正點吧。我可是超努力重現的喔！雖然只是有樣學樣所以質地很薄就是了……唉唷，現在不是講這種事的時候。」

尼洛瞇起銳利的視線望向西側，迅速向莫妮卡開口：

「西側倉庫有出現奇妙的魔力反應。而且還不斷增強中。」

被窗口跳進的神祕男子驚嚇到的凱西，在聽過這段話之後，臉色又一口氣鐵青起來。

莫妮卡立刻無詠唱發動感測魔術。

方向與現在的校舍東側正相反，西側的倉庫，的確出現了魔力反應。

而且還偽裝得十分巧妙，不容易被感測魔術發現，要不是有尼洛提醒，莫妮卡恐怕也不會注意到吧。

（屬性是火，魔力的流向正不斷吸收周圍的魔力，進行壓縮，在內側形成漩渦……難道說！）

以前在米妮瓦就讀時，莫妮卡曾在魔導具課程看過這種獨特的魔力流向。

那是種殺傷能力極高的暗殺用魔導具。其名為……

「……〈螺炎〉。」

莫妮卡道出這則詞彙的瞬間，凱西瞪大了雙眼，一道微弱嗓音自口中流出：

「為什麼，莫妮卡會知道是〈螺炎〉啊……？」

聽到這句低語的剎那，凱西至今為止的行動總算全都連貫了起來。

西側倉庫正在進行的，是煙火的搬入作業。負責點收的人，是菲利克斯與艾利歐特。

凱西之所以接近莫妮卡，假扮成想跟她做朋友，其真正的理由，就是……

「凱西的目的是……暗殺，殿下嗎？」

凱西沒有回應。

但，那緊繃的臉孔，已經道出了一切真相。

✦第十一章　我的職責

在校慶使用的煙火大致上可分為兩種。一種是在一定期間內打上天空的類型，還有一種是在舞台表演時使用的類型。

前者會在校慶前一天運至校內，但後者由於彩排等活動也需要使用，故會提早送達。

接洽搬入作業的除了學生會幹部菲利克斯與艾利歐特之外，負責舞台演出的梅貝爾．漢茲小姐也會在場陪同。

因為舞台表演所需的煙火雖然基本上由專門業者經手處理，但處理上的注意事項也必須知會與舞台表演相關的人員才行。

梅貝爾．漢茲是高中部三年級，深具知性與理性的女同學。

她是個五官端正又知性洋溢，與眼鏡十分相襯，平時總在窗邊靜靜看書的千金小姐，但她最有名的是，只要和舞台表演扯上關係，雙眼就會立刻閃出慾望的光芒，當場變一個人。

這樣的她，正來到觀望搬入作業的菲利克斯身邊，「殿～下」——以諂媚有加的撒嬌聲低語。

「上次那件事，殿下有考慮過了嗎？」

「嗯，是指希望我上台表演的事嗎？如果是那件事，我應該當場拒絕了才對。」

「我明白殿下身為學生會幹部總是諸事繁忙。可是，只要一下下，真的只要一下下就行了。初代國王最後的場面，就算只是最後一幕也好，可以請殿下重新考慮看看嗎？」

原本在一旁確認清單的艾利歐特都忍不住默默遠離了菲利克斯，梅貝爾緊迫盯人的壓迫感就是強到這種地步。

側眼瞥向艾利歐特的同時，菲利克斯開口向梅貝爾曉以大義。

「明明整場戲都由其他人擔綱，卻只在最後一幕換我上場，恐怕會損及話劇的完成度喔。」

「絕～～～對不會有這種事！所有觀賞舞台的人肯定都會喜極而泣，當場高聲歡呼吧！是的，沒錯，我已經聽見了。觀眾們響徹雲霄的歡呼以及轟動到足以震裂大地的掌聲！」

太誇大其辭了吧──菲利克斯不再多加回應。

梅貝爾平時真的是位端莊又安分的淑女。只是一扯到舞台表演相關事務，就會讓她莫名燃起過度的雄辯欲。

「其實可能的話，真希望殿下演初代國王，希利爾大人演風之精靈王謝費爾德，布莉吉特大人演水之精靈王露露契拉，艾利歐特大人演大地之精靈王亞克雷德……畢竟學生會幹部都是俊男美女呀。真的是，光站上舞台！那個魄力就！不一樣！」

菲利克斯假裝沒聽到，默默地確認木箱。

梅貝爾繞到充耳不聞的菲利克斯正面，以火熱程度更勝熱戀中少女的眼神，抬頭望向菲利克斯。

「殿下，還請重新考慮考慮好嗎？就連飾演王妃的艾莉安奴大人，都表示英雄拉爾夫一角務必希望由殿下來扮演喔。」

「……這樣啊～」

艾莉安奴──提到這個名字的瞬間，菲利克斯的碧綠瞳孔覆上了些許陰霾。

不過，菲利克斯臉上的笑容依舊沉穩，他就這麼笑著回答梅貝爾：

「既然如此，我就在此正式回覆吧。我們學生會幹部，是不得登台參與演出的。若妳打算繼續糾纏不休，恐怕就必須將妳視為妨害學生會執行業務了。」

遭到如此強硬的拒絕，梅貝爾忍不住緊咬手帕，發出一聲不太淑女的「唔咕～」

接著，菲利克斯收起了辛辣的態度。

「我相信，根本用不著我上舞台畫蛇添足，這次的話劇也會成功。還請不要辜負我的期待，打造一齣美妙的戲劇吧。」

被講到這個地步，梅貝爾也實在無法繼續死纏爛打了。

見到菲利克斯巧妙地打發掉梅貝爾並回歸崗位，艾利歐特也若無其事地走回他身邊。

「你可真會四兩撥千斤。不愧是殿下……但，這樣好嗎？艾莉安奴小姐不是希望能與殿下演對手戲嗎？」

艾莉安奴是菲利克斯的遠親。菲利克斯的祖父克拉克福特公爵似乎打算讓艾莉安奴成為菲利克斯的未婚妻。

但，菲利克斯就好像打從心底認為無所謂似的，輕輕聳了聳肩。

「學生會業務繁忙是事實呀，有什麼辦法。相信艾莉安奴小姐是個明事理的人，不至於為這種小事鬧脾氣吧。」

「這種敢請校園三大美女吃閉門羹的從容態度，可真羨死人啦。」

何必講那種違心之論——菲利克斯在心裡嘀咕，重新望向自己手上的清單。

菲利克斯絕非厭惡克拉克福特公爵所安排的未婚妻候選人。純粹就只是不感興趣而已。

未婚妻候選人也好，前程似錦的未來也好，只要是為了菲利克斯・亞克・利迪爾所準備好的一切，他一律不感興趣。

（……即使如此，我還是非得當上王不可。）

就算要背負眾人口中的——「克拉克福特公爵的傀儡」之名也一樣。

＊　＊　＊

「……絕對不能讓那個克拉克福特公爵的傀儡當上國王。」

咬緊牙關的凱西，忿忿地低聲說道。

臉上找不到她往常開朗的笑容，眼裡只剩下灰暗的絕望色彩。

莫妮卡總算理解了。

在東側倉庫自導自演引起木材倒塌事件，是為了製造不在場證明。

如果同一天之內，在兩個不同的場所出事，大多數人一定會認為兩起事件都出自覬覦菲利克斯性命的同一名犯人之手。

所以，只要讓自己被捲入其中一方的事件，就能夠免除來自周圍的懷疑。

畢竟，凱西要是被木材壓成重傷，肯定不會有人想到她就是真凶。

如此一來，凱西就能夠假裝自己只是被捲進事件的普通人。

（……就算是這樣，那麼，危險的舉動……）

一但出了什麼差錯，凱西現在就是木材下的屍體。

這種有如走鋼索般的驚險行徑，令莫妮卡背脊直打冷顫。

「為什麼……凱西……為什麼……」

為什麼，即使做到這種地步，也想要取菲利克斯的性命，有什麼必要這麼做。

不但把這麼危險的魔導具帶進學校，還刻意偽裝成意外事故，替自己製造不在場證明。

眼見莫妮卡陷入混亂，凱西絕望的扭曲臉孔依舊，只是扭起嘴角笑了笑。

「菲利克斯殿下一旦正式成為王儲……他背後的克拉克福特公爵，就會發起與蘭道爾王國的戰爭。身為區區傀儡的第二王子，是阻止不了這件事的。」

蘭道爾王國。那是位於利迪爾王國與帝國之間的小國──也是第一王子母后的出身國家。

在喝巧克力的時候，菲利克斯曾經向自己提過。第一王子派與蘭道爾王國之間的關係很密切。

……但，關於第二王子派對於蘭道爾王國抱持著怎樣的感情，菲利克斯並沒有連這點都一起說明。

「不久前，地龍出現在克萊梅鎮附近的事，妳記得嗎？」

為什麼，會突然提起地龍的事？腦中雖感到疑惑，莫妮卡還是點了頭。

克萊梅的地龍──當然不可能忘記。那是被莫妮卡打倒的龍，功勞還送給了古蓮。

「聽到地龍被碰巧經過的魔術師打倒時，我一方面鬆了口氣……一方面又打從心底羨慕。在我老家那邊，地龍出現時可沒有魔術師在場呢。村裡就連一位魔術師都沒有，龍害也造成了大量的犧牲。」

就算當時有魔術師在場，也不可能輕輕鬆鬆討伐地龍。龍對魔力的抗性極高，沒有正確瞄準眉心發動攻擊是打不倒的。

這件事，凱西應該明白才對。然而那扭曲的表情說明了，她是在熟知這一切的前提下，依然發自內心稱羨。

那是已經數度目睹龍害，為此失去眾多事物的表情。

「我老家那邊呢，位於王國與蘭道爾的國境上。龍害相當嚴峻，可是又沒有足夠的財力去找其他貴族求救，過得真的很苦。」

王都龍騎士團抵達邊境相當費時。想求助軍事力雄厚的鄰近貴族又必須花錢。

即使有貴族像柯貝可伯爵那樣，願意火力支援鄰近地區，那也絕非慈善事業。畢竟想維持軍隊，是必須燒掉大把銀子的。

「……既無軍力，也無財力。人民與土地都因為龍帶來的戰火疲弊交加。就算到這種地步，這個國家還是沒有向我們伸出援手。」

中央貴族與地方貴族的嫌隙，莫妮卡亦曾有耳聞。

王都龍騎士團再怎麼精銳，也不會為了區區一隻低等龍而出動。這就是現實。

「暗中給予這樣的我們支援的，是蘭道爾喔。我家代代都與蘭道爾有來往……是那個國家的各位大人悄悄跨越邊境派遣騎士團，拯救了我的故鄉。」

蘭道爾王國的騎士團私下穿越國境，當然是違反國家協定的行為。

然而對於生活在龍害恐懼之下的凱西他們而言，這不知有多令人感激。

王國龍騎士團總是被派往優先順序較高的地區。財源短缺的邊境鄉下地方，順序在王國眼中是高是低，一點都不難想像。

比起袖手旁觀的利迪爾王國，當然是雪中送炭的蘭道爾王國，會讓凱西感受到更深厚的恩情義理。

「擁戴菲利克斯殿下的克拉克福特公爵，內心抱著侵略蘭道爾的念頭。這樣將來在與帝國開戰時，才能夠把蘭道爾當成進攻的據點。」

凱西瞳孔深處的，是絕望，以及強烈的憤怒。

任由那樣的雙眸映照出莫妮卡膽怯的身影，凱西帶著低沉的嗓音開口：

「沒道理饒得了他們吧。不管是克拉克福特公爵，還是那個傀儡王子。」

凱西將手中的小刀舉向莫妮卡。不過，尼洛隨即扭起了那隻手。

尼洛就這麼順勢架住凱西，以那雙閃著金光的眼睛望向菲利克斯等人的所在方向。

「喂，要怎麼辦，莫妮卡！西側倉庫愈來愈不妙嘍！」

「……唔……」

〈螺炎〉是以暗殺為目的所打造的魔導具。大小就跟能擺在掌心的胸針沒兩樣。只要一度啟動，就會吸收周圍的魔力囤積在內部，待魔力達到一定量便破裂引發火焰四散。

四散的火炎，將有如螺絲般高速旋轉貫穿目標，因而命名為〈螺炎〉。

提起螺炎的特徵，絕不可忽視的就是那極高的殺傷力。尋常的防禦結界，只會被〈螺炎〉的火焰威力輕鬆突破。因此，〈螺炎〉又有著〈魔術師殺手〉的別稱。

至於缺點則是有效範圍狹窄。〈螺炎〉威力雖強，射程卻意外地短。

即使如此，如果是在搬入了火藥的倉庫炸開，肯定是會造成巨大的損害吧。

把殺傷力極高的〈螺炎〉裝設在火藥旁，這種天衣無縫的算計方式，毫無疑問是真心想致菲利克斯於死地。

〈螺炎〉是為了確實達到暗殺目的而存在的魔導具。因此，就算凱西失去意識或喪命，都無法阻止螺炎發動。

想阻止只有一個方法，那就是由凱西向魔導具下達停止的指示。

「求求妳……求求妳，凱西……讓〈螺炎〉，停下來……」

面對莫妮卡的懇求，被尼洛架著的凱西緩緩搖了搖頭。

「不可以。就算我遭到拷問，也不會停下〈螺炎〉。暗殺菲利克斯殿下的使命一定得完成才行。」

凱西的意志之堅定，令莫妮卡不寒而慄。

無論自己怎麼哭喚，凱西恐怕都不會停下〈螺炎〉吧。

「喂，快沒時間了，莫妮卡！」

尼洛大聲斥喝遲遲沒有行動的莫妮卡。淚水開始自莫妮卡的眼角滲出。

我不要這樣——要是能像個小孩子哭叫鬧脾氣就了事，那該有多好。

然而，要是莫妮卡在這裡沒有任何作為，校園內就會蒙受巨大的損害。

學校會被炸得亂七八糟，菲利克斯，以及他身邊的人們……會出現大量傷患，以及死者。

（就只有這個，絕對不行……）

莫妮卡闔上了泛淚的雙眼。

如果說，表現得不愧對學生會幹部之名，就是學生會會計莫妮卡．諾頓的職責……

（……那麼這件事，就是我身為七賢人……身為〈沉默魔女〉的職責。）

社交舞的時候，茶會的時候，自己總是受到身邊的人多方幫助，但唯有這件事，是莫妮卡必須獨力完成的。

將湧上心頭的喪氣話與哭訴全數捨棄，莫妮卡開始摸索在眼前狀況下，自己能力所及的各種有效手段。

（使用擴音魔術，通知全校同學逃難？不，行不通。由我來講沒有說服力，大家不會相信我。用風之魔術只把〈螺炎〉吹到空中？……不行。〈螺炎〉是固定式魔導具，恐怕固定在牆壁或地板上，況且魔導具本身有吸收周圍魔力的特性，一個不好，在我發動魔術的同時就會引爆。）

想來想去，最妥善的選擇還是用結界封住〈螺炎〉，讓火焰被鎖在結界裡。

莫妮卡會用遠端魔術，所以可以勉強從這裡在現場展開結界。

問題在於結界的強度。尋常強度的結界，根本抵擋不了〈螺炎〉的破壞力。

（灌注我所有的魔力，就能稍微減弱〈螺炎〉的威力……但，光這樣還不夠。如果不能完全封殺，萬一煙火遭點燃，就會引發大慘劇。必須要有路易斯先生的結界那樣，強大無比的結界才行。）

這時，有如天啟一般，莫妮卡的腦海裡一道靈光乍現。

莫妮卡拔腿奔向窗邊，向尼洛宣言：

「尼洛，我現在，要開始向學校發起攻擊。」

「……妳說什喵？」

「之前不是有說過嗎。這所學校只要遭到來自外部的攻擊，路易斯先生的防禦結界就會發動。我要來調查那個結界的發動地點。」

不等尼洛回話，莫妮卡已經以無詠唱魔術生成了好幾支強力的風之長槍。

一般而言，攻擊魔術都是在施術者周圍成形，再朝目標飛去。

不過，莫妮卡使用比一般攻擊魔術更高等的遠端魔術，在學校區域外生成風之長槍，以此向校園發動攻擊。

這所學校有〈結界魔術師〉路易斯・米萊所設置的大規模防禦結界。

在莫妮卡的風之長槍射出後，路易斯的結界便將其認識為「來自外部的攻擊」，並即刻以防壁包覆整所學校。

強韌又堅固的結界，輕而易舉地彈開了莫妮卡的風之長槍。不愧是出自〈結界魔術師〉之手的結界。強度不同凡響。

「尼洛！結界的發動地點呢？」

「離這兒很近啊。我看，應該是舊庭園那一帶吧？」

「帶我到那邊去！」

尼洛隨口應聲「收到～」便把凱西揹上左肩，莫妮卡揹上右肩。

接著一舉越過窗口，在著地的同時全速開跑。

被尼洛扛在肩上的凱西，瞪著莫妮卡開口：

「……妳怎麼做都沒用的。〈螺炎〉馬上就會發動。莫妮卡能做到的事，一件也沒有。」

「有的。」

遭到與平時判若兩人的強硬口吻否定，凱西稍稍瞪大了眼睛。

莫妮卡收起臉上總掛著的戰戰兢兢表情，有如要說服自己似的，以堅定的語氣低語：

「如果是我，就能夠阻止……不對，必須得由我，來阻止才行。」

說著說著，莫妮卡闔上雙眼，不再出聲，默默下定決心。

（因為，我是……七賢人——〈沉默魔女〉。）

＊　＊　＊

凱西．古羅布曾有三位哥哥，三人都前去抵禦龍害，成了不歸人。

大哥被翼龍抓住，從高處砸往地面。墜地時頸骨骨折，當場死亡。

二哥被赤龍的爪子撕裂，送返的遺體缺了手腳。

三哥被赤龍噴火燒死。頭盔與甲冑遭到燒爛的皮膚緊貼，無法剝除，最終只得穿著鎧甲下葬。

每每遭遇龍害，父親就一而再再而三向國家申請要求龍騎士團出動支援。但，龍騎士團趕得及的次數寥寥無幾。

由於凱西的故鄉布萊特在利迪爾王國中，是重要度較低的貧瘠土地。所以中央的貴族也對故鄉不屑一顧。

不如說，鄰近國境的土地如果龍害橫行，遭到鄰國攻打的可能性反倒更低。

以防衛線而言，比起弱小貴族，龍還更派得上用場──甚至有人如此揶揄。絲毫不把住在這片土地上的居民當人。

因龍荒蕪土地，家人也被奪取性命……在絕望的谷底掙扎，到頭來，拯救了凱西他們的人，是蘭道爾王國的騎士團。他們私下前來布萊特領地，竭盡心力協助抗龍。

據騎士團所言，凱西的祖母好像是蘭道爾的侯爵家出身，他們為了這個情份前來拔刀相助。

對於被國家捨棄的凱西他們而言，這是多麼令人感激的行動。

自那之後，凱西的父親布萊特伯爵就開始暗中與蘭道爾王國的貴族保持密切聯絡，討論雙方國家間的情勢。

其中最常成為話題中心的，就是利迪爾王國的重臣克拉克福特公爵。

身為第二王子的外祖父，在利迪爾王國掌握最大權勢的男人，早已將與帝國開戰列入考量，似乎打算為此侵略蘭道爾王國，作為進攻帝國時的據點。

一旦第二王子順勢當上國王，這場惡夢便會成真。
所以，凱西向苦惱的父親開口問道：
「爸爸，有什麼我能做的事嗎？」
陷入糾葛的父親，那臉龐消瘦得有如皮包骨。
會陷入糾葛，就代表存在著選項——自己做得到的事是存在的。
所以凱西不再作為一名為父親著想的女兒，而是以布萊特伯爵家一員的身分，向父親開口。
「父親大人，若是有什麼事情是女兒做得到的，還請儘管開口。」
凱西抱著覺悟出口的話語，令布萊特伯爵臉上的糾葛消失了。
「妳到賽蓮蒂亞學園去，設法攏絡菲利克斯殿下。萬一，沒辦法達成這個目的……」
布萊特伯爵從抽屜裡取出一個小盒子。
小盒子的東西，乍見之下就像是以紅寶石裝飾的胸針。
但，底座的內側沒有用來別在衣物上的別針，取而代之的，是三只垂直延伸，既長又強韌的圖釘。
這是個刺在某種東西上，在固定狀態下使用的道具。
「這個，是暗殺用魔導具〈螺炎〉……到了緊要關頭，妳就用這個殺害殿下。」

＊　＊　＊

（到底、到底發生了什麼事……？）
被扛在黑髮男子肩上的凱西，現在正陷入一片混亂。

這個被莫妮卡喚作尼洛的男人，很顯然並非學生的年齡，但卻穿著制服。他已經夠奇怪了，但現在更奇怪的是莫妮卡。

莫妮卡曉得〈螺炎〉的存在確實教人吃驚，可更驚人的是莫妮卡還揚言要將其無力化。

（不可能的……）

父親已經一五一十向自己說明過，〈螺炎〉是種多麼強力的道具。

〈螺炎〉的缺點，就只有下令啟動後需要一小段時間才能正式發動，以及有效範圍狹窄這兩點。

正因如此，凱西才會事先布下天羅地網。

如果要啟動〈螺炎〉，最好是在艾柏特商會的煙火搬入倉庫，菲利克斯又剛好待在倉庫附近的時機。如此一來，就算〈螺炎〉沒能直接命中菲利克斯，煙火引發的火災也能確實置他於死地。

出乎意料的是，出現了冒充艾柏特商會的竊賊入侵校園，還遠較預定行刺的時間點來得早，害她原本相當焦急。

所以，那時候凱西才會悄悄去觀察狀況……然後與莫妮卡邂逅。

（如果那幫入侵者在那兒得手，導致校慶中止，整個暗殺計畫肯定就泡湯了……馬突然失控，讓竊賊自投羅網，算是不幸中的大幸。）

更重要的是，拜那場騷動之賜，自己才得以和莫妮卡——與第二王子同為學生會幹部的女孩拉近關係。

只要成了莫妮卡的朋友，或許就有機會打聽到第二王子的行程。因此，凱西相當熱衷於找莫妮卡來往交流。

之所以在茶會課把莫妮卡的茶葉扔掉，也是為了讓莫妮卡陷入困境，自己再向她伸出援手，藉以得到她絕對的信賴。就這樣，凱西一直覬覦著暗殺第二王子的機會。
然後，煙火搬入的日子來臨。在場陪同作業的是暗殺目標——第二王子。
再也沒有比這更好的機會了。〈螺炎〉已經啟動。剩下只要等待發動即可。
（……明明如此，為什麼……）
就好像平時畏畏縮縮的模樣是假的一樣，莫妮卡一臉面無表情地沉思。
那樣的側臉，凱西再熟悉不過。
那是前往抵禦龍害之際——決定挺身戰鬥時，兄長們會露出的表情。

* * *

抵達舊庭園前，尼洛望著門皺起眉頭。
「莫妮卡，門關著啊。就算是本大爺，要跳過這個也有點吃緊。」
莫妮卡離開尼洛的肩頭，朝門鎖伸出手指——以無詠唱魔術釋放火焰。
那是僅有指尖大小的火球。但，這顆施予四重強化過的火球，隨著莫妮卡手指一揮，便易如反掌地燒開了金屬製的鎖。
現場飄起金屬燃燒的味道，門鎖叩咚應聲落地。
眼見此景，凱西忍不住倒抽一口氣。莫妮卡刻意不回頭，向前進入舊庭園深處。
未經修剪整理的舊庭園四處雜草叢生，中心處有一座古老的噴水池。
莫妮卡伸手按在池邊，開始窺伺內部。已經停用的噴水池底部積了些許雨水，也生有不少青苔。

在青苔的隙縫間，可以看見魔術式的痕跡。扛著凱西的尼洛，也維持同樣的姿勢朝噴水池內部望了起來。

「這個，就是妳那壞心眼的同期潤塔塔為了保護校園布下的結界嗎。所以，要拿這個怎麼辦？」

「我要把這個改寫成對〈螺炎〉用的結界……尼洛，你稍微退一退。」

語畢，莫妮卡伸出手指碰觸噴水池底部的魔術式。

大規模防禦結界的四周，埋設了防止他人改寫術式的陷阱。一旦想動手修改，陷阱就會發動。這些陷阱會是怎樣的東西，莫妮卡無法憑空推測。

既然如此，這裡就只能故意讓陷阱啟動，再將之無力化。

莫妮卡保持著警戒，做好任何攻擊來襲都要立刻展開防禦結界的準備，同時將自己的魔力灌進魔術式裡。

（……咦，什麼都沒發生？琳小姐不是說有設下陷阱嗎……）

「莫妮卡，下面！」

開口叫喊的同時，尼洛揪起莫妮卡的頸子當場向後跳。

下個瞬間，噴水池周圍的地面隆起，某種物體以驚人之勢竄出地面。

乍見之下有如細長的蛇，但仔細一看，那是前端正不停分枝的綠色藤蔓。藤蔓就這麼以駭人的速度生長，包覆起整座噴水池。

藤蔓長有銳利無比的尖刺，還遍布小小的花蕾。不一會兒，那些花蕾便膨脹盛開，綻放出好幾朵鮮豔的紅色薔薇。

覆蓋噴水池的美麗薔薇牢籠，這個景象甚至散發一股虛幻的美感……但，藤蔓就如同揚首威嚇的蛇一般，在噴水池四周蠢動。

要是隨便靠近，想必立刻會遭到藤蔓纏身，飽嚐一番折騰。

尼洛連鼻頭也皺了起來，悻悻地說道：

「這結界的殺意也太強了吧。莫妮卡，妳那個同期個性到底多惡劣啊？」

「……不對。製作這個陷阱的……大概不只是路易斯先生。」

「什喵～？」

操縱植物的是土屬性的賦予魔術。但，這種魔術的難度非常之高。更別提要轉眼間就讓植物生長到這個程度，絕非任何人都能輕易辦到。

做得到這種事的人，莫妮卡心中只有一名人選。

賦予植物魔力──尤其擅長運用薔薇，利迪爾王國歷史最悠久的名家出身的魔術師。

「我想，是另一位七賢人……〈荊棘魔女〉大人的魔術。」

恐怕是為了保護校園而設置大規模防禦結界的路易斯，請〈荊棘魔女〉幫忙製作了防止改寫防禦結界用的陷阱吧。

換言之，這個結界是兩位七賢人合力之下的產物。

聽了這番說明，尼洛一臉不耐地作結。

「……果然七賢人裡頭沒什麼正常人。」

「啊嗚～」

莫妮卡按著胸口呻吟時，薔薇藤蔓突然有如皮鞭一般，開始朝莫妮卡的方向襲來。

尼洛肩上的凱西「噫」地抽了口氣。但，莫妮卡卻面不改色地以無詠唱魔術生成風刃，切斷藤蔓。

就彷彿遭到鋒利無比的刀刃斬斷，藤蔓化作四分五裂的殘骸應聲墜地。

可是，被利刃切開的斷面口，馬上又長出新的藤蔓。這樣下去沒完沒了。

（保持這個步調攻擊藤蔓枝條，是有辦法斬草除根……但太花時間了。）

莫妮卡在以風刃攻擊藤蔓的同時，發動感測魔術確認〈螺炎〉的魔力反應。

設置在西側倉庫的〈螺炎〉，其魔力已經膨脹到隨時會炸裂的地步。距離發動時間，恐怕只剩下不到三分鐘。

要在三分鐘內破壞這個薔薇牢籠，解除防止改寫用的誘餌術式，然後將防禦結界改寫成防禦〈螺炎〉的內容——對常人而言完全是天方夜譚。

「那，該怎麼辦，莫妮卡？」

操著揶揄口吻的尼洛肩上，凱西正以一種目睹難以置信光景的眼神望著莫妮卡。

但無論尼洛的聲音也好，凱西的視線也好，全都傳不進現在的莫妮卡心裡。

就有如不帶一絲聲響沉入深海似的，莫妮卡的意識正逐漸沉浸到某個領域中。

那是個光線及聲音接無法觸及的領域。那個世界裡，只存在美麗的算式與魔術式。

飛舞交錯到令人眼花撩亂的數字與魔術文字，正一一經由莫妮卡的手編織重組。

有如永遠般漫長的這段恍惚時間，在現實中為時僅僅三秒。

就這樣，不經詠唱便完成的，是以龐大魔術文字組成的魔術式。

「喔，好久沒看到啦，這個。」

尼洛樂在其中地低語，他肩上的凱西，則驚愕到雙眼大睜，難以置信地低語：

「這是，什麼……」

噴水池上空出現大量泛著白光的粒子，匯集成一道門扉。

那是從前在柯貝可上空出現，擊落龍群的魔術——用來召喚精靈王的門。

打造出這道門扉的〈沉默魔女〉，張開了原先緊閉的雙唇。

莫妮卡幾乎能在無詠唱狀態下使用所有的魔術，但也有些詠唱是無法省略的。

那就是與魔術式構成無關，有禮儀詠唱之稱的詠唱。那是在召喚高位存在時，為了對召喚對象表達敬意與感謝，而獻上的言語。

在外人面前就連開口都會面露怯色的莫妮卡，現在就在凱西的眼前，開口道出禮儀詠唱：
「——以七賢人之一——我〈沉默魔女〉莫妮卡・艾瓦雷特之名請求……開啟吧，門扉。」
門扉不帶聲響地開啟，白光隨即自縫口滿溢而出。
強烈的風壓，令莫妮卡淺褐色的頭髮隨風搖蕩。
被風颳亂的瀏海之下，微瞇的雙眼受到白光照射，閃耀著燦爛鮮明的春日新芽色澤。
「——自寂靜之邊境現身吧。風之精靈王謝費爾德！」

＊＊＊

在西側倉庫守候搬入作業的菲利克斯，察覺到自己的口袋傳來一股輕微的蠕動感。
是化身為白蜥蜴的精靈——威爾迪安奴正在口袋裡四處爬竄。看來，他想將某種訊息傳遞給自己。
菲利克斯向艾利歐特打聲招呼，離開現場躲到樹蔭下。
「怎麼了，威爾？」
「……在業務中打攪，實在深感抱歉。」
威爾迪安奴自菲利克斯的口袋中探出頭來，一副坐立難安的模樣環顧四周。
感覺威爾迪安奴的態度不太尋常，菲利克斯再度開口「威爾？」時，威爾迪安奴就以他略帶水藍色的眼睛抬頭望向菲利克斯。
「召喚精靈王的門扉，剛在附近一帶開啟了。」
「那意思是，有人在附近使用召喚精靈王的魔術嗎？」

「是的。照這股氣息看來，或許是風之精靈王謝費爾德。」

召喚精靈王的魔術，就算找遍上級魔術師也沒幾個人會用。真要說的話，就是七賢人等級的高手才用得了吧。

（某位七賢人就在這附近嗎？擅長風系魔術的是……〈結界魔術師〉路易斯．米萊？）

召喚精靈王可不是什麼能夠等閒視之的小事。要不是爆發了大規模戰鬥，再不就是嚴重程度與其同等的某種狀況發生了。

「威爾，暫時替我警戒周圍。等搬入作業告一段落，就到校園內巡視看看。」

「謹遵吩咐。」

白蜥蜴微微挪動腦袋點頭，回到了菲利克斯的口袋內。

無論是菲利克斯，還是不擅長感測魔力的威爾迪安奴，都沒有發現——

近在眼前的倉庫深處，正有火炎系魔力不斷渦卷匯集，感覺隨時就要引爆。

＊＊＊

在噴水池上空展開的召喚精靈王之門，遠較先前在柯貝可上空擊落翼龍群時的門扉來得小上許多。

不過，門扉內凝聚的威力，要讓眼前的薔薇牢籠四散，已是再充分不過。

自門內吹出的風，在泛著白光的粒子纏繞下，於空中飛舞迴旋，形成白色的刀刃，將包覆噴水池的薔薇切得七零八落——連噴水池底部的陷阱用魔術式也不放過。

簡直就像是舉著一把巨大柴刀亂無章法地劈砍，薔薇藤蔓散亂於四周，噴水池本身也出現了龜裂。

總算，風停之後，白光匯集而成的門宛若於空氣中溶化般消逝無蹤。

「……莫妮卡？」

莫妮卡身後傳來凱西的嗓音。

聲音因動搖而沙啞，顯得顫抖不已。

「……剛那是，什麼……？而且，妳還說自己，是七賢人……」

莫妮卡沒有回頭，依然背對凱西，望著噴水池回應：

「……瞞著某些事情的，並不只是凱西而已。」

對現在的莫妮卡而言，這麼回應就已經是極限。

畢竟，現在還有非做不可的事。陷阱既已破除，接下來就是重頭戲——改寫覆蓋校園全體的大規模防禦結界。

刻在噴水池底的結界魔術式，美得令莫妮卡忍不住鬆口讚嘆。

真不愧是〈結界魔術師〉路易斯．米萊投注大量時間打造而成的作品。

那纖細的結界構成技術幾乎與一流建築技術沒兩樣。在不同意義層面上，路易斯也是個有別於莫妮卡的天才。雖然性格有點那個。

魔術式內設了好幾組用來防止改寫的誘餌術式。要是不先把這些一一解除，就沒辦法修改結界本身的內容。

「莫妮卡！西側倉庫的魔力真的不妙！已經要爆了！」

現在的莫妮卡，就連尼洛的怒吼聲都傳不進耳裡。

在她睜大的眼眸中，所映照出來的只有複雜難解的魔術式。莫妮卡就像在解數學題一般，逐個解讀這些術式。

（誘餌術式的分析與解除完成了。指定結界座標。將結界發動條件由「遭受來自外部的攻擊」修改為「遭受來自內部的攻擊」。限定為對火屬性。排除氧氣。然後就是盡可能壓縮、壓縮、壓縮……）

這與召喚精靈王那種氣派的魔術不同，是不起眼又寂靜的戰鬥。

完全掌握路易斯防禦結界內容的莫妮卡，將結界由保護全體校園壓縮成足以包覆〈螺炎〉的大小。

既然〈螺炎〉的尺寸小到能夠擺在掌心，結界自然也愈小愈好。

（……完成了。）

就在改寫完畢的下一瞬間，設置於西側倉庫置物架下方的〈螺炎〉也應聲炸裂。

彷彿將擠壓至極限的無數條彈簧一口氣釋放，渦卷的火焰頓時四散。

火焰貫穿位於附近的人，並點燃煙火，引發人間煉獄般的慘劇……原本應會如此，但在莫妮卡改寫過後的極小結界作用下，一切全都歸於平靜。

為了讓人類能維持生命活動，結界原先打造成能夠讓氧氣等必要元素通過。但，莫妮卡刻意修改了設定，使得氧氣遭到排除。

只要蓋上蓋子，酒精燈的火苗就會熄滅。同樣的原理，在結界內失去氧氣的〈螺炎〉，原本強烈的火勢就這麼逐步緩解。

以感測術式確認〈螺炎〉徹底燃燒殆盡之後，莫妮卡長嘆了一口大氣。

「〈螺炎〉的無力化……完畢。」

語畢，莫妮卡當場倒地不起。

召喚精靈王，又改寫大規模結界，莫妮卡的魔力早已見底。

尼洛讓啞口無言的凱西離開肩頭，得意地笑道：

「怎麼樣，本大爺的主人很～厲害吧。」

終章　柔軟的牆壁

「喂——莫妮卡。妳還醒著嗎——？」

倒在噴水池殘骸裡的莫妮卡，上氣不接下氣地開口回應尼洛：

「……勉強，醒著～」

「喔，好強啊～妳魔力不是應該都空了嗎。」

「……嗯，好久沒有……消耗到這種地步了……」

莫妮卡的基本戰鬥風格，是將魔力消耗量壓在最低限度，透過精準的操作攻擊對手。

但是為了破壞〈荊棘魔女〉那再生力極高的薔薇牢籠，無論如何都只能以最大威力的魔術去對抗。

現在，莫妮卡只想委身於沉重的疲勞感，就此闔眼入睡，然而，還有不得不做的事情在等著處理。

莫妮卡有氣無力地起身時，凱西也帶著疲憊不堪的表情無力地笑道：

「哈哈，整天只想著要攏絡人心，卻沒能看穿莫妮卡的真實身分……是我輸了，怪我沒有好好面對莫妮卡。」

「凱西……」

凱西的表情既非憎恨亦非憤怒，而是有如放棄了一切的落寞笑容。

「幹嘛那種表情啊。我撒了謊，是欺騙妳的壞人喔。」

凱西之所以對莫妮卡百般親切，是為了接近菲利克斯。

實際上，這也確實成功奏效。藉由待在莫妮卡身邊，凱西的確得知了學生會幹部的預定行程，並以此為依據執行暗殺計畫。

……莫妮卡是被凱西給利用了。

「即使如此，我還是……」

莫妮卡緊緊握著制服的胸口，把湧自內心深處的情感編織成話語：

「聽到凱西說要教我騎馬的時候，我真的……真的、好開心。」

就算凱西的所作所為都是為了要利用莫妮卡，莫妮卡還是無法憎恨凱西。

把炸魚排夾在麵包裡，豪爽又津津有味地吃著的她。

每當克勞蒂亞和拉娜快要吵起來，就會若無其事地插嘴緩頰的她。

把繡有刺繡的美麗手帕攤開，露出開懷笑容的她。

莫妮卡，一直都喜歡著這樣的她。

「……不可以喔，莫妮卡。」

凱西闔上眼睛，緩緩地搖搖頭。

「我啊，是覬覦殿下性命的大壞蛋……妳不好好恨我怎麼行。」

既然計畫要暗殺王族，凱西與她的家族只怕是免不了遭到處刑吧。

（……處刑……）

短短兩字，便令莫妮卡背脊當場打起冷顫。

就在莫妮卡隔著衣服撫著胸口，試圖讓怦咚作響的心臟安分下來時，尼洛突然仰望上空，接著咂了咂嘴。

「喂，莫妮卡。來了個不妙的傢伙。本大爺躲起來先。」

說著說著，尼洛一轉身便不見人影。八成是跑到樹蔭下變回貓了吧。

既然擅自對結界動手腳，本來就已經有遲早會把他引來的心理準備。

莫妮卡撐著搖晃的雙腿，使勁踏在地面站直，抬頭望向天空。

自遠處上空出現一顆小小的黑點。緊接著，黑點以非比尋常的速度朝這兒接近……等等，這速度有考慮過著陸時的狀況嗎？

一股不祥的預感油然而生，莫妮卡向後退了幾步。

數秒後，兩道人影從天而降——有如要鑽進地面的螺絲釘似的，在旋轉的同時以驚人之勢下降。

其中一道人影，身著女僕服的美女保持著直立動作高速旋轉，以雙腿沒入地面直達膝蓋的狀態著地。

至於她背後的另一道人影，則是揮了揮長杖，在極限距離下及時控制身體浮空，千鈞一髮地逃過刺進地面的窘境。

「妳妳妳妳這，混帳白痴女僕。我不是講過好幾百遍，要妳給我改善降落方式了嗎。」

「我將這招命名為龍捲鑽心腳降落法。不但攻擊力高，而且又非常帥氣。」

「轉到腳都插進地面裡了，帥妳天鵝湖個大頭。」

身著施有金線刺繡的長袍，頂著一頭綁成三股辮的長髮，正用力咂嘴的這名男子——〈結界魔術師〉路易斯．米萊開始環顧四周狀態。

然後，看到杵在薔薇與噴水池殘骸中的莫妮卡，忍不住嘆了深深一口氣：

「……發現我的結界出大事，所以跑來現場確認狀況……果然犯人就是妳嗎，同期閣下。」

「好、好久不見了，路易斯先生。」

莫妮卡恭敬地鞠躬，路易斯則一臉正經地望著她的臉，露出狐疑的神情。

「哎呀？真罕見。妳的魔力似乎耗盡了。這還是第一次看到妳消耗到這個地步呢。明明就連殲滅成群翼龍的時候都一副若無其事的模樣。」

路易斯嚴肅地眦起單邊眼鏡下的眼睛，望向稍微離了點距離呆立原地的凱西。

「那麼，關於那邊那位小姐……看起來像是這所學校的學生，她是敵人嗎？還是朋友？」

莫妮卡還在含糊其辭，凱西就輕輕聳了聳肩，乾脆地答道：

「敵人啦。打算暗殺菲利克斯殿下，卻失了手的蠢敵人。」

「這樣嗎。琳，抓住她。」

路易斯一聲令下，身著女僕服的美女便俐落地抽起埋在地面中的腳，將凱西的手扭到背後架住她。

凱西絲毫不作抵抗，只是乖乖就範。

「那麼，同期閣下。雖然不太期待妳有辦法作出什麼像樣的口頭報告……但可以麻煩妳說明一下事情經過嗎？」

「呃——在進行煙火搬入作業的西側倉庫被裝設了〈螺炎〉。」

光聽到〈螺炎〉兩字，路易斯的臉孔便當場凍結。他也同樣對於這只魔導具的可怖之處有著充分的理解。

更別提，附近如果還堆積了大量煙火，啟動的後果簡直不堪設想。

「然後，呃——我覺得憑自己的防禦結界無法徹底防住，所以就，借用了路易斯先生的結界。」

「我以為防禦結界的周圍應該有〈荊棘魔女〉閣下設置的陷阱才是？」

「……我召喚精靈王破壞掉了。」

「防禦結界本身應該也塞滿了防止改寫用的誘餌術式吧？」

「我，很擅長分辨這種……啊，不過，要找出哪些是誘餌還是花了將近一分鐘。是真的！」

「一分鐘……一分鐘就把那些給……？我耗了整整一個月組成的術式，妳只花一分鐘？」

莫妮卡的回答，聽得路易斯兩眼無神，臉頰一抖一抖地抽搐。

「今後要是發生我的結界遭人改寫的事件，我會把妳列為優先嫌疑犯。」

「唔咦？」

「我的意思是，這可不是誰都辦得到的事。」

辦得到還得了，該死——總覺得最後似乎還隱約傳來這種火藥味十足的低語，但莫妮卡決定當作沒聽見。

路易斯．米萊雖然裝出一副高雅的模樣，但其實骨子裡是個頗為血氣方剛的人。

「事情我大致上明白了。話說回來，妳的真實身分，還沒被第二王子看穿嗎？」

「是、是的，應該還沒有……穿幫，才對。」

「很好。那麼〈螺炎〉就由我暗中回收吧。那邊那位小姐也交由我處置。妳就繼續負責護衛第二王子……」

「那、那個！」

莫妮卡開口打斷了路易斯的發言。

這種不像莫妮卡會有的態度，令路易斯「幹嘛？」一聲，皺起了眉頭。

「凱、凱西她……那邊那位女生，她會怎麼，樣……」

「會接受我方質詢，把跟暗殺有關的人一五一十通通招出來。如果口風實在太緊，大概就會用上精神干涉魔術吧。」

強迫對方自白，陷入唯命是從狀態的精神干涉魔術，在王國屬於準禁術。

雖然在特定條件下，好比質詢凶惡罪犯時，會破例許可使用，但精神干涉魔術基本上就是會對受施術者的精神造成巨大傷害。最糟的狀況，甚至有可能再也無法清醒過來。

或許是從莫妮卡的臉色察覺她的言下之意，路易斯以冰冷的眼神露出了微笑。

「妳似乎對使用精神干涉魔術這點感到抗拒呢？可是啊，再也清醒不過來，說不定反而幸福喔？都已經暗殺王族未遂了，極刑基本上跑不掉。倒不如在沒有意識的狀態下受刑還比較輕鬆。」

凱西的臉色頓時鐵青起來。

莫妮卡嚥下口中的唾液，提振自己顫抖的身體，仰頭直直望向路易斯。

「路、路易斯先生是，第一王子派，沒錯吧？」

「沒頭沒腦的問這個幹嘛？」

「請你，回答我。」

路易斯露出伶俐的眼神，有如打量似地望起莫妮卡的臉。

換作平時，早就別開視線低下頭去的〈沉默魔女〉，這會兒正直直盯著自己不放。

這樣的事實，似乎一時之間勾起了路易斯的興趣。

「是呀，妳說得沒錯。我是第一王子萊歐尼爾殿下的學友。要說是第一王子派也不為過吧。只是，希望妳不要誤解。我本身並沒有希望第一王子非得當上國王不可。」

「……咦？」

萊歐尼爾殿下才是真正適合成為王儲的人選！——原以為路易斯先生鐵定會說出這類主張的莫妮卡，忽然有點被打亂步調。

路易斯繼續開口，向這樣的莫妮卡解釋：

「我之所以會自稱為第一王子派，純粹只是看那個克拉克福特公爵與第二王子不順眼而已。」

「……」

實在是個非常有路易斯風格的理由。

但，路易斯身為第一王子的朋友仍是事實。在確認過這項事實的前提下，莫妮卡祭出了下一招。

「凱、凱西她，是與蘭道爾關係密切的，第一王子派。」

路易斯的眉頭顫了一下。莫妮卡立刻接話說明：

「和蘭道爾關係密切的第一王子派，企圖暗殺第二王子，一旦這樣的事實曝光……對第一王子派應該會很不利，吧？」

暗殺第二王子未遂的事實一旦明朗化，第一王子的陣營將陷入壓倒性不利的局面。

遭莫妮卡指出這點，令路易斯嘴角忍不住上揚，瞇起了眼睛。

「實在作夢也想不到，一向對政治鬥爭毫不關心的妳，竟然有和我提出這種交易的一天……真會耍小聰明。」

「無論菲利克斯殿下，還是其他任何人，都對暗殺未遂的事情一無所知。現在知情的人，就只有我跟凱西而已。」

「所以說，要我把暗殺未遂事件當作沒發生過，妳是這個意思？」

「…………」

雖然沒有想過要要求到這種地步，但莫妮卡無論如何都想避免凱西遭到處刑。

看到莫妮卡卯足全力緊咬不放，路易斯有如要對她曉以大義似地開口：

「第一王子派也不是真的上下一心。第一王子與其母后，說起來都是對王位不感興趣的人。他們偏好光明磊落的行事作風，絕對不會動起暗殺的念頭……但，在背後支援第一王子的某些人，就不一定如此了。」

說到這裡，路易斯朝凱西冷冷地瞪了一眼。

「暗殺第二王子未遂——會幹這種雞婆勾當的傻子，有必要在短期內肅清呢。」

「如、如果能把事情暗中善後，應該就還有其他方法可處理，才對。」

莫妮卡緊咬嘴唇不放，淚眼汪汪地瞪著路易斯。

這時，路易斯．米萊正在心裡偷偷盤算。

就路易斯而言，對凱西施予精神干涉魔術，讓她招出過激派人士的姓名，再把相關人士一網打盡全員肅清，才是永絕後患的好方法。

然而，一旦選擇這個做法，往後肯定將會失去莫妮卡的協助。

〈沉默魔女〉莫妮卡．艾瓦雷特的能力強大程度遠超乎她本人的想像。失去她的協助再怎麼說都太過令人扼腕。

將諸多條件擺在天秤上考量之末，路易斯提出了一項結論：

「我答應妳，如果那位小姐願意老實招出所有真相，就不對她使用精神干涉魔術。質詢結束後會將她送往修道院。再也不讓她到社交界露臉。」

面對路易斯盡全力的讓步，莫妮卡深深低頭鞠躬。

「非常謝謝你，路易斯先生。」

「取而代之的，要請妳今後也努力協助第二王子的護衛任務喔。」

「好的！」

莫妮卡毫不猶豫地點頭，想來是對路易斯的結論絲毫不抱半點猜疑吧。這是不好的傾向。

路易斯之所以選擇莫妮卡當第二王子的護衛，其中一個理由，就是莫妮卡不信任他人。

〈沉默魔女〉對人抱持著恐懼，不信任任何人，也不對任何人敞開心房。正因如此，才會指名她擔任護衛。

一個太容易相信他人的人，是勝任不了護衛任務的。

「……有點陷得太深了呢。」

「咦？」

路易斯伸出食指，頂在莫妮卡的眉心，望著她的臉開口：

「妳是七賢人之一——〈沉默魔女〉莫妮卡．艾瓦雷特……賽蓮蒂亞學園的莫妮卡．諾頓只是妳表面上的身分。」

莫妮卡的肩頭為之一顫。

「還請妳千萬別忘了這點。」

「……好，的……」

點頭答覆的莫妮卡，視線顯得游移不定。

這樣的態度，在路易斯內心留下了一份揮之不去的小小不安。

＊＊＊

（太好了……總而言之，看起來至少……是讓凱西免於遭處刑了……）

莫妮卡暗自撫著胸口鬆一口氣。

路易斯是個腦筋轉得快，又能言善道的男人。要不善於交涉的莫妮卡靠舌戰輕鬆說服他，原本就是不可能的任務。

這樣的路易斯既然願意做出讓步，就莫妮卡而言，便可以算是成果優秀了。

路易斯向拘束著凱西的琳以迅雷不及掩耳的講話速度發號施令：

「琳，把那邊的小姐護送到附近的魔法兵團駐屯地去。只要報上我的名號，他們應該就會幫忙安排房間才是。」

「謹遵指示。敢問，路易斯閣下自己有何打算？」

「要來設法處理這些慘到連我自己都認不得的結界。」

面對琳的提問，路易斯以下巴朝瓦解的噴水池示意。

莫妮卡借用的結界，已經改寫成對〈螺炎〉專用的內容，因此失去了防禦校園全體的功能。確實，不能就這麼置之不理吧。

就算少了這個理由，噴水池與薔薇也已經成了不堪入目的慘狀。

莫妮卡過意不去地縮起身子，這時，被琳拘束著的凱西望向莫妮卡開了口：

「莫妮卡。」

莫妮卡的肩頭再度打顫。

她心裡明白——這是最後與凱西道別的機會。

這所學校裡，已經再也不會看到凱西的身影了。但是，莫妮卡腦袋卻一片空白，不知道該向凱西說些什麼才好。

對不起也好，再見也好，莫妮卡通通說不出口，就只是帶著一臉迷路孩童般的表情直直望向凱西。

凱西的眉尾下垂，傷腦筋地笑了起來。那種讓人感覺自己彷彿聽見「真拿妳沒辦法」的笑容。

「不管『對不起』還是『謝謝』，我都不會說喔。因為我是企圖暗殺第二王子的人，是莫妮卡的敵人啊。」

「…………」

「我根本就不是莫妮卡的朋友，所以妳不要露出那種表情啦。」

聽到凱西這麼說，莫妮卡才發現，自己一直緊咬著牙齒。

鼻子深處傳來刺激感。眼睛變得好燙。

噫咕——發出嗚咽的瞬間，豆大的淚滴自眼角滑落。

「不可以為了敵人掉淚吧。」

「因，為……我、我……」

「咱們的七賢人大人真是個好好小姐呢～瞧妳這樣子，小心哪天被敵人暗算喔。」

那種傻眼似的語調、笑容，以及愛照顧人的態度，全都是一如往常的凱西。

「妳要好好恨我。如果辦不到，就趕快把我這種人給忘了。」

「……我，不要……」

莫妮卡用力搖了搖頭。

「我，絕對，不忘……」

「好讓人頭痛的七賢人大人啊～」

凱西還是那張傷腦筋的表情，哈哈地笑了起來。

莫妮卡吸著鼻子啜泣，凱西則轉頭向琳說「快帶我走吧」。

輕輕頷首之後，琳低下了頭。

下個瞬間，琳與凱西的身體周圍出現了風之結界。這個結界很快就會帶著兩人升空，朝護送地點移動吧。

突然間，凱西好像想起了什麼似的，抬頭回望向莫妮卡。

「啊～對了。我雖然沒有打算為自己的所作所為道歉……但只有這件事——」

泛著淚水的莫妮卡視野內，凱西落寞地笑了笑。

「騎馬跟刺繡的約定……我沒法兌現了，對不起啊。」

說完之後，凱西這次轉身背向了莫妮卡。

莫妮卡睜大了眼睛，將面前輕飄飄升空的琳與凱西背影烙印在眼底。

凱西不再回頭。只是，維持著背對莫妮卡的姿勢，留下一句話：

「再見了，莫妮卡。」

不是對七賢人大人，而是對莫妮卡，凱西以一如往常的語調開口道別。然後，她的身影隨風遠去。

即使那身影已經從視野內消失，莫妮卡依舊仰頭望著天空。正在收拾噴水池瓦礫的路易斯，這會兒才喃喃自語似地說道：

「我看啊，妳應該要學學如何適度地發洩情緒比較好。」

「……這種事，我不是，很擅長。」

「隨便找些小人物當沙包出氣就對了。」

會毫不猶豫這麼實行的大概就只有路易斯了。

當莫妮卡以制服的衣袖擦拭淚水，路易斯便舉起漂亮的手帕，朝她臉龐一推一推地遞給她，然後轉頭回到噴水池旁。

「我呢，得修復被某個破天荒魔女搞得亂七八糟的結界，正忙得很。如果不想被我抓來幫忙，就趕緊找地方納涼去。方才那位小姐的事，我會好好打馬虎眼過去的。」

「……手帕……」

「老婆送我的生日禮物。記得洗乾淨用熨斗燙平再還我。」

「…………好的～」

路易斯始終不變的一貫作風，讓吸著鼻子啜泣的莫妮卡眉尾下垂笑了笑。

＊　＊　＊

待哭腫的眼睛稍微緩解之後，莫妮卡開始朝學生會室移動。

雖然眼角還有點紅，但莫妮卡低頭的程度比平時更嚴重，所以大概不會穿幫吧。

魔力一旦耗盡，人類就會引發近似於貧血的症狀。現在的莫妮卡正是如此。

拖著沉重的身體，莫妮卡緩緩在走廊上前進，打開了學生會室的大門。

裡頭除了莫妮卡以外，所有的幹部都到齊。看來搬入作業已經全部結束了。

正煩惱著該如何開口，菲利克斯便一臉關切地望向莫妮卡。
「我聽希利爾說嘍。木材倒塌了是嗎？妳跟妳朋友都沒受傷吧？」
「是、是的，我們，不要緊……」
「這樣啊。那，今天沒有待處理的普通業務，大家就各自解散吧。我之後還有點事情要辦。」
莫妮卡悄悄鬆了口氣。說實話，她現在光是站著都很勉強。
（嗚嗚……腦袋，天旋地轉的……）
好不容易才硬撐著沒失去意識。這時，尼爾一臉擔心地望向莫妮卡。
「那個，妳還好嗎，諾頓小姐？」
「……還豪嗚……」
「妳光這回答就感覺人不太好了耶？」
其他幹部們都已經開始收拾，準備離去。
聲明有事要辦看來並非虛應，菲利克斯早早便離開了房間，布莉吉特也馬上啟程返回宿舍。
希利爾在確認門窗是否皆已關好，艾利歐特原本還一瞥一瞥地瞄著莫妮卡，但也立刻別過頭去走出房間。
（好久沒像這樣，耗盡魔力了，感覺有點……）
總之，得趕快離開房間，免得妨礙人家鎖門……朦朧中抱著這種想法的莫妮卡，舉起腳邁起了沉沉的步伐。
結果，低頭望著地面的莫妮卡，忽然覺得腦袋碰咻一聲撞著了什麼東西。就牆壁而言感覺有點過於柔軟。

「……………喂。」
一道低沉的聲音傳進耳裡。
但莫妮卡聽不清楚頭上是什麼聲音，就只是呼～地一聲，感覺很舒暢地吐了一口氣。
只要靠在這面牆壁上，魔力就稍微恢復了些。況且，貼著牆壁的額頭感覺冰涼冰涼的，好舒服……
「諾、諾頓小姐，諾頓小姐！」
尼爾焦急地喚著，抓住莫妮卡的肩膀猛搖。
聽到這喚聲，莫妮卡才回神過來抬頭，與轉頭俯視自己的希利爾四目交接。莫妮卡靠著的，原來是他的背部。
莫妮卡當場踉蹌地後退，向希利爾低頭賠罪。
「對對對、對不，起！我不小心，恍神，了一下……」
這時莫妮卡才想起——
希利爾・艾仕利是容易過量吸收魔力的體質。因此會透過胸針型的魔導具把多餘的魔力排出體外。
換言之，希利爾身邊的魔力濃度較周圍來得稍微高了些。
看來，是耗盡魔力的莫妮卡，身體在無意識之下尋求魔力，而自己靠向了魔力濃度較高的希利爾。
這肯定會挨罵，絕對要挨一頓怒吼了。
做好心理準備，莫妮卡用力閉上雙眼，然而，卻無論經過都久都沒有等到希利爾的怒斥聲。
戰戰兢兢地抬頭，才發現希利爾正眉頭深鎖，嘴角下垂，一臉內心非常複雜的神情。
「希利爾大人？」
「……………～唔，……………咕……」

才覺得希利爾是不是有什麼難言之隱，他就突然浮現苦悶的表情，以猛烈之勢低頭。
這突如其來的行動，當場嚇呆了莫妮卡與身旁的尼爾。
「希利爾大人？」
「副、副會長？」
莫妮卡與尼爾忐忑不安地開口，只見希利爾苦澀地說道：
「真的很抱歉。」
希利爾，向莫妮卡，道了歉。
莫妮卡更混亂了。
一時還覺得，賠罪的對象或許不是自己，而是身旁的尼爾，但希利爾的動作毫無疑問是向著自己。
希利爾真的是在向莫妮卡謝罪。
「那個，希利爾大人，請你，快把頭，抬起來。為、為什麼希利爾大人，要向我道歉呢？」
「……搬入時只顧著確認數量，卻沒有好好檢查繩索固定得如何。所以這場意外事故是我的疏失導致的。」
「那、那是……」
希利爾一點錯也沒有。說到底，那條繩索是被切開的，是凱西用刀劃開的。
可是，由於莫妮卡包庇凱西，令那起意外的原因成了希利爾的疏失。
（是因為我，害得希利爾大人揹黑鍋？）
注意到這件事的瞬間，莫妮卡感覺有如渾身血液倒流。
腦中錯綜複雜的各種感情攪和成一團，讓她沒辦法好好思考。

「希利爾大人……沒有……錯……」

開口的瞬間，原本應已收起的淚水，再度奪眶滿溢而出。就彷彿淚腺決堤似的，淚水接二連三停不住。緊接著，就連嗚咽與鼻水都變得再也抵擋不了。

「……唔、嗚噫，咕嗚……呼，嗚咽～～……」

眼見莫妮卡突然哭成淚人兒，希利爾與尼爾都慌得像熱鍋上的螞蟻。

「喂、喂！諾頓會計！」

「諾頓小姐，呃——那個，請請請請請先冷靜一下～」

無論希利爾與尼爾怎麼安撫，莫妮卡的淚水都停不下來。

希利爾抱頭哀號了起來。

「明明是我在賠罪，為什麼變成妳在哭啊！」

「非常、對噗，起…………嗚噫、嗚，咽咽咽……嗚咕……對不，起……對不，起……」

莫妮卡當場脫力蹲下，鼻子一吸一吸地抽咽。

這不是因為傷心而哭，而是罪惡感引發的淚水。

（對不起，我騙了大家，我說了好多好多的謊，對不起……）

就這樣，蹲在地上低頭痛哭的莫妮卡，一直哭一直哭……等注意到時，她的意識已經落入了黑暗。

「睡、睡著，了嗎？」

「看來是哭得精疲力盡了呢。」

莫妮卡帶著滿是淚痕的不堪入目表情，就這麼低頭「嗶～噗～」地打起了鼾。

希利爾與尼爾面面相覷，不知如何是好。

然後，經過十分鐘。

「……所以，為什麼我會被找來？」

被叫到學生會室的克勞蒂亞．艾仕利，原本就已經陰沉十足的臉龐變得更加昏暗，死盯著把自己找來的哥哥不放。

希利爾望向方才抬到沙發上的莫妮卡，一臉尷尬地回應：

「等諾頓會計睡醒，想請妳送她回宿舍。總不能讓我們幾個大男人進女生宿舍去。」

「……我可不是什麼萬事包辦的代工仔喔？」

妹妹辛辣的論調令希利爾「唔咕」一聲無言以對，尼爾只好帶著煩惱的表情仰頭望向克勞蒂亞。

「那個，不能麻煩妳嗎……克勞蒂亞小姐？」

「請別放在心上，我跟莫妮卡是好朋友呀。陪好朋友回宿舍不是理所當然的嗎。」

看到如此天差地遠的態度，希利爾臉龐忍不住抽搐起來，但看到莫妮卡在沙發上睡得正香，還呼嚕呼嚕地不停打呼，他只得硬是把到口的怒吼嚥下去，默默地將自己的外衣蓋到莫妮卡身上。

【祕密章節】

那與愛慕之心亦有些相似

It was like a love...

離開學生會室的菲利克斯，確認四下無人之後，以指頭戳了戳口袋。

化身為白蜥蜴的威爾迪安奴自口袋中露頭，菲利克斯隨即保持著對周圍的警戒，靜靜向他開口：

「方才，你說附近有人召喚了精靈王對吧？」

「是的。我感受到召喚精靈王的門扉，就在這一帶開啟。」

「麻煩你潛入教職員辦公室，幫我調查這事在教師之間有沒有引起話題。」

就算自己是學生會長，沒有特別目的就跑到教職員辦公室去也太不自然了。既然如此，能夠不引人注目地入侵的威爾迪安奴，才是調查的最佳人選。

「主人有何打算呢？」

「我到外頭去巡視看看有沒有異狀。」

「謹遵吩咐。若是有什麼狀況，還請隨時呼喚我。」

威爾迪安奴竄出菲利克斯的口袋，就這麼一溜煙從走廊的牆面朝教職員辦公室開始移動。守候他離去後，菲利克斯便走出了校舍。

很不巧他自己並未習得感測魔術，因此只能仰賴直覺在校內巡迴……不過，有一處是他無論如何都想去確認看看的。

——那就是，舊庭園。那兒的噴水池裡設有保護校園的大規模結界，這點菲利克斯是知情的。他因為對那魔術式感興趣，還特地複製了舊庭園的鑰匙偷偷潛入過。

七賢人之一——〈結界魔術師〉路易斯．米萊所製作的大規模結界術式，就算看在門外漢的眼裡，也十足堪稱藝術品。那般複雜又精巧的魔術式，不是隨隨便便就有機會拜見的。

（假設，不久前確實發生過必須召喚精靈王才能處理的緊急狀況……那若是遭到來自校外的攻擊，結界應該就會啟動。）

無論如何，確認一下結界總不會吃虧。想著想著，菲利克斯動身前往舊庭園。

通往舊庭園的門開著，門鎖遭破壞在地，拾起那道門鎖的菲利克斯，不禁當場瞪大了眼睛。

門鎖上有個切痕，切口俐落到教人難以置信。那切斷面之美，道出了此破損絕非經年劣化所致。

（雖然很不明顯，但還看得到些許焦痕……是用火焰魔術燒開的嗎？但，能夠將金屬切割得如此工整，絕對不是輕易就能辦到的。）

菲利克斯露出嚴肅的表情望向庭園深處，腳步放輕，安靜而慎重地前進。

經過杜鵑花叢後轉彎，來到一處較為遼闊的廣場，現已廢棄不用的噴水池就位於廣場中央……原本是這樣的。

但，現場只剩下噴水池的殘骸，殘骸間還散布著薔薇的藤蔓與花朵。

然後，一名男子正蹲在噴水池原先應在的場所，進行著某種作業。

那是個年輕男子，留有綁成三股辮的栗子色長髮。身著施有金線刺繡的長袍，手持長杖。在看到這個身影的瞬間，菲利克斯立刻察覺到了這名人物的身分。

那身長袍與法杖，是只有七賢人獲准配備的物品。更別提那頭三股辮長髮，只要看過一次，保證畢生難忘。

（七賢人之一——〈結界魔術師〉路易斯．米萊？……為什麼，他會出現在這裡？）

若是定期檢查結界，應會事先與校方連繫。可是，菲利克斯完全沒聽說有接獲相關聯絡。

更何況，從現場被摧毀得四分五裂的噴水池殘骸與薔薇藤蔓看來，事情怎麼想都不單純。

（那噴水池的底部，應該就是防禦結界魔術式設置的位置……是那兒遭到了破壞？剛才到底發生了什麼事？）

路易斯口中唸唸有詞地反覆詠唱，看來是在為結界進行調整。

這時，現場颳起一陣強風，身穿女僕服的年輕女子突然從天飄舞而降。

有聽說〈結界魔術師〉和風系上位精靈締結契約。恐怕就是這個女的吧。

「路易斯閣下。護送順利結束了。」

「辛苦了。接下來，就去西側倉庫回收〈螺炎〉的殘骸過來吧。」

「閣下可真懂如何壓榨精靈呢。」

「我這邊忙得分不開身啦。這結界……被搞到根本只能從頭做新的。雖說是為了讓〈螺炎〉無力化，這也未免太粗魯了。」

這對話聽得菲利克斯皺起眉頭。

〈螺炎〉這詞並不陌生，那是一種殺傷力極高的魔導道具。

……那種東西，被設置在西側倉庫？

稍早之前待在西側倉庫的人無他，正是菲利克斯。

（就他們的對話研判，是有人覬覦我的性命，而〈結界魔術師〉暗中救了我，就這麼回事嗎？）

但從路易斯的語氣聽來，又不像是他自己動手，反而像是其他的某人讓〈螺炎〉無力化。

（……到底是誰？）

菲利克斯屏氣凝神，將意識集中在路易斯等人的對話。

路易斯一臉嚴肅地低頭望向噴水池，開口說道：

「就算想假裝成經年劣化毀損，這也壞得太誇張啦～真是的，該怎麼打馬虎眼才好呢。雖說是為了守護第二王子，但連輔助術者駕馭魔力的法杖都不用，就赤手空拳召喚精靈王，實在是……」

將整齊的長髮搔得一團亂，路易斯悻悻地咕噥：

「〈沉默魔女〉閣下也太亂來了。」

（…………啥？）

路易斯口中道出的名號，令菲利克斯當場心跳加速。

（召喚精靈王的人，是〈沉默魔女〉？是她救了我？）

幾個月前的光景，再度於菲利克斯的腦海裡復甦。

於天空開啟的門扉，纏繞著耀眼白光的風之長槍。

眉心遭到貫穿的成群翼龍。如雪花般靜靜飄落的翼龍巨體。

那過於文靜，又過於美麗的魔術。

施放這般魔術的〈沉默魔女〉召喚了精靈王？為了救菲利克斯？

（……好想看。）

就好似聽聞心愛英雄冒險故事的少年一般，菲利克斯難掩胸口的激昂。

（〈沉默魔女〉就在這附近嗎？是碰巧路過嗎？或是從以前就潛入了校園？就典禮上看過的印象，她是個身材嬌小的人物……不，等等，她未必真的是女性。七賢人的〈荊棘魔女〉就是自稱魔女的男性，〈沉默魔女〉搞不好同樣存在身為男性的可能性。如果是這樣，潛入初中部的機會就……不對，果然還是教師群比較有嫌疑？慢著，冷靜點。人家只是碰巧路過，根本沒有潛入的可能性也不是零吧。）

感覺思路失控的程度比平時更劇烈。對菲利克斯而言，〈沉默魔女〉就是這麼一個令他痴迷，近乎憧憬的存在。

好想看看她。好想與她見面。好想待在更近一點的地方看她施展無詠唱魔術。

菲利克斯忍不住伸手遮住上揚的嘴角。

呼～在手掌下喘息的他，感受到自己的臉頰反常地泛起一陣紅暈。

這樣豈不就像是追尋初戀對象的少年嗎。

（啊啊～沒想到就近在身邊……）

隔著制服，菲利克斯緊緊揪住高亢的胸口。

（能讓我沉醉其中的東西。）

＊＊＊

「你是說——莫妮卡．諾頓，是嗎？」

社交舞教師綾縺．佩露望著眼前的人，輕輕眨了眨眼。

叫住綾縺的人，是選修課的棋藝講師——卡爾．博弈德。

博弈德是個頂上無毛，一身剛毅外貌的巨漢。雖然他渾身散發著有如經歷無數戰場的威嚴，但其實出身名門侯爵家，腦袋非常靈光。

這位博弈德，現在正向綾縺問起有關莫妮卡的事。

綾縺伸手按著下顎，稍作沉思之後開口回應：

「她是個乖巧認真的女生吧。成績方面～雖然浮動得有點激烈……但她是個努力型人物。」
「我聽說她之前必須接受社交舞補考，結果如何了？現在還在補習嗎？」
「沒有喔，她補考順利及格了。所以說，用不著參加補習，但……」
為什麼，博弈德會關心莫妮卡有沒有參加補習呢？原先歪頭不解的綾緹，馬上想通最可能的理由，朝掌心砰地搥了一下。
「啊啊～該不會是，為了那場大會……！」
「我正在考慮，要讓莫妮卡・諾頓參加。」
聽到博弈德鄭重其事地聲明，綾緹歡欣鼓舞地開口：
「哎呀，那真是太棒了！沒想到她才剛插班進來，就有榮幸獲選為那場大會的選手！」
自己任教的班級裡有學生獲得肯定，讓綾緹坦率地趕到開心。
正當綾緹笑得眼睛瞇成一條線，身旁突然有人插嘴。
「……那個同學，是插班生嗎？」
轉頭一看，是最近剛到校赴任的老教師威廉・瑪克雷崗正朝自己望來。
瑪克雷崗負責任教基礎魔術學。莫妮卡・諾頓明明就沒有選修基礎魔術學，為什麼瑪克雷崗會認得她呢？
（啊啊～對喔，那孩子是學生會幹部嘛……瑪克雷崗老師一定是因為這樣才記住她的。）
自顧自地想通後，綾緹向瑪克雷崗微笑以對。
「是呀，高中部二年級在這個學期，有莫妮卡・諾頓與古蓮・達德利兩位插班生。」
「嗯哼～這樣啊。是他們倆啊……」

從前在魔術師養成機構米妮瓦任職，曾經指導過七賢人〈沉默魔女〉與〈結界魔術師〉的老教授，在把玩滿嘴白鬍鬚的同時，以略帶溫吞的語調低語：

「看來事情會變得很有趣呢。果然沒錯，來這所學校真是來對了。」

＊＊＊

利迪爾王國城堡西棟最上層，有一間只許七賢人及國王入內的房間，名為翡翠之間。

那是間在王國略顯罕見的八角形房間，天花板裝設著奢華的玻璃。

房間中央有一張圓桌與八張椅子。那是準備給國王及七賢人的椅子。

一名女子就坐在其中一張椅子上，隔著玻璃天花板眺望著夜空。

如波浪般緩緩搖曳的銀色長髮垂在背後，在絹絲薄禮服上披了長袍的這位女性，是王國首屈一指的預言家，也是七賢人之一——〈詠星魔女〉梅爾麗．哈維。

於夜空下觀星詠旨，藉此占卜王國未來的魔女，瞇細她微微帶點水藍色的雙眸低語：

「啊啊，果然……不管幾次都不行。到底為什麼看不見呢。」

有如銀色砂礫遍布夜空，閃爍不已的滿天星斗，會將王國要人們的未來一一告訴梅爾麗。

明明如此，卻有一名人物的未來，無論梅爾麗如何嘗試都看不見。

那名人物，就是國內最有權勢的克拉克福特公爵之孫——第二王子菲利克斯．亞克．利迪爾。

繼承了現已辭世的第二王妃之美貌，於社交界擄獲無數人芳心的他，在校學業常保優異成績，劍術與馬術更是一流。還對他國文化及語言造詣甚深，於外交方面累積了一定的成果。

如果是他，絕對能成為留名青史的明君吧——眾人對他的評語總是如此一致。

梅爾麗本身也在社交界數度拜見過王子本人。他的確十分出色。不單只是容貌俊美，就連言行舉止都帶有一種華美與高貴。

如此傑出的人物，照理說肯定會受到燦爛明星之眷顧，然而卻不知為何，梅爾麗始終找不著屬於他的那顆星。

夜空裡已經開始出現幾顆象徵預兆的星。正有一起重大事件，即將在不遠的未來於王國爆發。只是，星光目前仍過於微弱，梅爾麗難以詠讀該起預兆的含意。

「……到底，是什麼樣的事情正在醞釀。」

低語就這麼空蕩地迴繞，沒有任何人為她解答。

詠星魔女垂下了她銀色的睫毛，靜靜地嘆出一絲憂慮的喘息。

目前為止的登場人物

Characters of the Silent Witch

Characters Secrets of the Silent Witch

莫妮卡・艾瓦雷特

七賢人之一〈沉默魔女〉。有一項特長是能夠精確地重現記憶中的圖形，但選修課並沒有選擇繪畫。
本人曰：「我不是喜歡畫圖，只是喜歡圖形，所以……」

路易斯・米萊

七賢人之一〈結界魔術師〉。擅長運用防禦結界，但是戰鬥風格充滿攻擊性。一旦見到他卸下長袍的裝飾布，左右敞開衣袍，最好掉頭就跑，千萬別回頭。

尼洛

莫妮卡的使魔，化身人類之際，成功重現了賽蓮蒂亞學園的制服。但並沒有發現那身制服和自己的外表年齡（二十五～六歲）非常不搭調的事實。

琳姿貝兒菲

與路易斯簽訂契約的風之高位精靈。最近的嗜好是研究帥氣的降落方式。至於帥氣的基準到底是什麼則無人知曉。

菲利克斯・亞克・利迪爾

利迪爾王國的第二王子，賽蓮蒂亞學園的學生會長。無論是社交舞帶領女伴的手法，或是吃串燒的技巧都完美無缺的王子殿下。自稱〈沉默魔女〉的熱情粉絲，他的真意目前仍是謎團。

艾利歐特・霍華德

戴資維伯爵公子。學生會書記。執著於身分階級。發自內心厭惡輕率跨越身分之壁的人，以及無心克盡本身使命的人。即使對方是貴族或王族也不例外。

希利爾・艾仕利

海恩侯爵公子（養子）。學生會副會長。中了一種在畫動物時，不管哪種動物都會畫成軟趴趴身體配上純真無邪眼睛的詛咒。本人則打從心底覺得自己畫得很普通。

布莉吉特・葛萊安

雪路貝里侯爵千金。學生會書記。名列校園三大美女之一的貌美千金小姐。與菲利克斯打從兒時起便相識，還曾指導過他舞藝及語學。

Characters
Secrets of the Silent Witch

尼爾・庫雷・梅伍德

梅伍德男爵公子。學生會總務。有一名絕世美女當未婚妻，拜此之賜常遭到某些男同學強烈嫉妒。最近開始被定位成負責照顧古蓮（大型犬）的苦命人。

伊莎貝爾・諾頓

柯貝可伯爵千金。莫妮卡執行任務的協助者，幹勁十足的演技派大小姐。一直想找人大談〈沉默魔女〉話題的她，對於身邊就有一位〈沉默魔女〉狂粉的事實目前仍一無所知。

拉娜・可雷特

可雷特男爵千金。莫妮卡的同班同學。父親是富豪，對流行敏感。雖然不如莫妮卡，但計算能力也相當出色。那雙手比起彈鋼琴，更擅長撥算盤。

古蓮・達德利

與莫妮卡同時插班進入賽蓮蒂亞學園的青年。總是活力十足的大嗓門（音量與希利爾的怒吼不相上下）。老家開肉舖的見習魔術師。有一位非常恐怖的師父。

克勞蒂亞・艾仕利

海恩侯爵千金，希利爾的義妹，尼爾的未婚妻。散發難以接近氣息的神祕美女。流有〈識者家系〉的血統，非常博學多聞，但討厭被他人依靠。

凱西・古羅布

布萊特伯爵千金。除了擅長馬術與刺繡之外，料理與狩獵這些也難不倒她，十分多才多藝。只要給她一把小刀，就能在山裡活下去的野地求生型千金，不過喜歡的是可愛型的女生服飾與小飾品。

後記

由衷感謝大家購買這本《Silent Witch》第二集。

第二集的內容是收錄了網路版的第四章至第六章，再經過加筆修正而成。

本次加筆作業依然是在與剩餘可用字數大眼瞪小眼，最後提出的初稿，真的是差點突破責編同仁所給出的規定字數極限。

這種在邊界線上猛攻的刺激感……真教人上癮呢（邪惡無比的表情）。

在執筆撰寫網路版時的主旨，是極力避免繞路，讓劇情能以最短路徑抵達結局，而透過書籍版的加筆，讓故事增加了不少繞道而行的篇幅。

希望這些繞道，對於登場人物們能夠成為有意義的發展——我便是在這種念頭的驅使下進行著加筆作業。

然後努力讓繞道留下意義的結果，某個人畫工有點那個的事實也隨之曝光了，關於這點……就……咚麥（小聲）。

如果能透過書籍版，讓大家多接觸到登場人物在網路版沒能深掘的另一面，就是我的榮幸。

我自己讀過書籍版《Silent Witch》第一集的感想是——各方面細節都很注重在保留原作的氣氛呢～

尤其令我感動的，是將登場人物介紹配置在書末，而非本文之前。

本作的登場人物眾多，網路版大概會以每兩章一次的頻率，在本文結束後插入登場人物介紹。而這點在書籍也原汁原味地重現了。

原本，在本文開始前先介紹登場人物，是比較常見的做法，但本書特地選在本文結束之後才介紹，實在令我深感——編輯部同仁們真的很重視原作的氣氛，太教人開心了。

和責編同仁討論時，也總是感受到對方相當真摯地在思考如何表現莫妮卡的成長。

身為作者，沒有比這更令人感激的事了。真的是非常感謝。

拜此之賜，我動起筆來始終停不住……哎呀～加筆真的是好開心啊（在邊界猛攻的邪惡表情）。

本次也非常感謝藤実なんな老師用美麗的插圖為故事增添色彩，每次只要看到漂亮的封面與內文插圖，內心就不斷湧現幸福的感覺。

本作從第一集就有非常多角色登場，相信在設計角色造型上非常讓人吃不消。

但無論哪個角色都在老師的筆下被設計得活靈活現，除了感謝之外真的就是感謝。第二集的登場人物也都同樣充滿魅力。

某位神祕大小姐的邪笑……跟我腦中的形象實在太過契合，令我萬分感動。

在討論角色初步形象時，我會先動手畫出跟扁饅頭沒兩樣的概念圖，說著「大概這種感覺……」並提出給老師，接著那扁饅頭再變身成藤実老師筆下的美妙圖畫回歸，每次都讓我為此感動不已（※我自己的畫工，就跟帶著純真無邪眼神的軟趴趴有得拚）。

以下，大概想宣傳兩件事……

現在，推特上的Silent Witch官方帳號正在活動中。

官方帳號會透過推文公開藤実なんな老師的全彩設定圖，以及特別加繪的對話短劇小故事等等，若不介意的話還請參觀參觀。

另外，本作的漫畫版正在B's-LOG COMIC連載中。由桟とび老師負責繪製。

資訊量龐大的序盤解說部分，要畫成漫畫應該真的是椿苦差事。

而漫畫版透過生動的分鏡與充滿魅力的構圖，巧妙地加以統整，這手腕實在只能說高竿。

哎呀～不開玩笑，能夠把那麼海量的資訊濃縮在短短一話裡頭，桟とび老師真的太猛了。

而且每個角色都表情豐富，描繪得充滿吸引力。個人特別中意莫妮卡嘴唇嘟起來的模樣，很棒，真的很棒。

漫畫版也能在Comic Walker、NICO NICO SEIGA、pixiv COMIC等各大網站上觀賞。還請大家不吝賞光，多多指教。

後記也來到了最後，第二集能夠像這樣順利上市，都是多虧了描繪美妙插圖的藤実なんな老師、繪製出色漫畫版的桟とび老師、為本作盡心盡力宣傳的KADOKAWA BOOKS同仁們、真摯面對本作的責編同仁……以及其他在我看不見的地方，為本作出力的各位。

託了大家的福，才有辦法像這樣推出第二集。

購買第二集的各位讀者大德們，在此向大家由衷致謝。真的真的，非常感謝大家。

無論是網路版收到的感想，還是寄到編輯部的粉絲信，每則每則訊息都是我珍視的寶物。

撰寫紙本粉絲信的各位還都選用了各種美輪美奐的信紙，讓我每每拆信時都止不住笑容，湧現美麗的心情。

看到這些美妙信紙上的熱情感想，真的令我無比開心。

不勝感激的是，本作已經確定會發行第三集。

我會全心全意執筆，還希望各位願意陪伴我，繼續守候莫妮卡的故事。

依空まつり

怕痛的我，把防禦力點滿就對了 1~13 待續

作者：夕蜜柑　插畫：狐印

分成兩大勢力的對抗戰即將開打！
強得亂七八糟的【大楓樹】將情歸何處!?

第九階地區的亮點，是在兩個王國間選邊站的大型ＰＶＰ！各公會不停蒐集情報以決策同盟或敵對，其中最受關注的當然是【大楓樹】選擇哪個陣營。梅普露自己也會和勁敵們交換資訊，並受到【聖劍集結】的邀請，有好多事要傷腦筋……

各 **NT$200~230/HK$60~77**

除了我之外，你不准和別人上演愛情喜劇 1~3 待續

Kadokawa Fantastic Novels

作者：羽場楽人　插畫：イコモチ

最強的情敵竟然是姊姊!?
兩情相悅的戀愛喜劇戰線面臨緊急狀態!?

「方便的話，要不要來我家坐坐？那個，今天家裡沒人在。」約會的歸途上，我前往拜訪據說家人都不在的有坂家。在那裡等著我的，不是來自心愛的她的吻，一名剛睡醒穿著內衣的神祕美女，不知為何撲向了我？戀愛喜劇戰線，迎來慘烈局面！

各 **NT$200~270/HK$67~90**

國家圖書館出版品預行編目資料

Silent Witch：沉默魔女的祕密/依空まつり作；吊木光譯. -- 初版. -- 臺北市：臺灣角川股份有限公司, 2022.05-

冊； 公分. -- (Kadokawa fantastic novels)

譯自：サイレント.ウィッチ 沈黙の魔女の隠しごと

ISBN 978-626-321-435-4(第1冊：平裝). --
ISBN 978-626-321-787-4(第2冊：平裝)

861.57 111003462

Kadokawa
Fantastic
Novels

Silent Witch～沉默魔女的祕密～ II

（原著名：サイレント・ウィッチII 沈黙の魔女の隠しごと）

2022年9月19日 初版第1刷發行
2024年7月29日 初版第3刷發行

作者：依空まつり
插畫：藤実なんな
譯者：吊木光

發行人：台灣角川股份有限公司
總監：呂慧君
總編輯：蔡佩芬
主編：林秀儒
編輯：黎夢萍
設計指導：陳晞叡
美術設計：莊捷寧
印務：李明修（主任）、張加恩（主任）、張凱棋、潘尚琪
發行所：台灣角川股份有限公司
地址：104台北市中山區松江路223號3樓
電話：（02）2515-3000
傳真：（02）2515-0033
網址：www.kadokawa.com.tw
劃撥帳戶：台灣角川股份有限公司
劃撥帳號：19487412
法律顧問：有澤法律事務所
製版：巨茂科技印刷有限公司
ISBN：978-626-321-787-4